W0295124

Fabelhafte Mrs. Bridge

Evan S. Connell

Fabelhafte Mrs. Bridge

Roman

Aus dem Amerikanischen von
Johannes Piron

ebersbach & simon

I

LIEBE UND EHE

Ihr Vorname war India – sie konnte sich nie daran gewöhnen. Es schien ihr, dass ihre Eltern an jemand anderen gedacht haben mussten, als sie ihr den Namen gaben. Oder hatten sie sich eine andersgeartete Tochter erhofft? Als Kind war sie oft nahe daran gewesen, sich danach zu erkundigen, doch die Zeit verging, und sie hatte es nie getan.

Als sie größer wurde, kam ihr dann und wann der Gedanke, dass sie recht gut auch ohne einen Mann leben könnte, und zum Leidwesen ihrer Eltern setzte er sich, nachdem ihre Ausbildung abgeschlossen war, noch auf einige Jahre in ihr fest. Aber dann kam ein Sommerabend und mit ihm ein junger Rechtsanwalt namens Walter Bridge: sehr groß und seriös, rothaarig, mit einem höchst energischen, intelligenten Gesicht und ziemlich abfallenden Schultern, sodass sein Jackett, sogar wenn er gerade stand, vorn weiter herunterhing als hinten. Sie kannte ihn schon seit mehreren Jahren, hatte aber niemals etwas Besonderes an ihm gefunden, doch an jenem Sommerabend auf der Veranda ihres Elternhauses spielte sie mit einem Pfefferminzzweig und musterte ihn aufmerksam, während sie so tat, als lausche sie nur seinen Worten. Er erzählte ihr, dass er reich und erfolgreich zu werden gedenke, und dass er eines Tages seine Frau – »wenn ich mich entschließe zu heiraten«, sagte er, denn er war noch nicht bereit, sich festzulegen –, dass er eines Tages seine Frau auf eine Europareise mitnehmen wolle. Er sprach über Ruskin und Robert Ingersoll, und später, während ihre Eltern schon zu Bett gingen und die Grillen ringsumher in den Ulmen zirpten, las er ihr an jenem Abend auf der Veranda einige Vierzeiler von Omar Chajjam vor.

Einige Monate nach dem Tod ihres Vaters heiratete sie Walter Bridge und zog mit ihm nach Kansas City, wo er eine Kanzlei gründen wollte.

Alles schien in bester Ordnung. Die Tage vergingen, die Wochen und die Monate, schneller als in der Kindheit, und nie verspürte sie Unruhe. Nur in gewissen Augenblicken, in der Tiefe der Nacht, wenn ihr Mann und sie sich schläfrig, Halt suchend aneinanderklammerten, lag sie auf einmal hellwach da, wartete auf die Dämmerung, den Tag und eine neue, vielleicht unvergessliche Nacht. In diesen Augenblicken starrte sie, in den Armen ihres Mannes ruhend, die Decke an oder sein Gesicht, dem der Schlaf die Energie raubte, starrte mit ängstlicher Miene, als sehe oder vernehme sie etwas von dem, was die künftigen herrlichen Jahre bringen würden.

Sie wusste nicht genau, was sie sich vom Leben wünschte oder was sie erwarten sollte, denn sie hatte erst so wenig von ihm gesehen, aber sie hatte das sichere Gefühl, irgendwie stimmten – weil sie es so wollte – ihre Wünsche mit ihren Erwartungen überein.

Nach ihrer Hochzeit wurde sie eine Zeit lang so heftig geliebt, dass es ihr nicht unangenehm war, wenn er einschlief. Bald allerdings begann er, die ganze Nacht zu schlafen, und von nun an wachte sie häufiger auf, blickte in die Dunkelheit und sann, in ihrem Glauben an die Zukunft erschüttert, über das Wesen der Männer nach, bis sie ihren Mann eines Nachts schließlich wachrüttelte und ihm ihr Verlangen eingestand. Freundlich legte er seinen langen weißen Arm um ihre Mitte; sie drehte sich zufrieden, erwartungsvoll und zuversichtlich zu ihm hin. Mehr geschah jedoch nicht, und nach wenigen Minuten war er wieder eingeschlafen.

In dieser Nacht kam Mrs. Bridge zu dem Schluss, dass in der Ehe vielleicht jeder zu seinem Recht käme, in der Liebe dagegen nicht.

2

DIE KINDER

Ihr erstes Kind, ein merkwürdig dunkles Mädchen, das selten schrie und oft den Eindruck machte, es bliebe am liebsten sich selbst überlassen, wurde geboren, als sie gut drei Jahre verheiratet waren. Sie nannten es Ruth. »Ist sie normal?«, waren Mrs. Bridges erste verständliche Worte nach der Entbindung.

Zwei Jahre später – Mrs. Bridge war damals einunddreißig – erschien Carolyn, einen Monat zu früh, als sei sie durchaus imstande, auf eigenen Füßen zu stehen. Sie bekam den Spitznamen ›Corky‹, war pausbäckig, blond, blauäugig wie ihre Mutter, wesentlich lebhafter als Ruth, aber auch anspruchsvoller.

Zwei Jahre nach Carolyn wurde ein ernster kleiner Junge geboren, dünn und rothaarig wie sein Vater, und sie nannten ihn Douglas. Eigentlich hatten sie nur zwei Kinder haben wollen, aber weil die ersten beiden Mädchen waren, hatten sie beschlossen, es noch einmal zu versuchen. Wäre das dritte Kind wieder ein Mädchen gewesen, hätten sie es trotzdem dabei bewenden lassen; es hätte keinen Sinn gehabt, sich auf etwas zu versteifen, worüber andere Leute gewiss bald spötteln würden.

3
ERZIEHUNG FÜR ANFÄNGER

Sie erzog ihre Kinder fast genauso, wie sie selbst erzogen worden war, und hoffte, wenn jemand über die Kinder spräche, würde er dabei ihre guten Manieren, ihr liebenswürdiges Wesen und ihre Sauberkeit erwähnen, denn dies waren die Eigenschaften, auf die Mrs. Bridge den größten Wert legte.

Bei Ruth, und später auch bei Carolyn, fühlte sie sich, da es Mädchen waren, ihrer Sache sicher; bei dem Jungen dagegen war sie zuweilen auf Vermutungen und Hoffnungen angewiesen. Freilich stellte sich heraus – nicht nur bei Douglas, sondern auch bei seinen beiden Schwestern –, dass sich ihnen, als sie älter wurden, keineswegs die Dinge eingeprägt hatten, zu denen Mrs. Bridge sie stets mit Nachdruck anhielt.

Ruth erinnerte sich aus ihrer Kindheit am deutlichsten an einen Zwischenfall, den Mrs. Bridge schon eine Stunde danach völlig vergessen hatte. Eines Sommernachmittags war die ganze Familie bis auf Mr. Bridge, der arbeitete, zum Schwimmbad in der Nähe gegangen; Douglas lag auf einem Gummituch im Schatten eines Sonnenschirms, strampelte mit seinen dünnen, krummen Beinchen und gab Gurgellaute von sich, und Carolyn amüsierte sich im Plantschbecken. Es war ein ungewöhnlich heißer Tag. Ruth zog ihren Badeanzug aus und begann auf der Terrasse herumzuspazieren. An dies alles konnte sie sich kaum erinnern, aber was dann geschah, blieb ihr unvergesslich. Mrs. Bridge, die plötzlich entdeckt hatte, dass Ruth nackt war, ergriff den Badeanzug und lief hinter ihr her. Ruth rannte davon, und da sie nass und glitschig war, entschlüpfte sie den Armen, die von allen Seiten nach ihr haschten. Sie hielt es für ein neues Spiel. Da bemerkte sie den Gesichtsausdruck ihrer Mutter. Erst bestürzte, dann beängstigte er Ruth, und als sie schließlich eingefangen wurde, brüllte sie wie am Spieß.

4

MARMELADE

Ihr Mann war ebenso energisch wie gescheit, und weil er so viel für seine Familie erreichen wollte, ging er schon am frühen Morgen, wenn die meisten Männer noch schliefen, in sein Büro und arbeitete oft bis in den späten Abend hinein. Er arbeitete den ganzen Samstag und einen Teil des Sonntags, und Ferien waren ihm nur lästig. Nach gar nicht langer Zeit hatte sich herumgesprochen, dass Walter Bridge ein Mann war, der einen Prozess zu führen verstand.

Die Familie sah ihn selten. Häufig verging eine ganze Woche, ohne dass eines der Kinder ihn zu Gesicht bekam. Wenn sie am Sonntagmorgen nach unten gingen, saß er vielleicht am Frühstückstisch; dann begrüßte er sie freundlich, und sie erwiderten den Gruß ehrerbietig und ein wenig sehnsüchtig, denn er fehlte ihnen. Weil er das spürte, verdoppelte er seine Anstrengungen im Büro, um ihnen jeden Wunsch erfüllen zu können.

Deshalb war es den Bridges möglich, schon einige Jahre früher, als sie erwartet hatten, in ein großes Haus direkt beim Ward Parkway zu ziehen, und weil das Haus so groß war, engagierten sie eine junge Farbige, die Harriet hieß, zum Kochen und Putzen.

Eines Morgens beim Frühstück quengelte Carolyn: »Ich kann die Orangenmarmelade nicht mehr sehen!«

Mrs. Bridge, die gerade ein Ei für sie quirlte, erwiderte geduldig: »Corky, denk immer daran, dass es schrecklich viele kleine Mädchen auf der Welt gibt, die überhaupt keine Marmelade haben.«

5

DER WEIHNACHTSKORB

Dass es Leute gab, die Marmelade hatten, und Leute, die keine hatten, war ein Zustand, der Carolyn gefiel. Sie freute sich auf Weihnachten, weil die Zeitung dann eine Liste der hundert bedürftigsten Familien von Kansas City veröffentlichte. Jahr für Jahr adoptierte Mrs. Bridge eine dieser Familien und sorgte dafür, dass sie schöne

Festtage hatte, und Carolyn interessierte sich jetzt ausgesprochen für dieses Unternehmen. Jede bedürftige Familie wurde in der Zeitung beschrieben – wie viele Kinder, wie alt, was sie besonders nötig hatten und so weiter –, und Carolyn half ihrer Mutter bei der Auswahl der adoptionswürdigsten Familie. Ruth und Douglas verhielten sich gleichgültiger.

Ein großer Korb, manchmal auch zwei, wurde mit Konserven gefüllt, möglichst mit einigen Kleidungsstücken und sonstigen Dingen, die die arme Familie zweifellos gebrauchen konnte – einem geräucherten Schinken, einem Säckchen Mehl, einer Tüte Salz –, obendrauf wurden Zuckerstangen und ein Papierengel oder ein Weihnachtsmann gelegt und die Ränder mit roten und grünen Krepppapiergirlanden verziert. Am Tag vor Weihnachten lieferten Mrs. Bridge und die Kinder den Korb dann bei der Adresse ab, die ihnen die Zeitung genannt hatte.

Bei den Vorbereitungen fragte Mrs. Bridge die Kinder manchmal, ob sie sich noch an die Familie erinnern könnten, die sie im Jahr vorher adoptiert hatten. Ruth, die Älteste, entsann sich meistens, aber immer war es Carolyn, die die Einzelheiten der Armut ganz genau beschreiben konnte.

Douglas fand, vermutlich weil er noch so klein war – das sagte sich wenigstens Mrs. Bridge –, diese Besuche grässlich. Zur Weihnachtszeit wurde er jedes Mal, wenn er sah, wie der Korb gefüllt und verziert wurde, unruhig und störrisch. Mrs. Bridge wusste nicht warum und konnte keine Erklärung aus ihm herausbekommen. Dass er nicht mitgehen wollte, war deutlich zu merken, aber weil sie wollte, dass er sein eigenes Glück schätzen lernte und nicht mit der Vorstellung aufwuchs, er sei besser als irgendein anderer, bestand sie darauf, dass auch er die arme Familie besuchte. Er saß dann hinten in dem großen Auto, legte einen Arm auf den Weihnachtskorb und sprach vom Augenblick ihrer Abfahrt bis zu ihrer Rückkehr nicht ein Wort. Aber er hatte eine sehr deutliche Erinnerung an diese Fahrten und vor allem an den allerersten Besuch. Das war auch der Grund für seine Abneigung. Er war gerade drei Jahre alt gewesen, als er seine Schwestern zum ersten Mal auf ihrer jährlichen Expedition in den Norden der Stadt begleitete, und wusste genau, wie er hinten im Auto gesessen hatte, als die Wagentür aufging, ein Mann sich hereinbeugte und den Korb herausnahm. Dann beugte sich, während die Wagentür noch offenstand und Schneeflocken auf seine Knie fielen, jemand anderes herein – er wusste nicht mehr, ob es ein Mann oder eine Frau war – und streichelte schnell und behutsam das Polster des Wagens.

Obwohl viele Jahre vergehen sollten, ehe Douglas verstehen konnte, warum jemand das Polster hatte streicheln wollen oder warum die Erinnerung an diese Geste sich ihm einprägte, wurde er von da an jedes Mal, wenn die Weihnachtszeit kam und er sah, wie der Korb gefüllt und verziert wurde, unruhig und störrisch.

6

DIE KLEIDERPUPPE AUF DEM DACHBODEN

An einem Wintermorgen, nicht lange nach einer dieser Exkursionen, traf Mrs. Bridge Douglas zufällig im Nähzimmer an. Er stand ganz ruhig da, hatte die Hände auf dem Rücken verschränkt, den Kopf leicht zur Seite geneigt und sah, in seine Gedanken vertieft, so erwachsen aus, dass Mrs. Bridge unwillkürlich lächeln musste. Dann bemerkte sie, dass er ihre Kleiderpuppe anstarrte. Sie hatte sie immer neben der Nähmaschine stehen und angenommen, dass niemand aus der Familie von ihr Notiz nehmen würde, doch von diesem Tag an stand die Kleiderpuppe – wenn Mrs. Bridge sich nicht gerade ein Kleid nähte und sie brauchte – hinter einem hochkant gestellten Koffer auf dem Dachboden.

7

ALICE JONES

Im Sommer darauf begann Carolyn mit Alice Jones zu spielen, der Tochter des farbigen Gärtners von nebenan. Jeden Samstagmorgen erschien er aus der Richtung der Straßenbahn, und seine Tochter tollte übermütig um ihn herum. Sobald sie das Haus der Bridges erblickte, rannte sie mit fliegenden Zöpfen voraus. Eine Minute später stand sie vor dem Lieferanteneingang und drückte mit beiden Händen auf die Klingel. Oft war Mrs. Bridge gerade in der Küche und polierte das Silber oder plante das

Wochenendmenü, während Harriet die gröbere Putzarbeit irgendwo im Haus erledigte, und so machte Mrs. Bridge ihr auf.

Alice war jedes Mal außer Atem vom Laufen, und ihre Augen strahlten erwartungsfroh, wenn sie fragte, ob Corky herauskommen und mit ihr spielen dürfe.

»Von mir aus gern«, antwortete Mrs. Bridge gewöhnlich und lächelte. »Vorausgesetzt, dass ihr euch anständig benehmt.« Und wenn dann gleich danach der Gärtner die Auffahrt ihrer Nachbarn hinaufging, grüßte sie durch die Küchentür: »Guten Morgen, Jones.«

»Morgen, Mrs. Bridge«, erwiderte er immer. »Stört Sie das Kind auch nicht?«

»Überhaupt nicht! Wir freuen uns, wenn sie hier ist.«

Inzwischen erschien Carolyn, und die beiden Kinder begannen ihren Tag. Trotz ihrer ausgezeichneten Leistungen auf der Schule hatte Carolyn nicht viel Fantasie, und einerlei, was sie vorschlug – Alice Jones hatte immer den besseren Einfall. Carolyn war von manchen Vorschlägen etwas vor den Kopf gestoßen, schmollte dann eine Weile und wurde frech, aber sobald sie merkte, dass Alice sich nicht einschüchtern ließ, gab sie nach und amüsierte sich.

Eines Vormittags beschlossen sie, den Radiolautsprecher auseinanderzunehmen und sich mit den Zwergen im Apparat zu unterhalten; an einem anderen Vormittag machten sie sich belegte Brötchen zurecht und füllten eine Thermosflasche mit Milch, weil sie einen weiten Ausflug nach Cedar Rabbits, Iowa, planten. Dann wieder verfassten sie einen langen komischen Brief an einen Rechtsanwalt, in dem Alice beschrieb, auf welche

Art sie Menschen ermordete. An manchen Samstagen führten sie höchst dramatische Stücke auf, die Stunden dauerten – mit Pausen für andere Spiele – und in denen Alice Jones stets die Hauptrolle übernahm, weil sie auch in der Volksschule im Norden der Stadt immer die Schneekönigin oder die gute Fee oder irgendeine andere Gestalt gleichen Ranges spielte. Carolyn, deren Bühnenerfahrung sich auf eine Thanksgiving-Parodie beschränkte, in der sie eine Zwiebel dargestellt hatte, erhob nur selten Einwände und hatte manchmal sogar Schwierigkeiten, der Handlung zu folgen.

Längst vor zwölf erschienen sie an der Küchentür und wollten wissen, ob es noch kein Mittagessen gebe, und wenn Harriet, oder auch Mrs. Bridge, endlich im Frühstückszimmer den Tisch für sie deckte, stellten sie das Radio an, damit sie sich beim Essen die Landwirtschaftsberichte anhören konnten, die Alice einfach zum Totlachen fand.

Eines Tages fuhr ein Feuerwehrauto am Haus vorbei, und Alice schüttelte entgeistert den Kopf. »Da sind sie schon wieder!«, rief sie. »Wen werden sie diesmal wohl in Brand stecken?« Entsetzt über die Bosheit der Feuerwehrleute rollte sie mit den Augen, seufzte und nahm sich noch mehr Karamellpudding.

Mrs. Bridge, die gerade die Liste für den Kolonialwarenhändler aufstellte, hielt inne, lächelte beide Kinder liebevoll an und freute sich, dass Carolyn sich nicht des Unterschiedes zwischen ihnen bewusst war.

Alice und ihr Vater erschienen jeden Samstag, und die zwei Kinder, zu denen sich gelegentlich Ruth gesellte – sie verbrachte den Tag allerdings häufiger auf der

Verandaschaukel –, spielten immer genauso zufrieden miteinander wie beim ersten Mal. Der Gärtner unterließ es nie, Mrs. Bridge zu fragen, ob Alice auch nicht störe; Mrs. Bridge lächelte jedes Mal und versicherte ihm, davon könne keine Rede sein.

Jeden Sommer fuhren die Bridges einen Monat nach Colorado. In dieser Zeit ließen sie sich von Jones, nachdem er mit seiner Arbeit bei den Nachbarn fertig war, den Rasen sprengen, und so spielte Alice auf dem vertrauten Grundstück und erkundigte sich häufig bei ihrem Vater, ob Corky nicht bald zurückkäme.

»Ja, bald«, antwortete er gewöhnlich, aber eines Tages stockte er und sagte dann, als schaue er in die Zukunft, rätselhaft und ein wenig traurig: »Wer weiß, ob sie überhaupt zurückkommt, mein Kind.«

Endlich jedoch waren die Ferien vorüber, und Carolyn kam wieder nach Hause, sonnenverbrannt und eingebildet.

»Die Berge sind riesengroß«, sagte sie geziert und plapperte ihrer Mutter nach: »Es war einfach fabelhaft.«

»Weißt du, was ich in der Tasche habe?«, fragte Alice Jones daraufhin.

Carolyn, der es gegen den Strich ging, dass sie wieder die zweite Geige spielen sollte, tat verächtlich.

»Wen interessiert das schon?«, erklärte sie und wandte sich kühl ab.

»Einen Menschenmagen«, murmelte Alice geheimnisvoll, und es dauerte nicht lange, bis Carolyn überzeugt war, dass ein Sommer in Kansas City viel aufregender gewesen wäre als in den Bergen. Sie erklärte das auch ihrer Mutter, die, da sie sowieso schon gereizt war, etwas brüsk erwiderte: »Sei nicht so albern, Carolyn.« Mrs. Bridge hätte beinahe noch hinzugefügt, dass es außer Alice ja noch andere Mädchen zum Spielen gebe, schluckte es jedoch herunter, zögerte und sagte dann: »Corky, du weißt genau, dass es dir in Colorado gut gefallen hat.« Bald, das wusste sie, würden die Mädchen sich auseinanderleben. Die Zeit würde schon dafür sorgen.

8

WER WEISS, WO DAS KASPISCHE MEER LIEGT?

Auf die Dauer wurde deutlich, dass Douglas sich von allen drei Kindern am meisten mit sich selbst beschäftigte, doch abgesehen davon schien er – zur großen Enttäuschung seines Vaters – völlig mittelmäßig zu sein. Mr. Bridge hatte einen hochbegabten Sohn erhofft, fand sich aber, obgleich er diese Hoffnung noch nicht aufgegeben hatte, widerstrebend mit dem Gedanken ab, dass sein Sohn kein Wunderkind sei. Wenn Douglas es später zu etwas bringen würde, sagte er sich, so weniger aufgrund einer Begabung als durch gewissenhaftes Bemühen.

Auch Ruth hatte – und bei ihr trat es noch deutlicher zutage – keinerlei Absicht, sich auf ihren Verstand zu verlassen. Carolyn hingegen machte sich einen Namen, sobald sie in den Kindergarten kam, und galt schon nach kurzer Zeit als das gescheiteste Kind in der Klasse. Außerdem schien sie sich ihrer Überlegenheit bewusst zu sein, und wenn ein anderes Kind sie durch einen unglücklichen Zufall einmal einholte oder sogar übertraf, sann Carolyn unverzüglich auf Rache. Sie hielt es nicht für unter ihrer Würde, zu lügen und zu betrügen, um ihre Stellung als Klassenerste wiederzuerobern, sodass sie bereits im dritten Schuljahr bei ihren Klassenkameradinnen unbeliebt war, von ihnen beneidet und von ihren Lehrern aufmerksam beobachtet wurde. Niemand war überrascht, als sie die zweite Hälfte der dritten Klasse überspringen durfte.

Die Lehrerin in Carolyns vierter Klasse war eine hinkende junge Frau namens Bloch, die Lidschatten und Wimperntusche benutzte und eine eigentümliche Angewohnheit hatte: täglich rief sie eines der Kinder zu ihrem Pult, gab ihm einen Kamm, senkte dann den Kopf, schloss die Augen und ließ sich von dem Kind die Nadeln aus dem Haar ziehen. Sie hatte dichtes, fettiges Haar, das ihr bis zur Taille herabfiel.

»Wer weiß, wo das Kaspische Meer liegt?«, murmelte sie daraufhin, und das Kind begann sie zu kämmen.

»Wer weiß, wo das Kaspische Meer liegt?«, fragte sie nochmals und sagte, ohne die Augen zu öffnen: »Albert Crawford weiß es bestimmt.«

Der aufgerufene Junge trat dann vor die große, grüne und blaue Karte, die vor der Wandtafel hing, und wies mit dem Zeigestock auf das Meer.

»Pass auf, Kind«, flüsterte sie, wenn der Kamm sich im Haar verhedderte, aber sogar das schien ihr nicht unangenehm zu sein.

Obwohl die Kinder diese merkwürdige Aufgabe ungern ausführten, dachten sie kaum noch daran, sobald sie die Schule verlassen hatten. Carolyn erwähnte jedoch einmal beiläufig zu Hause, dass sie vormittags dazu auserwählt worden war. Mrs. Bridge war entsetzt; sie hatte nie etwas von Miss Blochs Angewohnheit gehört. Nachdem sie Carolyn ausgefragt hatte und überzeugt war, dass sie die Wahrheit sprach, entschloss sich Mrs. Bridge, in der Schule anzurufen und dem Direktor den Vorfall mitzuteilen, doch aus irgendeinem Grunde brachte sie es nicht über sich. Mehrmals nahm sie den Hörer ab und schüttelte sich vor Ekel, aber jedes Mal legte sie ihn mit einem Ausdruck des Zweifels und der Besorgnis wieder auf. Sie entschied, dass es besser sei, persönlich zum Büro des Direktors zu gehen, aber auch das überstieg ihre Kräfte. Sie wusste nicht warum. Schließlich befahl sie Carolyn, sich einfach zu weigern, falls sie je wieder dazu aufgerufen werden sollte, der Lehrerin das Haar zu kämmen. Danach sagte sich Mrs. Bridge, dass die Lehrerin weiterhin keine Gefahr mehr bedeute, die Sache also erledigt sei. Und so war es auch. Carolyn wurde im gleichen Schuljahr nicht mehr dazu gerufen, und im nächsten Herbst bekam sie eine andere Lehrerin. Später überlegte sich Mrs. Bridge manchmal, ob sie richtig gehandelt habe; sie überlegte sich, ob Miss Bloch wohl immer noch Kinder aufriefe, damit sie ihr das Haar kämmten, und als Douglas in die vierte Klasse kam, wartete sie besorgt ab, welche Lehrerin er bekäme. Es war nicht Miss Bloch; wäre sie es gewesen, hätte Mrs. Bridge den Direktor wohl doch aufgesucht und verlangt, dass etwas unternommen würde. Aber es war eben nicht Miss Bloch, und Mrs. Bridge, die anderen Leuten ungern Scherereien verursachte, fühlte sich höchst erleichtert und fand, diese Angelegenheit gehe sie nichts mehr an.

9

VON DAMEN UND FRAUEN

Für das halbjährliche Großreinemachen engagierte Mrs. Bridge eine Extrahilfe. Carolyn machte die Lieferantentür auf und teilte ihrer Mutter mit: »Die Putzdame ist da.«

»Oh, ausgezeichnet«, sagte Mrs. Bridge, stellte ihren Nähkorb hin, ging zur Tür, lächelte und sagte freundlich: »Guten Tag, kommen Sie doch bitte herein.«

Am gleichen Abend belehrte sie Carolyn: »Du musst die Putz*frau* sagen. Eine Dame ist jemand wie Mrs. Arlen oder Mrs. Montgomery.«

10

TISCHMANIEREN

Mrs. Bridge sagte, dass sie die Leute nach ihren Schuhen und ihren Tischmanieren beurteile. Wenn jemand Schuhe mit schiefen Absätzen trage oder Schuhe, die lange nicht geputzt worden seien, oder Schuhe mit zerrissenen Schnürsenkeln, so könne man ziemlich sicher sein, dass er auch in anderen Dingen schlampig sei. Und aus welchen Kreisen ein Mensch stamme – einerlei ob Mann oder Frau –, lasse sich am besten beurteilen, indem man ihn bei Tisch beobachte.

Die Kinder lernten, dass es ungehörig war, mit vollem Mund zu sprechen oder mit offenem Mund zu kauen, und als sie älter wurden, lernten sie die feineren Manieren – Butter nicht auf die ganze Brotschnitte zu streichen, nicht mehr als einen Keks auf einmal zu nehmen, es sei denn, die Gastgeberin bestehe darauf. Es wurde ihnen beigebracht, sich nicht mit den Ellbogen breitzumachen, wenn sie Fleisch schnitten, und das Besteck mit den Fingerspitzen zu halten. Sie widerstanden der Versuchung, die Soße mit einem Stück Brot aufzutunken, und sie achteten darauf, dass immer ein kleiner Rest auf dem Teller blieb – nicht so viel, dass es nach Vergeudung aussah, doch ein bisschen, zum Zeichen, dass die Mahlzeit reichlich gewesen war. Und natürlich lernten sie, dass eine Dame oder ein Herr nach dem Essen in einem Restaurant nicht die Serviette faltet.

Die Mädchen gewöhnten sich diese Dinge leichter an als Douglas, der die Neigung hatte, bei allem nach dem Warum zu fragen, und manchmal bemerkte, dass er das alles recht albern finde. Es schien ihm besonders schwer zu fallen, beim Essen die linke Hand auf den Schoß zu legen; er wollte sie auf dem Tisch lassen, um sich sozusagen mit ihr zu stützen, und behauptete, wenn er den linken Arm auf dem Schoß halte, bekomme er Rückenschmerzen. Mrs. Bridge erklärte ihm, das sei absurd, und als er wissen wollte, warum er den Ellbogen nicht auf den Tisch legen dürfte, erwiderte sie: »Willst du anders sein als alle übrigen Leute?«

Douglas schwankte, entschied sich aber nach langem Schweigen und unter dem Zwang des ruhigen Mutterblickes schließlich doch, es den anderen gleichzutun.

Die amerikanische Sitte, Messer und Gabel abwechselnd in die rechte Hand zu nehmen, bereitete ihm jedoch weiterhin Schwierigkeiten und machte ihn aufsässig. Äußerst bedachtsam pflegte er sein Messer hinzulegen, hoch über seinen Teller zu reichen und die Rechte links herabzusenken, um die Gabel zu ergreifen, diese wieder hoch über den Teller zu heben und zur Ausgangsposition zurückzukehren.

»Stell dich nicht so lächerlich an«, sagte Mrs. Bridge eines Tages beim Mittagessen zu ihm.

»Na, ich möchte wetten, dass die Ägypter nicht so essen«, murmelte er und verlieh dem Wort ›Ägypter‹ einen gehässigen Nachdruck.

»Das glaube ich auch nicht«, erwiderte sie ruhig, während sie fachkundig ein Ananasdreieck ihres Obstsalates teilte, »aber du bist kein Ägypter. Darum hast du so zu essen wie die Amerikaner, und damit basta.«

11

NOCHMAL ALICE JONES

Mrs. Bridge hatte das Gefühl, dass alle paar Tage Samstag sei. Sie suchte gerade Rosinenbrötchen beim Bäckerjungen aus, als Alice mit einer langen Wäscheleine in der Hand die Auffahrt heraufrannte, und sofort kam ihr in den Sinn: Die hat das Mädchen gestohlen.

»Guten Morgen, Alice«, sagte sie. Alice ließ die Wäscheleine auf die Stufen vor der Hintertür fallen und stürzte ins Haus, um Carolyn zu suchen. Einige Minuten später erschien der Gärtner und erkundigte sich wie gewöhnlich, ob seine Tochter auch nicht störe. Mrs. Bridge lächelte flüchtig, schüttelte den Kopf und wusste nicht recht, wie sie ihm die Wahrheit beibringen sollte, ohne ihn zu kränken.

Die Kinder spielten in Carolyns Zimmer Karten. Mrs. Bridge ging nach einer Weile zu ihnen hinein, erkundigte sich, warum sie denn bei dem schönen Wetter nicht draußen spielten, und sie hatte den Eindruck – ohne sich dessen ganz sicher zu sein –, dass das kleine farbige Mädchen ihr bei diesem Vorschlag einen sonderbaren Blick zuwarf. Immerhin schienen ihre Worte Erfolg zu haben, denn bald darauf lachten sich die Kinder draußen über irgendetwas halbtot.

Kurz vor zwölf hörte Mrs. Bridge, während sie die Taschentücher in der Kommode ihres Mannes stapelte, wie Carolyn aus voller Brust sang: »Meine Mutter, deine Mutter wohnen am Broadway vis-à-vis! Sie zanken sich jeden Abend, und das, ja das schreien sie …« An dieser Stelle stimmte Alice Jones den Refrain an: »Verdammtes Biest, verdammtes Biest, verdammtes Biest …«.

Mrs. Bridge stürzte zum nächsten Fenster und schaute hinunter. Ein Ende der Wäscheleine war am Rosenspalier festgebunden. Am anderen drehte Carolyn das Seil mit beiden Händen, und in der Mitte sprang Alice auf und ab.

In der Woche darauf, als Alice wie gewöhnlich die Auffahrt heraufsauste und versuchte, die Tür zur Küche zu öffnen, war abgeschlossen. Mrs. Bridge, die in der Küche war, fragte: »Wer ist da, bitte?«

»Ich«, sagte Alice und rüttelte an der Tür.

»Einen Augenblick, Alice, ich sehe schnell nach, ob Carolyn zu Hause ist.« Sie ging in das Wohnzimmer, wo sich ihre Tochter eine der Filmzeitschriften ansah, die Ruth neuerdings kaufte.

»Alice ist wieder da. Ich werde ihr sagen, dass du keine Zeit hast.«

Aber schon beim ersten Wort war Carolyn aufgesprungen und flitzte zum Lieferanteneingang.

Gegen zehn Uhr kamen beide in die Küche, um sich Limonade zu holen, und wollten wissen, was es zum Mittagessen gebe.

»Corky bekommt Thunfischragout auf Toast und Spinat«, sagte Mrs. Bridge freundlich.

Alice erklärte, dass sie Spinat nicht riechen könne, denn der werde aus alten Teetüten gemacht.

»Ich nehme auch an, dass du mit deinem Daddy zu Mittag essen sollst, nicht wahr?«

Alice hörte einen Ton aus der Stimme heraus, der Carolyn entging; sie warf Mrs. Bridge wieder einen jener eigenartigen, forschenden Blicke zu und sagte nach kurzer Pause: »Ja, Ma'am.«

12

ANGENEHME UNTERHALTUNG

Die Van Metres waren ebenso wenig Ägypter wie Douglas, aber in gewissem Sinne wirkten sie sehr ausländisch auf Mrs. Bridge. Sie fand sie höchst merkwürdig. Wilhelm und Susan Van Metre waren etwa fünfzehn Jahre älter als die Bridges. Sie taten recht hochnäsig – vor allem Wilhelm –, lasen literarische Zeitschriften, von denen keiner je etwas gehört hatte, oder gingen, wenn ein Theaterensemble in Kansas City gastierte, zu Ballett- oder Opernaufführungen und ähnlichen Veranstaltungen. Mrs. Bridge konnte sich nicht genau erinnern, wie sie und ihr Mann sich mit den Van Metres angefreundet hatten oder wie die Gewohnheit entstanden war, sich gegenseitig zum Abendessen einzuladen. Aber es hatte sich nun einmal so ergeben, und jedes Ehepaar fühlte sich verpflichtet, die Gastfreundschaft des anderen zu erwidern.

Wenn die Van Metres die Gastgeber waren, fuhren sie zu einem Landklub im Osten der Stadt, der schon seit zehn Jahren außer Mode war. Wilhelm Van Metre fuhr niemals schneller als fünfundzwanzig Kilometer in der Stunde; er saß kerzengerade auf seinem Sitz und umklammerte das Steuer, als befürchte er im nächsten Augenblick einen schrecklichen Zusammenstoß. Fast an jeder Kreuzung hielt er, verstummte und spähte ängstlich nach beiden Seiten. Dann fuhr er, falls seine Frau nichts einzuwenden hatte, weiter. Die Folge davon war, dass sie den Klub nur selten vor neun Uhr erreichten. Dort bog er mit dem alten Auto vorsichtig auf den kreisförmigen Kiesweg ein und stellte vor dem Haupteingang den Motor ab.

»Meine Damen«, sagte er auffordernd mit seinem rollenden, salbungsvollen Bass, woraufhin Mrs. Bridge und Mrs. Van Metre ausstiegen und die Freitreppe zum Klub hinaufgingen. Van Metre ließ den Motor erst wieder an, wenn er sich überzeugt hatte, dass die Damen sicher in das Klubhaus gelangt waren; dann fuhr er im ersten Gang auf dem Kieskreis zum Parkplatz weiter.

»Wie ich sehe, sind heute Abend keine anderen Wagen da, Walter. Wo stecken die Leute nur?«

Mr. Bridge, der bereits angeödet war und an einen wichtigen Fall im Büro dachte, gab sich nicht einmal die Mühe zu antworten.

Die Damen warteten in der verlassenen Empfangshalle auf die Herren.

»Es sieht ganz so aus«, lachte Van Metre rollend, »als hätten wir das Lokal heute Abend für uns allein.«

»Menschenmengen gehen mir manchmal richtig auf die Nerven«, erwiderte Mrs. Bridge heiter.

Sie pilgerten durch den Korridor zum hinteren Teil des Gebäudes, wo sich der Speisesaal befand, und da im Flur einige Läufer lagen, schritten sie einmal lautlos dahin, dann auf dem Parkett, dann wieder lautlos und so fort. Wenn ihre Hacken über das Parkett klapperten, hallte das Geräusch vor und hinter ihnen wider, als seien noch andere da, die ihnen vorangingen und folgten.

Als das Schweigen unerträglich wurde, blickte Mrs. Bridge über ihre Schulter, lächelte und sagte: »Alle behaupten, dass der Koch hier der beste in der Stadt ist.«

»Wir finden ihn ganz passabel«, sagte Wilhelm Van Metre, der mit leicht gesenktem Kopf direkt hinter ihr ging.

Um die hoffnungslose Länge des Korridors zu vertuschen, standen Tischchen in verschiedenen Formen hie und da an der Wand. Auf einem der Tische lag ein Kranz, auf einem anderen stand eine unangezündete Kerze, auf einem dritten eine silberne Schale, auf einem vierten lag ein Telefonbuch in grauem Ledereinband. Etliche Spiegel waren über die Wand verteilt, aber Mrs.

Bridge wagte es nicht, in einen davon zu blicken, und fragte sich, während sie zu viert weiterwanderten, ob sie im Begriff sei, ihre Selbstbeherrschung zu verlieren. ›Wohin gehen wir?‹, dachte sie. ›Warum sind wir überhaupt hier?‹

»Was für hübsche Tische«, sagte sie.

Van Metre räusperte sich. »Tische sind hier ganz am Platz.«

»Wir sollten uns wirklich öfter sehen«, schlug sie vor.

»Ja. Susan und ich sagen so oft, ›Wir sollten wirklich Walter und India einmal besuchen‹.«

Schließlich gelangten sie an die Mattglastür des Speisesaals.

»Meine Damen«, sagte Van Metre und hielt die Tür auf.

Im Speisesaal saßen zwei Personen.

»Susan, ich glaube, das ist der junge Blackburn mit seinem Vater.«

»Er muss von der Universität zurückgekommen sein.«

»Ich denke, ich begrüße sie schnell. Walter und India, ihr entschuldigt mich doch sicher einen Augenblick.« Van Metre durchquerte langsam den Speisesaal und sprach mit den beiden Herren, die sich daraufhin zu Mr. und Mrs. Bridge umdrehten.

Innerhalb weniger Minuten kam er zurück und rieb sich die Hände. »So, jetzt wollen wir einmal sehen, welchen Tisch wir nehmen. Hat jemand einen besonderen Wunsch?«

»Ich glaube, es spielt keine Rolle«, sagte Mrs. Bridge. Alle Tische waren gedeckt, und auf jedem brannte eine Kerze, als würden viele Leute erwartet.

Van Metre musterte die leeren Tische eindringlich und sagte, als er seine Wahl getroffen hatte, mit höflicher Geste: »Darf ich die Damen bitten.«

Sie setzten sich an einen ovalen Tisch vor einer Glastür mit Aussicht auf die Terrasse. Von dort konnten sie ein beleuchtetes Schwimmbassin sehen, ein paar Liegestühle, den Fahnenmast und einen gewundenen, von gekalkten Felsen gesäumten Kiesweg. In der Ferne, über dem dunklen Wall der Bäume, tönten die Lichter der Innenstadt den Himmel kühlrosa.

»Eine herrliche Aussicht«, rief Mrs. Bridge aus.

»Bist du nicht etwas zu nachsichtig?«, sagte Van Metre und entfaltete seine Serviette. »Viel ist da nicht zu sehen.« Er begann in Richtung Küche die Stirn zu runzeln.

»Ich finde, das Schwimmbassin sieht sehr hübsch aus, wenn sich die Lichter darin spiegeln.«

»Die Felsen sind doch einfach lächerlich«, erklärte Susan Van Metre.

»Woanders würden sie sicher ein bisschen aufgedonnert wirken, aber findest du nicht, dass sie sich hier auf dem Land ganz nett machen? Irgendwie gemütlich.«

»Der Klub liegt ja nicht gerade auf dem Land.« Van Metre räusperte sich. Dann drehte er sich auf seinem Stuhl um und runzelte wieder die Stirn in Richtung Küche. »Ob wir heute wohl noch etwas zu essen bekommen?«

»Wir haben doch Zeit«, sagte Mrs. Bridge.

Van Metre schnalzte mit den Fingern, woraufhin Vater und Sohn zu ihm herüberschauten.

»Gibt es hier keine Bedienung?«, rief Van Metre mit jovialem Unterton.

Der Vater sprach mit seinem Sohn, der aufstand, zu den Schwingtüren ging, sie halb aufstieß und offensichtlich etwas zu jemandem in der Küche sagte. Sofort kam ein Filipino-Kellner heraus, eine gefaltete Serviette über dem Arm.

»Was können Sie uns heute empfehlen?«, fragte ihn Van Metre.

Der Kellner meinte, dass die Hammelkeule besonders gut sei.

»Was haltet ihr davon? India? Walter? Susan? Alle Hammelkeule?«

»Wunderbar«, sagte Mrs. Bridge.

»Also viermal Hammel.« Van Metre lachte rollend. »Das klingt, als ob ich vier Hammel bestelle. Ganze Tiere.« Er trank einen Schluck Wasser, setzte seine Brille ab und sagte, während er sie gegen das Licht hielt: »Wahrscheinlich habe ich euch schon erzählt, was mir auf der Heimreise von meiner Angelexpedition in Illinois passiert ist.«

»Aber nein, ich glaube nicht. Was denn?«, fragte Mrs. Bridge gespannt.

»Ich ging mit Andrew Stoner angeln«, begann er und zog seine buschigen Augenbrauen allem Anschein nach fragend in die Höhe.

Mrs. Bridge dachte schnell nach. »Stoner Kurzwaren?«

»Nein, das ja nun doch nicht! Stoner Kurzwaren, nein, wirklich nicht.« Er lachte rollend, während er seine Brille wieder aufsetzte, und Mrs. Bridge stellte mit einigem Unbehagen fest, dass seine Augenbrauen tatsächlich die Gläser berührten.

»Den Kerl kenne ich auch«, sagte er. »Nein, India, nicht Stoner Kurzwaren, nicht im entferntesten. Andrew

Stoner und nicht John Stoner. Mein Stoner sitzt in der Winterweizenbranche. Ich möchte sogar annehmen, dass ihr ihn kennt.«

»Ein ziemlich kleiner Mann mit einer hübschen Frau?«

»Du denkst vermutlich an Dr. Max Hamm. Er trägt eine Brille mit Goldrand und hat einen deutschen Akzent.«

»Ach so – nein, ich glaube nicht, dass ich die Stoners kenne.«

»Ich bin überzeugt, dass ihr ihn irgendwo schon getroffen habt.«

»Ja, sicher. Ich kann mir nur keine Namen merken.«

»Vielleicht habt ihr ihn aber auch nicht getroffen.« Van Metre rieb sich nachdenklich sein Kinn und trank noch einen Schluck Wasser. »Wenn ich es mir jetzt überlege, glaube ich, dass Andrews Frau starb, ehe ihr in diese Gegend gezogen seid. Andrew ging danach ein paar Jahre auf Reisen.« Er drehte die Wasserkaraffe um; offensichtlich betrachtete er die Gravur. »Jedenfalls kamen wir von unserer jährlichen Angelexpedition zurück und übernachteten in einem kleinen Hotel in Illinois. In Gilman, wenn ich mich nicht irre. Nicht weit von Peoria.« Sein Gesicht hatte wieder einen fragenden Ausdruck.

»Ich glaube, ich bin nie dort gewesen. Es muss hübsch sein.«

Van Metre hielt seine Serviette vor den Mund und hustete. »Also, India«, fuhr er dann fort, »dort möchte ich ja nun wirklich nicht leben. Doch Andrew und ich übernachteten, wie gesagt, in Gilman, obwohl ich jetzt nicht mehr weiß warum. Es war ein Fehler, das kann ich euch versichern.«

»Das hört sich grässlich an.«

»So schlimm war es nun auch wieder nicht.«

»So habe ich es auch nicht gemeint, aber diese kleinen Landstädtchen können schrecklich deprimierend sein.«

»Ich würde Gilman nicht gerade als Landstädtchen bezeichnen.«

»Oh, das habe ich damit nicht behaupten wollen.«

»Gilman ist gar keine so kleine Stadt. Hat viel Industrie. Es hat vielleicht sogar eine Zukunft.«

»Wirklich? Wahrscheinlich ist es ganz anders, als ich es mir vorstelle.«

Wilhelm Van Metre starrte eine Weile die Tischdecke an, als hätte ihn jemand irritiert.

»Wir übernachteten dort. Wir bekamen ein Zimmer im Hotel, gar kein übles Zimmer, obwohl es klein war, und als wir zum Abendessen hinuntergingen, sagte Andrew: ›Wilhelm, was meinst du zu einem Gläschen?‹ Nun ja, India und Walter, ich sagte: ›Keine schlechte Idee. Trinken wir etwas!‹ Wir entschieden uns für einen Martini. Ich weiß nicht mehr warum. Wir hatten keine Ahnung, ob der Barmixer in diesem kleinen Hotel überhaupt wusste, was ein Martini ist, aber wir wollten ihn auf die Probe stellen.«

Mrs. Bridge, die annahm, dass nun eine Geschichte über einen abscheulichen Martini käme, sagte: »Das war allerdings höchst riskant.«

»Also, meine Herrschaften«, sagte Van Metre, lehnte sich zurück und schlug plötzlich auf den Tisch, »dieser Martini war der beste, den ich je getrunken habe.«

»Das muss aber eine Riesenüberraschung gewesen sein!«

Der Kellner schob einen Servierwagen heran, auf dem die Hammelkeule unter einem großen versilberten Deckel lag. Nachdem er vorgelegt und die Wassergläser neu gefüllt hatte, verschwand er wieder in der Küche. Sie begannen zu essen.

»Diese Hammelkeule ist nicht ganz durchgebraten«, stellte Van Metre fest.

Mrs. Bridge erklärte, dass sie für sie gerade richtig sei.

13
GÄSTEHANDTÜCHER

Jungen sind, wie jeder weiß, schwieriger als Mädchen, aber Mrs. Bridge hatte das Gefühl, dass Douglas schwieriger sei als beide Mädchen zusammen. Ruth, die stille Ruth, war überhaupt nicht schwierig; Mrs. Bridge machte sich manchmal Sorgen darüber, weil es nicht ganz natürlich war. Carolyn glich das durch Wut- und Eigensuchtsanfälle aus, aber das alles war nichts im Vergleich zu Douglas, der es seltsamerweise nie auf Schwierigkeiten abzusehen schien; er *war* eben nur irgendwie ein schwieriger Fall. Unentwegt gab es etwas an ihm auszusetzen oder zu korrigieren, obwohl er es selbst nicht wusste oder es ihn, falls er es wusste, völlig gleichgültig ließ. Wenn er auftauchte, war er entweder hungrig, schmutzig oder unpünktlich, musste zum Haareschneiden geschickt werden oder war aus etwas herausgewachsen, hatte Nasenbluten oder sich geschnitten, hatte etwas verloren oder sah einfach schlampig und verdreckt aus. Mrs. Bridge verstand das absolut nicht. Sie konnte ihn zur Plaza mitnehmen und ihm ein Paar Kordsamtknickerbocker kaufen – nach einer Woche hatte er ein Knie durchgescheuert. Er war immer erstaunt und ein wenig gekränkt über die mütterliche Besorgtheit; ihm ging es blendend – worauf kam es sonst an?

Mrs. Bridge wusste, dass er mit den Gästehandtüchern auf dem Kriegsfuß stand. Da er jedoch nichts mit ihnen zu tun hatte, war es bisher nie zu einem Konflikt gekommen. Sie hatte sich einen Vorrat von den, wenigstens nach der Meinung aller ihrer Bekannten, besten Tüchern gekauft, und jedes Mal, wenn sie Gäste hatte, steckte sie die gewöhnlichen Handtücher in den Wäschesack und hängte mehrere dieser pastellfarbenen Handtücher in jedes Badezimmer. Sie waren ziemlich klein, kaum größer als ein Taschentuch, und niemand rührte sie je an. Nachdem die Gäste gegangen waren, nahm sie die Handtücher wieder vom Halter und packte sie bis zum nächsten Besuch in die Schachtel. Niemand rührte sie an, weil sie zu hübsch aussahen; alle Gäste machten es genauso wie Mrs. Bridge, wenn sie bei anderen eingeladen war: sie trocknete sich die Hände mit einem Papiertaschentuch ab.

Eines Nachmittags nach dem Essen machte sie die Runde durchs Haus, um wie gewöhnlich die Gästehandtücher einzusammeln, und war höchst erstaunt, dass eines der Handtücher in Douglas' Badezimmer benutzt worden war. Es war sogar ausgesprochen schmutzig.

Wer das Handtuch benutzt hatte, stand außer Zweifel. Mrs. Bridge fand Douglas auf dem unbebauten Grundstück nebenan, wo er auf einem Baum hockte. Soviel sie sehen konnte, tat er gar nichts; er hockte nur da oben. Sie trat unter den Baum und fragte ihn, was mit dem Handtuch geschehen sei. Sie hielt es in die Höhe. Er schaute nachdenklich herab. Ja, er habe sich damit die Hände abgetrocknet.

»Diese Handtücher sind für Gäste da«, sagte Mrs. Bridge und fühlte sich unerklärlicherweise den Tränen nahe.

»Warum benutzen sie sie dann nicht?«, fragte Douglas. Er schaute jetzt über die Dächer hinweg.

»Komm herunter, damit ich mit dir reden kann. Ich will mir nicht die Lunge aus dem Hals schreien.«

»Ich kann dich gut verstehen«, sagte Douglas und kletterte ein Stück höher.

Mrs. Bridge spürte, dass sie wütend auf ihn wurde, und ärgerte sich über sich selbst, weil die ganze Sache so nichtig war. Außerdem kam sie sich allmählich lächerlich vor, wie sie da unter dem Baum stand, ein Handtuch schwenkte und zu jemandem sprach, der vermutlich für neugierige Nachbarn unsichtbar war. Sie konnte von Douglas nur seine Tennisschuhe und ein Bein sehen. Auch wusste sie, dass er recht hatte, teilweise jedenfalls. Trotzdem hängt man, wenn man Gäste hat, eben Gästehandtücher in die Badezimmer. Das taten alle, das tat sie, und das wollte sie auch unbedingt weiterhin tun.

»Sie benutzen immer nur ihr Taschentuch oder sonst etwas«, sagte Douglas verstimmt aus der Höhe.

»Das ist egal«, sagte Mrs. Bridge. »Von heute an lässt du die Finger von diesen Handtüchern.«

Aus dem Baum kam keine Antwort.

»Hast du mich verstanden?«

»Ja«, sagte Douglas.

14
UNPÜNKTLICH

Nicht lange nach der Geschichte mit den Gästehandtüchern kam Douglas zu spät zum Abendessen, und als er nach einer passenden Erklärung gefragt wurde, sagte er ziemlich gleichgültig, wenn auch der Anflug einer Entschuldigung aus seiner Stimme herauszuhören war, weil er sich hatte überrumpeln lassen: »Sie haben mir die Hose ausgezogen.«

»*Was?*«, rief Mrs. Bridge und legte ihre Serviette beiseite. Sie und die Mädchen hatten sich entschlossen, nicht länger auf Douglas zu warten, und waren mit dem Essen schon halb fertig. Mr. Bridge war noch nicht aus dem Büro zurück.

Douglas stieg über seinen Stuhl wie über eine Hürde und setzte sich rittlings darauf, eine Angewohnheit, die seine Mutter zur Verzweiflung brachte; er wusste das, und sie wusste, dass er es wusste.

»Warum kannst du das nicht sein lassen?«, fragte sie. Sie war erleichtert, dass er wieder zu Hause war, konnte allerdings nicht umhin, ihn, da sie ihn nun in Sicherheit wusste, auszuschimpfen.

»Was?«

»Das weißt du genau.«

Immer, wenn sie sich darüber stritten, wie er sich auf seinen Stuhl setzte, erklärte er, dass er es so mache, um den Teppich zu schonen. Douglas vertrat die Theorie, dass der Teppich fadenscheinig werde, wenn er seinen Stuhl jedes Mal abrücke, und dass er ja nur versuche, die Sachen zu schonen, da seine Mutter ihm dauernd erkläre, er solle die Möbel besser behandeln. Diese Beweisführung war allen bekannt.

»Und jetzt«, sagte Mrs. Bridge, breitete die Serviette wieder auf ihrem Schoß aus und begann Butter auf einen warmen Zwieback zu streichen, »wollen wir nochmal von vorn anfangen.« Kaum hatte sie das gesagt, als sie es schon bedauerte.

»Sie haben mir die Hose ausgezogen«, wiederholte Douglas heiter.

»Was soll das heißen?«

»Sie haben meine Hose genommen und sie auf Goldfarbs Garage geschmissen.«

»Wer?«, fragte sie und legte ihren Zwieback hin.

Carolyn, die ihre Mutter oft nachahmte, aß ebenfalls nicht weiter und setzte eine strenge Miene auf. Ruth ließ sich nicht beirren.

»Ach«, sagte Douglas, »die Jungens. Tom, weißt du, und Louis und die anderen.«

»Aber *warum*?«

»Ich weiß nicht.« Die Unterhaltung interessierte ihn nicht besonders. Er nahm sich von allem, was auf dem Tisch stand, und lud sich so viel auf den Teller, dass es die Grenzen des Anstands knapp überstieg, aber doch nicht reichte, um ein Donnerwetter bei seiner Mutter auszulösen. Er merkte freilich genau, dass sie das Ausmaß seiner Portionen beobachtete.

»Aber sie müssen doch einen Grund gehabt haben, mein Gott. Hast du sie irgendwie herausgefordert?«

»Nein. Wir balgten uns drüben auf dem leeren Grundstück – das war so eine Art Bandenkeilerei –, und ich lag unten, und plötzlich wollten sie mir alle die

Hose ausziehen, weiter nichts.« Er löffelte Soße auf seinen Teller; er hatte einen halbkreisförmigen Damm aus Kartoffelpüree gebaut und machte aus der Soße einen See.

»Das ist genug, hörst du!«

Mit gekränkter Miene stellte er die Schüssel hin und schaute sich nach etwas anderem um.

»Ich kann einfach nicht begreifen, warum sie so etwas tun«, fuhr sie fort, halb zu sich selbst.

»Wahrscheinlich hatten sie nur Lust, irgendjemandem die Hose auszuziehen«, erläuterte Douglas zuvorkommend, »und ich lag gerade unten, weiter nichts. Vor ein paar Wochen haben wir Eliot Hoff die Hose ausgezogen. Der schrie wie am Spieß und heulte fürchterlich.«

»Schon gut, schon gut, das genügt«, sagte Mrs. Bridge. »Ich glaube, die Sache ist jetzt klar.«

»Und wie hast du deine Hose wiedergekriegt?«, fragte Carolyn.

»Ach, ich bin einfach auf die Telegrafenstange geklettert, von der aus ein dickes Kabel zu Shafers Garage führt, und als ich da oben war, habe ich Anlauf genommen und bin auf Goldfarbs Garage gesprungen.« Er wurde ausgesprochen redselig. »Von hier aus denkt man, dass die Garagen dicht nebeneinander liegen, aber wenn man da oben steht, sieht die Sache ganz anders aus, und ich dachte schon, dass ich's nicht schaffen würde. Ich stand da oben wie ein Mann auf dem Trapez, ohne Hose und ...«

»Basta!«, unterbrach ihn Mrs. Bridge und schaute ihm fest in die Augen.

»Ich sause also los ...«

›Das Thema ist beendet.«

›Ja, ja«, murmelte er und streckte die Hand wieder nach der Soßenschüssel aus.

15

FERIENNEUIGKEITEN

Am fünfzehnten jeden Monats erschien in Kansas City eine Zeitschrift mit dem Titel *The Tattler*. Sie war sehr dünn – hatte sechzehn Seiten –, aber auf kostbarem Papier gedruckt und groß im Format; fast halb so groß wie eine Zeitung. Die Typografie war, aus nur dem Verleger bekannten Gründen, im Stil von 1910 gehalten. *The Tattler* war Kansas Citys Gesellschaftsblatt; es brachte Fotografien prominenter Bräute, auf Besuch weilender Berühmtheiten, die von einem reichen Sohn der Stadt festlich bewirtet wurden, und neuer Abonnenten, außerdem lange Namenslisten von Leuten, die irgendein gesellschaftliches Ereignis veranstaltet oder einem solchen beigewohnt hatten. Diese Listen waren so lang, dass man es ratsam fand, sie in Abschnitte aufzuteilen und von Zeit zu Zeit durch eine Beschreibung von irgendetwas einigermaßen Einschlägigem zu unterbrechen.

The Tattler erwähnte Mrs. und Mr. Bridge jedes Mal, wenn sie an einem größeren gesellschaftlichen Ereignis teilnahmen, und brachte gelegentlich ihr Bild. Das unvergesslichste Foto von Mrs. Bridge wurde einmal während der Familienferien in Colorado aufgenommen. Sie hatte Pferde immer gern gehabt und war vor ihrer

Ehe regelmäßig geritten. In den letzten Jahren hatte sie freilich mit Pferden nur noch wenig zu tun; einer der Gründe war, dass sie beleibter wurde und befürchtete, in Reithosen nicht mehr eine so gute Figur zu machen wie früher. Tatsächlich hatte sie, als diese Aufnahme entstand, seit zehn Jahren nicht mehr auf einem Pferd gesessen. Das Pferd hatte zu allem Unglück gerade geschnaubt und den Kopf gesenkt. Mrs. Bridge, deren Aufmerksamkeit zwischen Tier und Fotograf schwankte, beugte sich unsicher lächelnd über den Hals. Die Unterschrift lautete: »Mrs. Walter Bridge, die mit ihrer Familie die Sommerferien in Rocky Point Lodge, Estes Park, Colorado, verbringt, liebt einen Galopp auf den Reitwegen über alles.«

16

LEB WOHL, ALICE

Alice Jones erschien nun ungefähr einmal im Monat, obgleich ihr Vater wie gewöhnlich jeden Samstag bei den Nachbarn arbeitete. Wenn sie ihn begleitete, verbrachte sie den Vormittag mit Carolyn, fuhr aber gegen Mittag mit der Straßenbahn allein nach Hause. Die beiden Mädchen unterhielten sich an diesen Vormittagen ganz vertraulich, meistens in Carolyns, das heißt in Carolyns und Ruths gemeinsamem Zimmer. Ruth war am Samstag nur selten zu Hause; niemand in der Familie wusste, wo sie steckte. Alice Jones und Carolyn machten also die Zimmertür zu und sprachen leise oder im Flüsterton über die Schule, über Kleider und Freundinnen und Jungen und wie sie ihre Kinder erziehen wollten.

»Wie viele willst du haben?«, fragte Carolyn.

»Elf«, erklärte Alice bestimmt.

»Du lieber Himmel«, sagte Carolyn. »Das ist aber eine Menge.«

»Wieso? Wie viele willst du denn haben?«

»Zwei, glaube ich. Das ist dann eine nette Familie.«

Eines Samstags beim Mittagessen, kurz nachdem Alice zur Straßenbahn gegangen war, erzählte Carolyn, dass Alice sie am nächsten Samstagnachmittag zu einer Kindergesellschaft eingeladen habe.

»Ach, das ist aber nett von ihr«, erwiderte Mrs. Bridge und schob sich mit einer kleinen silbernen Gabel ein Stück Banane in den Mund. »Wo ist denn die Kindergesellschaft?«

»Bei Alice zu Hause.«

»Und wo wohnt Alice?«

»In der 13. Straße.«

Mrs. Bridge nahm ihre kleine silberne Gabel und teilte einen halben Pfirsich, der zu groß für einen Bissen war. Sie wusste, wo die 13. Straße war, obwohl sie sich nie dort aufgehalten hatte. Es war eine Gegend mit sehr gemischter Bevölkerung.

»Darf ich hingehen?«

Mrs. Bridge lächelte Carolyn freundlich zu. »An deiner Stelle täte ich es nicht.«

17
SPRICH NIE MIT FREMDEN MÄNNERN

Unter Leuten, die man nicht kannte, musste man sich mit größter Vorsicht bewegen. Mrs. Bridge wollte nicht unhöflich sein, aber schließlich gab es, wie ihr Mann ihr schon mehr als einmal vorgehalten hatte und wie jeder aus der Zeitung ersehen konnte, solche und solche Leute auf der Welt. Deshalb und aus anderen Gründen wollte sie nicht, dass Carolyn im Norden der Stadt herumlief.

Nicht lange, nachdem Alices Einladung abgelehnt worden war, machte Mrs. Bridge Einkäufe in der Stadt und achtete dabei kaum auf die Leute um sie herum, als sie plötzlich bemerkte, dass ein Mann sie anstarrte. Sie konnte nicht umhin, ihn verstohlen zu betrachten, sah nur, dass er in den Vierzigern und keineswegs schlecht angezogen war, wandte sich dann ab und ging zu einem anderen Ladentisch, aber er folgte ihr.

»Guten Tag«, sprach er sie lächelnd an und tippte an seinen Hut.

Mrs. Bridge bekam es mit der Angst zu tun und sah sich Hilfe suchend um.

Der Mann wurde rot und lachte verlegen. »Ich bin Henry Schmidt«, sagte er. Und nach einer Pause fügte er nervös hinzu: »Gladys Schmidts Mann.«

»Mein Gott!«, rief Mrs. Bridge aus. »Ich habe Sie gar nicht erkannt.«

Sie unterhielten sich ein paar Minuten. Er erwähnte, dass er Ruth vorige Woche aus dem Kino habe kommen sehen, und meinte, dass sie eine Schönheit werde. Mrs. Bridge dankte ihm für das Kompliment.

Schließlich tippte er wieder an seinen Hut und sagte: »Auf Wiedersehen.«

»Es war nett, Sie hier zu treffen«, erwiderte sie. »Bitte grüßen Sie Gladys herzlich von mir. Wir sollten wirklich einmal abends zusammenkommen.«

18

GRACE BARRON

Grace Barron war rätselhaft und beunruhigend. Sie wohnte in der besten Villengegend, denn ihr Mann war Bankier, und trotzdem schien sie unzufrieden zu sein. Mrs. Bridge konnte nie ganz dahinter kommen, worauf es Grace Barron mit ihrer Kritik oder ihren Bemerkungen eigentlich abgesehen hatte.

Grace hatte einmal zu ihr gesagt: »India, ich bin nie irgendwo gewesen, habe nie irgendetwas getan oder irgendetwas gesehen. Ich weiß nicht, wie andere Leute leben, was sie denken, nicht einmal, an was sie glauben. Sind wir auf dem rechten Weg? Glauben wir an die richtigen Dinge?«

Und bei einer anderen Gelegenheit, als Mrs. Bridge ihr ein nettes Kompliment über ihr Haus machte, erwiderte Grace: »Virgil hat fünfzigtausend Dollar dafür bezahlt.« Es war keine Protzerei, es war eine Äußerung der Unzufriedenheit.

Bei Diners, Wohltätigkeitsveranstaltungen und Cocktailpartys redete Mrs. Bridge gewöhnlich über Dinge wie die Statuten aller möglichen Vereinsausschüsse, antikes

Silber, Porzellansorten, den Margarinepreis im Vergleich zum Butterpreis oder die voraussichtliche Rocklänge der nächsten Mode, aber seit Grace Barron zu ihrem Kreis gehörte, war sie um Antworten verlegen. Grace nämlich sprach über andere Dinge – über Kunst, Politik, Astronomie, Literatur. Nach solchen Unterhaltungen kam Mrs. Bridge sich ungebildet vor und war verwirrt, wenn auch ein wenig geschmeichelt und erfrischt, und auf dem Heimweg überlegte sie, was sie hätte sagen sollen oder sagen können, statt einfach zu lächeln oder zu erwidern: »So schlimm sieht es doch nicht aus« oder »Ja, das ist sicherlich so.«

Als seine Frau wieder einmal von Grace Barron sprach, sagte Mr. Bridge über den Rand seiner Abendzeitung hinweg: »Frag sie einmal, ob sie ihre Tochter an den Mann bringen muss.«

Mrs. Bridge verteidigte sich: »Sie haben doch nur einen Sohn.« Sie wusste, dass es eine alberne Bemerkung war, und fügte hastig hinzu: »Sicher hast du recht, aber ...«

»Wenn du daran zweifelst, so frag sie nur und hör dir an, was sie antwortet.«

»Mein Gott«, sagte Mrs. Bridge und nahm die letzte Nummer des *Tattler* in die Hand, »ich glaube, wir wechseln lieber das Thema. Ich wollte dich wirklich nicht reizen.«

Trotzdem dachte sie weiterhin über vieles nach, was Grace Barron gesagt hatte, und auch über Grace selbst, die irgendetwas Besonderes an sich hatte. Mrs. Bridge hatte sie an einem Oktobernachmittag des vergangenen Jahres kennengelernt und erinnerte sich so genau daran, weil es der Tag des ersten italienischen Luftangriffes auf Abessinien gewesen war. In Kansas City schien die

Sonne, und die Blätter an den Bäumen verfärbten sich. Es war ein schöner Tag. Die Barrons waren gerade in die Nachbarschaft gezogen; Madge Arlen, deren Mann mit Virgil Barron zusammen studiert hatte, wollte vorbeigehen und Grace Barrons Bekanntschaft machen, und Mrs. Bridge begleitete sie. Die Barrons hatten ein riesiges Haus im Kolonialstil beim Meyer Circle gemietet, und als Mrs. Bridge und Madge Arlen an jenem Nachmittag dort vorfuhren, sahen sie ganz in der Nähe eine Gruppe Jungen, die auf der Straße Fußball spielten. Grace Barron war offenbar nicht zu Hause, denn niemand machte ihnen auf. Sie wollten gerade umkehren, als einer der Jungen von der Straße heraufrannte. Er blieb stehen, kickte den Ball zu den anderen Spielern zurück, sprang dann über ein Blumenbeet und lief schreiend und winkend quer über den Rasen auf sie zu.

»Das ist sicher ihr Sohn«, sagte Madge Arlen.

»Der wird nichts zu lachen haben, wenn sie ihn dabei erwischt, wie er über ihre Blumen springt«, meinte Mrs. Bridge.

Sie warteten, ein wenig kritisch, auf ihn. Er trug ein sackartiges Hemd, verschossene Texashosen, schmutzige Tennisschuhe und eine Jockeymütze: ein schlanker, anmutiger Junge, etwa so groß wie Douglas. Und als er näher kam, sahen sie, dass er Sommersprossen und eine Stupsnase hatte. Er lachte und keuchte.

»Hallo!«, rief er, und in diesem Augenblick erkannten sie, dass er überhaupt kein Junge war. Es war Grace Barron.

Und ebenso deutlich erinnerte sich Mrs. Bridge an einen Abend, da sie und Grace ein Gartenkonzert besucht hatten. Musik gehörte zu den Dingen, über die Mrs. Bridge schon immer gern mehr hatte wissen wollen, und so freute es sie, obgleich sie auch darüber erschrak, dass Grace, die sie kaum kannte, eines Abends einfach anrief und fragte, ob sie Lust hätte, mit ihr zum Konzert im Stadtpark zu gehen. Sie saßen auf Klappstühlen und lauschten andächtig; für Mrs. Bridge war es ein völlig neues Erlebnis. Als die Symphonie verklang, die Musiker ihre Instrumente einpackten und der Dirigent Autogramme auf die Programme schrieb, schlug Grace vor, dass sie auch zum nächsten Konzert zusammen gehen sollten.

»Schrecklich gern!«, rief Mrs. Bridge aus. »Wann ist es denn?« Als sie dann das Datum erfuhr, sagte sie bedauernd: »Ach, da haben die Noel Johnsons ausgerechnet ein paar Leute zum Cocktail …«

»Das macht nichts«, erwiderte Grace. »Ich weiß schon, wie es einem geht.«

Und dann trafen sie sich eines Nachmittags zufällig in der Stadt. Mrs. Bridge sah sich gerade ein paar feuerfeste Töpfe an, die im Rundfunk besonders angepriesen worden waren. Sie konnte sich aber nicht entschließen, sie zu kaufen, und als sie durch das Warenhaus schlenderte, stieß sie plötzlich auf Grace Barron, die einen Geschenkartikel anstarrte: winzige Silberglöckchen, die sich um einen fein gearbeiteten Kerzenhalter drehten.

»Oh, wie raffiniert!«, sagte Mrs. Bridge und las das Preisschildchen. »Aber ich finde, sie verlangen zu viel dafür.«

»Ich komme mir vor wie diese Glöckchen«, sagte Grace. »Warum drehen sie sich, India? Warum? Weil die

Kerze brennt. Was ich meine, ist – ach, ich weiß es selbst nicht. Aber der Kreis, in dem sie sich bewegen, ist so klein.« Sie starrte wieder die Konstruktion an, die sich langsam drehte, drehte und hell und fein läutete.

19

WIE GEHT'S, SEÑORA BRIDGE?

Spanisch hatte sie schon lange lernen wollen und sagte häufig zu ihren Freundinnen, dass sie es gern als Schulfach gehabt hätte. Die Kinder, die das gehört hatten, schenkten ihr zum Geburtstag ein Album mit Schallplatten, die einen schleppenden Dialog zwischen Señor Carreño aus Madrid und einer amerikanischen Besucherin namens Señora Brown wiedergaben. Zu den Platten gehörte auch eine hübsche Broschüre mit Anweisungen und Ratschlägen. Mrs. Bridge war begeistert über das Geschenk und scherzte, dass sie die Absicht hätte, sogleich die ersten Stunden zu nehmen, und zwar ›mañana‹.

Am nächsten Tag hatte sie jedoch zu viel zu tun, ebenso am übernächsten und auch am folgenden Tag. Irgendwie verging darüber ein guter Monat, aber dann kam der Vormittag, da sie es mit aller Bestimmtheit durchsetzen wollte, ihre Lesebrille hervorholte und sich mit der Broschüre ins Wohnzimmer setzte. Der Kurs schien nicht besonders schwierig zu sein, und je mehr Seiten sie las, desto spannender wurde es. Die Anweisungen waren völlig klar: sie brauchte nur jeder Zeile des Dialogs zuzuhören und in der dann einsetzenden Pause Señora Browns Worte zu wiederholen.

Sie legte die erste Platte auf und stellte den Ton ganz leise ein, damit weder der Milchmann noch irgendein Laufbursche es hören und denken könnte, sie habe den Verstand verloren. Sie saß auf dem Sofa, dem Grammofon gegenüber, und wartete, wobei sie die Broschüre für eventuelle Notfälle in der Hand behielt.

»Buenos días, Señora Brown«, begann die Platte absolut passend. »Cómo está usted?«

»Buenos días, Señor Carreño«, antwortete Señora Brown. »Muy bien, gracias. Y usted?«

Die Platte wartete auf Mrs. Bridge, die jedoch befürchtete, dass es weitergehen könnte, ehe sie Gelegenheit zum Sprechen hätte, und sich deshalb nur mit geöffneten Lippen vorbeugte. Sie stand auf, ging zum Grammofon und hob die Nadel wieder zum Anfang zurück.

»Buenos días, Señora Brown. Cómo está usted?«

»Buenos días, Señor Carreño«, erwiderte Señora Brown nochmals. »Muy bien, gracias. Y usted?«

»Buenos días, Señor Carreño«, sagte Mrs. Bridge mit wachsender Zuversicht. »Muy bien, gracias. Y usted?«

»Muy bien«, antwortete Señor Carreño.

Da erschien Harriet und sagte, dass Mrs. Arlen am Telefon sei. Mrs. Bridge legte die Broschüre auf das Sofa und ging in das Frühstückszimmer, wo der Apparat stand.

»Hallo, Madge. Ich wollte dich schon wegen des Wohltätigkeitsessens am nächsten Freitag anrufen. Jetzt haben sie es von halb eins auf eins verlegt. Ich finde wirklich, sie sollten sich endlich einig werden.«

»Charlotte hat es mir schon gestern erzählt. Weißt du übrigens, dass Grace Barron Grippe hat?«

»Aber nein! Die Gute hat wirklich Pech.«

»Ist es nicht das eine, dann ist es das andere. Seit vorgestern liegt sie im Bett. Ich will ihr etwas Saft bringen und dachte, du kämest vielleicht mit. Ich kann nur auf einen Sprung bleiben. Um elf muss ich beim Friseur sein.«

»Ich bin noch nicht angezogen. Gehst du sofort?«

»Sobald die Waschfrau da ist. Dieses Weibsbild! Sie sollte schon seit Stunden hier sein. Offen gesagt, ich bin am Ende meiner Kräfte.«

»Hast du also auch diese Scherereien! Manchmal habe ich den Eindruck, dass diese Leute es mit Absicht tun, nur um uns fertig zu machen. Wir probieren es gerade mit einer neuen. Sie arbeitet gut, ist aber so eigensinnig.«

»Oh«, sagte Madge, und es klang, als wende sie den Kopf vom Hörer ab, »da kommt sie. Mein Gott, was ist jetzt wieder los?«

»Ich laufe schnell nach oben und ziehe mich um«, sagte Mrs. Bridge. »Der Garten muss eben bis morgen warten.« Dann, nachdem sie Harriet gesagt hatte, dass sie, falls jemand anrufe, bei Mrs. Barron sei, eilte sie zur Treppe.

»Qué tal, Señora Brown?«, erkundigte sich die Schallplatte.

Mrs. Bridge rannte in das Wohnzimmer zurück, stellte das Grammofon ab und stürzte nach oben.

20

DIE LEACOCKS

Neue Leute in der Nachbarschaft lieferten unweigerlich Gesprächsstoff. Je besser man sie mit der Zeit kennenlernte, desto geringer wurde natürlich ihr Neuigkeitswert; die Leacocks jedoch erschienen Tag für Tag bemerkenswerter. Die Familie bestand aus Dr. Gail Leacock – er war nicht Arzt, sondern akademischer Doktor und außerordentlicher Professor für Psychologie –, seiner Frau Lucienne, die angeblich ziemlich reich war, und Tarquin. Tarquin war ungefähr so alt wie Douglas, aber damit hörte die Gleichheit auf. Es hieß, dass Tarquin bei seinem Intelligenztest 185 Punkte bekommen habe. Mrs. Bridge hatte nicht die leiseste Ahnung, wie ein Intelligenztest bei Douglas ausfallen würde, und ihr lag auch nicht viel daran, ihn testen zu lassen; nicht, weil sie glaubte, dass er dumm sei, sondern weil es ihm ähnlich gesehen hätte, absichtlich falsche Antworten zu geben. Die Diskrepanz in der Intelligenz der beiden Jungen aber war, wie groß sie auch sein mochte, nur der Brennpunkt des Unterschiedes zwischen ihnen; Douglas und Tarquin verhielten sich, gelinde ausgedrückt, zueinander wie Feuer und Wasser.

Dr. Leacock trat, wie die meisten Ehemänner, tagsüber nur selten in Erscheinung, aber Mrs. Leacock und Tarquin machten gern Besuche in der Nachbarschaft, und innerhalb weniger Wochen nach ihrem Einzug war deutlich geworden, dass sie aus irgendeinem Grunde eine besondere Zuneigung zu Mrs. Bridge gefasst hatten. Mrs. Bridge, die von Lucienne Leacocks fortschrittlichen

Ideen ein wenig verwirrt und von Tarquins Selbstbewusstsein irgendwie eingeschüchtert wurde, fühlte sich doch zugleich durch ihre Aufmerksamkeit geschmeichelt.

Eines Nachmittags, als sie zu dritt auf der Gartenterrasse eisgekühlten Tee tranken, schlenderte Douglas, der von einem Baseballspiel zurückkehrte, heran. Er war barfuß – seine an den Schnürsenkeln zusammengebundenen Turnschuhe baumelten um seinen Hals, sodass die Spitzen auf seiner Brust herumtanzten – und hatte einen Apfel im Mund; als er näher kam, stellte sich heraus, dass er versuchte, den Apfel freihändig zu essen. Er drehte den Kopf hin und her und schnitt verzweifelte Gesichter. Die Besucher erblickte er erst, als er die Verandatür aufmachte, blieb daraufhin stocksteif stehen, betrachtete erst Tarquin, dann Mrs. Leacock, dann seine Mutter und dann wieder Tarquin. Es war nicht zu übersehen – Mrs. Bridge beobachtete es –, dass Tarquin die Oberlippe höhnisch einzog. Langsam nahm Douglas den Apfel aus dem Mund und sagte mit leiser Stimme, deren Feindseligkeit nicht zu überhören war: »Willst du eine in die Fresse haben?«

Mrs. Bridge hatte ihren Kindern beigebracht, unter allen Umständen höflich zu sein, denn sie maß Höflichkeit ebenso viel Wert bei wie Sauberkeit, Ehrlichkeit, Sparsamkeit und ähnlichen Eigenschaften. Douglas hatte sie trotz seiner Aufsässigkeit nie im Stich gelassen, wenn sozusagen etwas auf dem Spiel stand. Sie wusste, dass er nicht gern höflich zu Gästen war, aber er war es trotzdem, und obwohl er mehr murrte als seine Schwestern, hatte Mrs. Bridge erstaunt festgestellt, dass er sogar weniger zur Unhöflichkeit neigte als Ruth und Carolyn. Er tat wirklich sein Möglichstes, sich anständig zu benehmen, und sie wusste, wie schwer es ihm fiel. In letzter Zeit war alles so gut mit ihm gegangen, dass sie über seine Bemerkung zu Tarquin und seine absolut feindliche Haltung – er stand nun mit geballten Fäusten und streitsüchtig gesenktem Kopf auf der Veranda – einfach entgeistert war. Mrs. Bridge war einige Sekunden dermaßen verblüfft, dass ihr die Sprache wegblieb. Als sie sich wieder gefasst hatte, wollte sie aufstehen, aber Mrs. Leacock, die Douglas seit seinem Erscheinen ernst angelächelt hatte, hielt sie zurück.

»Was willst du sonst noch tun, Douglas?«, fragte Mrs. Leacock. »Wir möchten es gern wissen.«

Da starrte Douglas sie lange und böse an. Mrs. Bridge war seit Jahren nicht mehr so schockiert gewesen. Wortlos, als sei keine Menschenseele auf der Veranda, steckte er den Apfel wieder in den Mund, schlenderte davon und verschwand hinter der Hausecke.

»Junger Mann«, begann Mrs. Bridge und drohte wütend mit dem Finger, als sie ihn, kurz nachdem die Gäste gegangen waren, auf dem Dachbalken der Garage sitzen sah, »ich weiß nicht, was in dich gefahren ist und es ist mir auch egal, aber wenn dein Vater zu Hause ist, bekommst du bestimmt etwas von ihm zu hören.«

Douglas kletterte auf einen anderen Balken und spähte in die Ecke, wo Wespen ein Nest gebaut hatten.

»Weshalb hast du dich um Himmels willen derartig aufgeführt?«, fragte Mrs. Bridge, die sich ebenso erschüttert wie erniedrigt fühlte.

Douglas murmelte etwas Unverständliches.

»Es ist mir ganz egal, ob du ihn magst oder nicht«, fuhr sie fort, in der Annahme, er habe etwas über Tarquin gesagt. »Wenn wir Gäste haben, hast du zu ihnen höflich zu sein. Was würdest du sagen, wenn wir die Leacocks besuchten und Tarquin sich so benähme wie du?«

»Ich besuche sie bestimmt nicht«, antwortete er, ohne den Blick vom Wespennest zu wenden.

»Also«, sagte Mrs. Bridge nach einer Pause, »so etwas kommt nicht mehr vor, hörst du? Diesmal meine ich es ernst. Ich habe mich in meinem ganzen Leben noch nie so geschämt.«

Douglas tat es leid, dass er seine Mutter in Verlegenheit gebracht hatte, aber das konnte er ihr ja nicht sagen. Mit ausgestreckten Armen begann er über den Dachbalken zu balancieren.

»Du wirst herunterfallen und dir das Genick brechen«, sagte Mrs. Bridge.

Douglas erwiderte nichts. Er schwankte leicht, und seine Mutter hielt den Atem an. Er hatte sie nur ängstigen wollen, dabei jedoch stärker das Gleichgewicht verloren, als er beabsichtigte, sodass er sich erschrocken auf den Balken setzte und die Beine baumeln ließ.

»Wenn sie wieder auf Besuch kommen, benimmst du dich anständig, verstanden?« Sie sprach möglichst streng, wusste aber inzwischen, dass sie diesmal den Kürzeren gezogen hatte.

Er gab ein leises zustimmendes Geräusch von sich, und sie sah ein, dass sie, wenigstens im Augenblick, nicht mehr erreichen würde. Sie ging ins Haus zurück, verwirrt durch die Heftigkeit seiner Reaktion. Natürlich war es ausgesprochen ungezogen von Tarquin gewesen, den

Mund höhnisch zu verziehen, und, um ehrlich zu sein, konnte Mrs. Bridge Tarquin auch nicht leiden. Trotzdem blieb ihr Douglas' ungewöhnliche Feindseligkeit ein Rätsel, und sie sah der Zukunft mit einiger Angst entgegen.

Die Leacocks erschienen weiterhin, unangemeldet, alle paar Wochen – Tarquin immer mit einem Buch –, und Douglas witterte zweifellos ihren Besuch, denn einige Minuten, bevor sie kamen, verschwand er, und keiner konnte ihn finden, bis sie wieder gegangen waren. Auf Mrs. Bridge, die manches an Tarquin auszusetzen hatte, machte seine Intelligenz dennoch Eindruck.

Fortschrittliche Erziehung war Lucienne Leacocks liebster Gesprächsstoff; danach kam Politik. Mrs. Bridge verstand von beidem nicht viel. Mrs. Leacock war Sozialistin und wählte bedingungslos die Demokratische Partei, weil, wie sie es ausdrückte, »wir armen verhassten Sozialisten nie eine Chance bekommen«. Mrs. Bridge, die bisher keinen Sozialisten kennengelernt hatte und nur wenige Demokraten, gemäßigte wohlverstanden, hatte ein leises Schuldgefühl, wenn sie auf der Veranda oder im Wohnzimmer saß und sich anhörte, wie Mrs. Leacock gegen die Konservativen vom Leder zog.

Was die öffentlichen Erziehungsmethoden anging, so konnte Mrs. Leacock nur in krassesten Ausdrücken darüber reden. Tarquin ging selbstverständlich auf eine Privatschule, und er war ein ebenso zungenfertiger Kritiker des staatlichen Schulwesens wie seine Mutter. Er äußerte sich höchst verächtlich über Douglas' Schule. Mrs. Leacock lauschte all seinen Worten mit sehr aufmerksamem, gespanntem Gesicht und gab ihm hinterher

Anregungen, wie er sich noch treffender hätte ausdrücken können.

Die fortschrittliche Erziehung hatte Tarquins Sinn für Individualität zweifellos entwickelt, aber einige Ergebnisse waren so erschreckend, dass Mrs. Bridge in entsetztes Schweigen versank. Eines Aprilnachmittags, als sie sich am Rosengarten erfreuten, warf Mrs. Leacock plötzlich den Kopf in den Nacken, wieherte vor Lachen, sah dann Mrs. Bridge eindringlich an und sagte: »Einfach unbezahlbar! Das muss ich Ihnen erzählen. Vor ungefähr zwei Jahren, wir wohnten damals in – war es nicht New Haven?« Sie warf Tarquin einen fragenden Blick zu, als wolle sie wissen, ob sie sich auf ihr Gedächtnis verlassen könne.

»In New Haven«, bestätigte er grinsend.

»Da bekam dieses junge Monstrum einen Jähzornsanfall – und was für einen Anfall! Er steckte eine Garage in Brand.«

»Ich habe Benzin genommen«, sagte Tarquin gleichgültig, während er eine besonders schöne Rose zerpflückte. »Ich hätte Petroleum nehmen sollen.«

Mrs. Bridge musste oft an diesen Nachmittag denken. Sie glaubte nicht, dass die Leacocks einen Witz gemacht hatten; andererseits kam es ihr undenkbar vor, dass Tarquin so unverantwortlich sein könne. Sie war durcheinander und irritiert und wurde sich nicht klar darüber, wie sie zu den Leacocks stand: manchmal war sie sicher, dass sie sie nicht leiden konnte, und sofort danach schämte sie sich deswegen. Wenn Tarquin nur nicht so fluchen würde! Mrs. Bridge hatte nichts für Kraftausdrücke übrig; sie fand sie von jeher nicht nur ordinär, sondern ganz überflüssig, und es betrübte sie, dass Lucienne Leacock ihren Jungen zum Fluchen ermutigte. Außerdem rauchte Tarquin Zigaretten und durfte abends so lange aufbleiben, wie er wollte; dabei war er doch noch ein Junge, ein großer, plumper, aufgedunsener Junge mit gerötetem, sommersprossigem Gesicht und feuchten, leberfarbenen Lippen. Seine glasigen, gelblichbraunen Augen, die wie Hundeaugen glänzten, verfolgten alles und schienen alles zu kennen. Mrs. Bridge konnte ihm nur mit Überwindung in die Augen schauen, und was ärger war, sie wusste, dass er es merkte und auskostete. Es machte ihm offensichtlich Spaß, ihre Aufmerksamkeit auf sich zu lenken und so lange festzuhalten, dass sie ein Schaudern kaum zu unterdrücken vermochte.

Obwohl Douglas nie da war, wenn Mrs. Leacock und Tarquin erschienen, musste er sich irgendwo in Hörweite aufhalten, denn eines Abends, bei einer Diskussion mit seinem Vater über die Höhe seines Taschengeldes, sprudelte er hervor: »Bah, wie soll ich mich mit lumpigen fünfzig Cent in der Woche entfalten?«

»Was sagst du da?«, fragte Mr. Bridge und senkte die Zeitung, die bisher die Diskutierenden getrennt hatte.

»Ich muss doch meine Persönlichkeit entfalten, oder etwa nicht?«

»Deine Persönlichkeit entfalten?«, fragte Mr. Bridge und betrachtete neugierig seinen Sohn.

»Das tut Tarquin doch auch. Der kann sich immer entfalten, wenn er Lust dazu hat.«

Mr. Bridge und Douglas musterten einander eine Weile, der eine amüsiert, der andere trotzig, und Mrs. Bridge wartete ängstlich ab, wie die Sache enden würde.

»Du kannst dich entfalten, wenn ich es dir erlaube«, sagte Mr. Bridge ruhig und vertiefte sich wieder in seine Zeitung.

21

OPFER DER UMSTÄNDE

In der Nachbarschaft gab es noch eine ›Persönlichkeit‹ mit dem Bedürfnis, sich zu entfalten, einen Jungen, der mehrere Jahre älter war als Tarquin Leacock und dem Douglas mit gleicher Beharrlichkeit aus dem Weg ging, wenn auch aus einem anderen Grund. Er hieß Peters und war ein Tyrann.

Eines Abends kam Douglas lange nach Einbruch der Dunkelheit endlich nach Hause. Er war erschöpft und verdreckt, was allerdings an und für sich nichts Besonderes war.

»Wo warst du bloß?«, rief Mrs. Bridge und stürzte auf ihn zu, sowie er durch die Tür trat. »Wir haben dich überall gesucht, und ich wollte gerade schon die Polizei anrufen.«

»Daran ist dieser große Peters schuld«, sagte Douglas leise. Er wischte sich mit dem Hemdsärmel die Nase ab und schleppte sich die Treppe hinauf in sein Zimmer.

»Gott sei Dank ist dir wenigstens nichts passiert«, sagte sie, als er wieder unten erschien. Er sah etwas anständiger aus. »Wo bist du denn um Himmels willen gewesen?«

Er antwortete, dass er auf Pfeiffers Garage gesessen habe.

»Bis zwanzig vor neun?«, fragte sie möglichst sarkastisch, aber es gelang ihr nicht recht.

»Ich dachte, es wäre schon viel später«, murmelte er mürrisch. »Mir kam es wie Mitternacht vor.«

Sie folgte ihm in das Frühstückszimmer, wo Harriet für ihn deckte.

»Was hast du denn auf Pfeiffers Garage getan? Dass du da oben sitzt, ist ihnen bestimmt nicht recht.«

Er wollte etwas erwidern, musste niesen, war im Begriff, sich die Nase mit der Hand abzuwischen, besann sich eines Besseren und nahm sein Taschentuch.

»Ich habe mich versteckt«, sagte er und nieste nochmals.

»Versteckt! Vor wem, wenn ich fragen darf?«

»Vor dem großen Peters«, erwiderte er gereizt, als hätte sie es wissen müssen. »Glaubst du vielleicht, dass ich Lust hatte, mich von dem abknallen zu lassen?«

»Ich glaube, dass du dich lieber deutlicher ausdrücken solltest, junger Mann, sonst bekommt es dein Vater zu hören.«

»Von mir aus«, murmelte er.

»Nun erzähl einmal, was los war. Von Anfang an.«

»Weißt du«, sagte er und strich sich müde ein Stück Brot, »er hetzte mich dorthin, weiter nichts.«

»Wer hetzte dich? Worüber redest du eigentlich?«

Er legte sein Brot hin und erklärte nachdrücklich: »Dieser dicke, fette Schuft, dieser Peters. Er hat mich auf dem Dach der Pfeiffer-Garage in die Enge getrieben und ließ mich nicht mehr herunter. Immer, wenn ich den Kopf hob, schoss er auf mich. Er hätte mich ein paar Mal fast getroffen.«

»Willst du damit etwa sagen, dass er ein Gewehr hatte?«

»Womit soll er denn sonst auf mich schießen?« Er sah seine Mutter unsicher an, denn er wusste, dass er frech zu ihr gewesen war, und er wusste auch, dass er eine Frage nicht mit einer Gegenfrage beantworten durfte, aber er merkte, dass sie ihm diesmal beides durchgehen ließ. Sie hatte den erschrockenen Blick, der manchmal in ihren Augen lag.

»Was für ein Gewehr?«

»Ach, eines von diesen Luftgewehren. Er muss mindestens fünfundsiebzigmal losgeknallt haben, denn immer, wenn er auf mich schoss, fiel ein Stück Beton herunter. Wahrscheinlich«, fügte er nachdenklich hinzu, »kann man mit so einem Luftgewehr beinahe ein Pferd töten, wenn man lange genug schießt.«

Wovon er redete, wusste Mrs. Bridge nicht genau, aber dass er wusste, wovon er redete, wusste sie doch.

»Warum hat er denn bloß auf dich geschossen?«, fragte sie matt. So etwas war ihr noch nie vorgekommen.

Douglas zuckte die Achseln. »Es machte ihm eben Spaß. Ich weiß nicht. Ich habe ihn nicht gefragt, darauf kannst du Gift nehmen. Er hätte mir wahrscheinlich die Birne abgeknallt.«

»Sicherlich hast du ihn herausgefordert.«

»Aber natürlich! Einen Kerl, der sechzehnmal so groß ist wie ich und ein Luftgewehr hat. Dass ich nicht lache! Hahaha!«

»Ich werde die Polizei anrufen«, sagte Mrs. Bridge entschlossen, denn sie hatte den Eindruck, dass die Polizei sich für diesen Fall interessieren würde.

»Von mir aus«, sagte Douglas. »Ich nehme an, dass sie ihn ohne Weiteres finden werden, wenn sie Pfeiffers Garage überwachen. Wahrscheinlich hat er inzwischen einen anderen hinaufgehetzt.«

»Wer ist er eigentlich? Wohnt er hier in der Nähe?«

»Ich weiß nicht. Ich weiß nur, dass er sich bei der Garage herumtreibt.«

»Aber warum?« Die ganze Sache wirkte wie ein Albtraum.

Douglas jedoch fand nichts Geheimnisvolles daran. »Weil die Garage gut geeignet ist, kleinere Kinder da in die Enge zu treiben, sodass sie nicht davonlaufen können. Sie hat ein Flachdach mit einem Mäuerchen. Er treibt sich also da herum und schnappt sich einen, meistens, wenn die Schule aus ist, auf dem Heimweg; dann fängt er an zu schießen, und alle klettern natürlich die Telegrafenstange hinauf und ducken sich hinter das Mäuerchen. Er hetzt sie immer dorthin«, schloss er seine Erklärung. Und nach einer Pause fügte er verstimmt hinzu: »Gewöhnlich mache ich einen Umweg, aber heute habe ich wohl an etwas anderes gedacht und es vergessen. Da macht es plötzlich *puff!* – und, Mensch, ich springe in die Luft, sicher dreihundert Meter hoch! Jedenfalls klettere ich, wie gesagt, blitzschnell die Telegrafenstange hinauf, denn ich nahm an, dass er mich wahrscheinlich einholen könnte, obwohl er ein Fettsack ist, bloß konnte ich eben nur auf demselben Weg wieder herunter, und den hat mir dieser Schuft mit seinem alten Luftgewehr versperrt. Ich dachte schon, dass er überhaupt nicht mehr fortgehen würde.«

»Warum hast du nicht um Hilfe gerufen?«

»Weil er sicher wütend auf mich geworden wäre, wenn ich das getan hätte, und dann wäre es bestimmt mit mir aus gewesen.«

Mrs. Bridge war inzwischen so verdutzt, dass ihr der Sinn dieser Worte entging; sie schaute ihn verzweifelt an. »Weißt du denn nicht, wo dieser Junge wohnt?«

Douglas schüttelte den Kopf.

»Er muss doch irgendwo zur Schule gehen, oder nicht?«

Douglas wusste es nicht. »Er ist einer dieser großen Kerle vom Gymnasium, nur dass er zu blöde dazu ist. Wahrscheinlich ist er rausgeschmissen worden.«

»Aber du musst doch etwas über ihn wissen.«

»Er ist ein dicker, fetter Schuft!«, brauste Douglas auf. Die vielen Fragen seiner Mutter gingen ihm auf die Nerven; er war auf der Garage in die Enge getrieben worden, er war entwischt, weiter nichts. Er hasste Peters, aber das tat nichts zur Sache. Er wollte, dass seine Mutter das Thema wechselte.

Der Fall kam Mrs. Bridge allmählich nicht mehr ganz so schlimm vor. Sie war schon im Begriff, das Polizeirevier anzurufen, denn sie war überzeugt davon, dass Douglas die Wahrheit sprach, aber schließlich konnte sie ja nicht Anzeige gegen einen Gymnasiasten erstatten, nur weil er ein Luftgewehr hatte.

»Kannst du mir nicht irgendetwas über ihn erzählen? Irgendetwas?«, fragte sie.

Douglas schüttelte den Kopf. Er hätte mehr über Peters herauskriegen können, aber wozu? Er würde fortan einen Bogen um Pfeiffers Garage machen, das war alles.

»Ich werde deinem Vater von diesem Jungen erzählen«,

sagte sie resolut. »Dagegen muss etwas unternommen werden.«

»Von mir aus«, stimmte ihr Douglas bei. »Mami, ich will noch Kartoffeln und Soße haben.«

»Ich *möchte.*«

»Also schön, ich möchte.«

22

EIN STEIN DES ANSTOSSES

Mr. Bridge erfuhr auch von dem nächsten Abenteuer.

Kurz vor den Sommerferien traf Douglas auf dem Heimweg von der Schule Tarquin, der unter einer Kastanie saß, ein Buch im Schoß hatte und harmlos zu lesen schien. Douglas hielt ein Unkrautbüschel, das er ausgerissen hatte, in der Hand und gebrauchte es als Peitsche, um das Pferd anzutreiben, auf dem er vor Indianern floh.

»Brrr!«, sagte Douglas und zog die Zügel an. Da merkte er, dass Tarquin sein Fantasiepferd entdeckt hatte und ihn auslachte; er beendete das Spiel und ließ die Peitsche fallen.

Nach einer Pause sagte Douglas: »Hallo.« Nach einer weiteren Pause, in der er in die Äste der Kastanie schaute und sich erst am einen, dann am anderen Knöchel eifrig kratzte, fügte er hinzu: »Was tust du hier?«

»Darf ich etwa nicht hier sitzen?«

Douglas dachte darüber nach, als Tarquin plötzlich mit einem Stein nach ihm warf. Er hatte ihn solange unter dem Buch versteckt. Douglas sah den Stein herankommen und duckte sich. Trotzdem streifte der Stein seinen Kopf.

»Na schön«, sagte Douglas, »du hast es nicht anders gewollt.« Er stürzte sich mit geballten Fäusten auf Tarquin.

Als er eine ganze Weile später nach Hause kam, nachdem er auf dem Schulsportplatz noch lange dem Training zugeguckt hatte, stellte er mit leisem Schrecken fest, dass sein Vater ihn erwartete und außerdem bereits von seiner Keilerei mit Tarquin gehört hatte. Mrs. Leacock hatte Mr. Bridge im Büro angerufen.

»Aber er hat angefangen«, verteidigte sich Douglas und fuhr, als er aufgefordert wurde, von der Keilerei in seiner Version zu erzählen, fort: »Also, er sprang auf und rannte über die Straßenbahnschienen zur Wornall Road, und ich hinter ihm her – Mensch, um ein Haar hätte ich es nicht geschafft –, und er brüllte über die Schulter, dass ich ihm lieber nicht zu nahe kommen sollte, denn er könnte Jiu-Jitsu und …«

»Was meinst du mit ›um ein Haar hätte ich es nicht geschafft‹? Was nicht?«

»Mensch, die Straßenbahn hätte mich fast erwischt. Aber jedenfalls …«

»Wiederhole das nochmal«, sagte Mr. Bridge. Er hatte gestanden; jetzt setzte er sich hin und hörte der Geschichte aufmerksam zu. »Willst du behaupten«, fragte er, »dass Tarquin erst einen Stein auf dich warf und dich dann kurz vor der Straßenbahn über die Schienen lockte?«

Douglas nickte begeistert. Es hätte nicht viel gefehlt, und er wäre überfahren worden.

»Ich verstehe«, sagte Mr. Bridge. Geraume Zeit versank er in Gedanken; endlich blickte er auf und sagte: »Und dann hast du ihn zu fassen bekommen.«

»Natürlich. Der rennt wie ein Mädchen. Weil er X-Beine hat.«

»Und was ereignete sich dann?«

Douglas sah seinen Vater zweifelnd an.

»Wie ging es weiter?«

»Ach so. Augenblick. Ich schlug ihm ein- oder zweimal auf die Nase, glaube ich.«

»Glaubst du?«

»Nein, ich bin sicher.«

»War der Kampf damit zu Ende?«

»Gewissermaßen. Man könnte sagen, weil er wie ein Baby plärrte, das ist – hm – ziemlich alles.«

»Weiter.«

Douglas schnaufte und verzog schmerzlich das Gesicht. Das Nächste berührte ihn peinlich, denn er wusste, dass er sich nicht gerade anständig benommen hatte. Leider gelang es ihm nie, seinen Vater so abzulenken, wie es ihm meistens bei seiner Mutter glückte, und deshalb versuchte er gar nicht erst, das Thema zu wechseln. »Ich kann Babygeplärr nicht ausstehen.«

»Weiter.«

Douglas seufzte tief. »Also schön. Ich holte aus und versetzte ihm eins in den Magen.«

»Während er am Boden lag?«

»Er stand. Ich meine, er stand, als ich ihn in den Magen traf. Dann fiel er hin und wollte nicht mehr aufstehen, nicht einmal, als ich ihn dazu aufforderte. Er blieb einfach liegen und schrie, dass er mich erstechen würde.« Kaum waren Douglas diese Worte entschlüpft, als er eine

Änderung in der Haltung seines Vaters wahrnahm; forschend sah er erst seinen Vater an, dann seine Mutter, die zögernd in der Tür stehen geblieben war.

»Ich nehme an, dass er mich nicht mehr belästigen wird, nicht nach dem, was ich ihm eingepaukt habe«, schloss er mit bescheidenem Stolz und war überrascht, als sein Vater ihn plötzlich beim Arm packte. »Ich werde mit diesem Waschlappen ohne Weiteres fertig!«, schrie er. Er hatte Angst, weil er so festgehalten wurde und nicht wusste, was eigentlich vorging.

»Hör zu, mein Sohn«, sagte sein Vater ernst. »Wenn dieser Junge wieder mit dir anbändelt, möchte ich dich um eines bitten. Hörst du gut zu?«

»Um was denn?«

»Ich möchte, dass du einfach weitergehst. Lass ihn nicht aus den Augen, aber geh einfach weiter, sonst nichts.«

Douglas versuchte, sich loszureißen. Er war erstaunt über die Kraft seines Vaters. Sein Arm klopfte vor Schmerz. Er war verwirrt und trotzig und dachte nur daran, dass ihm befohlen wurde, einem Kampf aus dem Weg zu gehen, noch dazu dem Kampf mit einem Jungen, den er kurz und klein schlagen konnte.

»Hast du mich verstanden?«

»Aber warum denn?«

»Das lass nur meine Sorge sein.«

»Na schön«, erwiderte Douglas murrend, fügte aber, sobald sein Arm losgelassen wurde, hinzu: »Aber er soll lieber keine Steine mehr nach mir werfen.«

»Unter keinen Umständen. Ist das klar?«

»Also gut«, sagte er. Er grollte und schämte sich. Nichts

war ihm so schrecklich, als für einen Feigling gehalten zu werden.

Nachdem er nach oben gegangen war, verharrten seine Eltern eine Weile in Schweigen. Mr. Bridge war nachdenklich, und Mrs. Bridge wartete seinen Kommentar ab.

»Der Junge von Leacocks wird eines Tages noch jemanden umbringen«, erklärte er.

»Ich glaube zwar auch, dass sie ihn nicht fest genug anpacken«, gab sie zu, »aber ich bin sicher, dass er nichts wirklich Böses anstellt.«

»Warte nur ab«, sagte er ärgerlich.

»Dass er die Garage ansteckte, war wirklich höchst seltsam«, gab sie zu. »Und ich bin, weiß Gott, gegen Prügeleien, aber es scheint doch, dass Douglas sich seiner Haut wehren kann.«

»Douglas ist ein Junge und denkt wie ein Junge. Tarquin Leacock hat den Verstand eines Erwachsenen.«

»Nun, wenn das der Fall ist«, sagte Mrs. Bridge, während sie ihre Lesebrille aufsetzte und die letzte Nummer des *Tattler* aufschlug, »dann braucht man sich, glaube ich, nicht so sehr zu beunruhigen.«

23

ERZIEHUNG FÜR FORTGESCHRITTENE

Was dazu gehört, sich richtig zu kleiden und anständig auszusehen, beschäftigte Mrs. Bridge unablässig, und eines Abends, als sie sah, dass Ruth sich zum Ausgehen fertigmachte, fragte sie daher: »Nimmst du denn deine Handtasche nicht mit?«

Ruth erwiderte mit etwas barscher Stimme, dass sie alles, was sie brauche, in ihre Taschen stecken könne.

»Carolyn nimmt immer eine Handtasche mit«, sagte Mrs. Bridge.

Ruth betrachtete sich im Flurspiegel, in einer Haltung, die Mrs. Bridge irritierte, obwohl sie nicht genau wusste warum, es sei denn, dass Ruth ihre Füße zu weit auseinander setzte und ihre Hüften zu sehr vorschob. Mrs. Bridge hatte sich bemüht, ihr das abzugewöhnen, indem sie ihre Tochter mit einem Buch auf dem Kopf durch das Haus stolzieren ließ, aber sobald Ruth das Buch los war, begann sie wieder wie gewöhnlich zu schlendern und in jener unvorteilhaften Haltung dazustehen.

»Und du bist älter als Carolyn«, fuhr Mrs. Bridge stirnrunzelnd fort. Doch dann glättete sich ihre Stirn. Nicht ohne Stolz gestand sie sich, dass Ruth wirklich hübsch war, da hatte Gladys Schmidts Mann schon recht gehabt; wenn sie es nur nicht so genau wüsste, sich nicht bewusst wäre, dass die Leute sich nach ihr umdrehten. Denn das taten sie – Männer und Frauen – manchmal so offen, dass es Mrs. Bridge peinlich berührte und sie den Gedanken nicht los wurde, Ruth ermutige die Leute durch ihre Haltung und ihren herausfordernden Gang dazu.

»Holt dich jemand ab?«

»Ich gehe nur in die Milchbar nebenan.«

»Was tust du in Gottes Namen in der Milchbar?«, fragte Mrs. Bridge nach einer Pause. »Madge Arlen hat mir erzählt, dass sie dich eines Abends da ganz allein in einer

Nische hat sitzen sehen. Wahrscheinlich hättest du auf jemanden gewartet, meinte sie.«

Bei diesen Worten erstarrte Ruth merklich, und Mrs. Bridge hätte am liebsten gefragt: ›Hast du das getan?‹

»Es ist mir wirklich nicht recht, dass du in Milchbars herumhockst«, fuhr sie fort, denn sie hatte Angst, Ruth unumwunden zu fragen, ob sie sich dort mit einem Jungen treffe – nicht Angst vor der Frage, sondern vor der Antwort. »Mein Gott, du könntest doch etwas Gescheiteres anfangen. Warum spielst du nicht mit Carolyn und ihren Freundinnen?«

Ruth nahm sich nicht einmal die Mühe zu antworten.

»Ich leihe dir meine blaue Wildledertasche, wenn du willst«, sagte Mrs. Bridge hoffnungsvoll, aber auch diesmal erhielt sie keine Antwort. Ruth bewunderte sich immer noch im Spiegel.

»Ich glaube nicht, dass du sehr viel in deine Taschen stecken kannst.«

Ruth trat einen Schritt zurück, kniff die Augen zusammen und machte den obersten Knopf ihrer Bluse auf.

»Dieses und jenes brauchst du doch bestimmt«, sagte Mrs. Bridge mit gewisser Schärfe. »Und knöpfe in Gottes Namen deine Bluse anständig zu. Du siehst ja wie eine Revuetänzerin aus.«

»Gute Nacht«, sagte Ruth trocken und ging zur Tür.

»Aber Liebling, eine Dame nimmt immer eine Handtasche mit!«, rief Mrs. Bridge, als die Tür zufiel.

24
AUS EINER ANDEREN WELT

Ruth war nicht besonders verschwenderisch, im Gegensatz zu Carolyn, die ihr Taschengeld am gleichen Tag ausgab, an dem sie es bekam – meistens für einen Schal oder einen modischen Pullover, obwohl ihre Kommode voller Schals und Pullover war –, aber Mrs. Bridge gefiel Ruths Geschmack nicht. Für ihr Taschengeld kaufte sie sich eine Kette oder auch eine durchsichtige Bluse oder ein Paar auffallende Ohrringe. Die Ohrringe waren einfach unmöglich. Mrs. Bridge, die eine Vorliebe für unauffällige Ohrringe hatte – eine bescheiden gefasste Perle zum Beispiel –, musste sich immer zusammennehmen, wenn Ruth wieder etwas neues Anstößiges trug. Eines Morgens aber erschien sie zum Frühstück mit mexikanischen *huaraches*, einem japanischen Seidenpyjama – die Ärmel waren hochgerollt, sodass ein Pflaster zu sehen war, denn sie hatte sich die Unterarme rasiert und sich dabei geschnitten –, einer Hornbrille mit blauen Gläsern und zwei Trauben winziger Goldglöckchen an den Ohren, die bei jeder Bewegung klingelten. Ruth wäre auch an jenem Morgen ungeschoren davongekommen, wenn sie nicht beim Essen dauernd ihre Füße ausgestreckt und wieder an sich gezogen hätte, sodass die *huaraches* knirschten.

»Hör zu, mein Fräulein«, sagte Mrs. Bridge mit mehr Autorität, als sie in sich fühlte, während sie ein Stück Brot in den Toaster gleiten ließ, »morgens trägt man keine baumelnden Ohrringe. Die Leute müssen ja denken, du kommst aus einer anderen Welt.«

»So?«, sagte Ruth, ohne von der Zeitung aufzublicken.

»Was soll das heißen?«

»Wen geht das schon was an?«

»*Mich* geht es etwas an!«, ereiferte sich Mrs. Bridge plötzlich fast hysterisch. »*Mich* geht das sehr viel an!«

25

DER TURM

Douglas tat etwas Eigenartiges.

Statt wie die meisten seiner Freunde eine Höhle zu graben oder ein Baumhaus zu bauen, zog er es vor, einen Turm aus Abfällen zu errichten.

»Das klingt ja aufregend«, sagte Mrs. Bridge zerstreut, als er ihr zum ersten Mal von seinem Plan erzählte. Da sie aber wusste, dass Kinder von ihren Eltern für das, was sie taten, Interesse erwarteten, fragte sie, wie hoch der Turm werden sollte. Er antwortete ausweichend und sagte nur, es sollte der höchste Turm werden, den man je gesehen hätte. Sie lächelte und klopfte ihm zärtlich auf die Schulter. Er sah sie lange an, zuckte seltsam die Achseln und kehrte zu dem unbebauten Grundstück zurück, auf dem er den Turm errichten wollte.

Auf dem Grundstück hatte er ein paar Balken, eine Anzahl alter Backsteine und einen halbvollen Zementsack gefunden. Er wusste nicht, woher das Material kam, und wartete einige Tage, um festzustellen, ob es irgendjemandem gehörte. Da es anscheinend nicht so war, nahm er es an sich. Er holte eine Schaufel und machte sich an die Arbeit.

Nachdem er ein ungefähr einen Meter tiefes Loch gegraben hatte, füllte er es mit Backsteinen und Zement, stellte die Balken fest hinein und goss reichlich Wasser auf das Fundament. Dann wartete er auf seine Freunde, die Müllmänner, und begleitete ihren Wagen durch die Nachbarschaft. Wenn die Mülltonnen zum Trottoirrand herangerollt waren, entstand jedes Mal eine kurze Pause, bevor der Wagen vorfuhr und hielt, und diese Zeit nutzte Douglas eifrig; er grapschte sich alles, was er für seinen Turm geeignet fand, und sammelte dabei eine Menge ihm nützlicher Dinge.

Innerhalb einer Woche hatte er genügend Ramsch angehäuft, um den Bau geraume Zeit in Gang zu halten. Halb versteckt im hohen Gras und zwischen Büschen lagen ein Bündel Gardinenstangen, das die Arlens auf dem städtischen Müllabladeplatz wähnten, eine Rolle Isolierband und ein verbogener Tiegel aus der Mülltonne der Pfeiffers, eine Axt mit gespaltenem Griff, ein Zigarrenkistchen voll rostiger Nägel, eine zerbrochene Angel, etliche Stücke Wäscheleine und Draht, Kleiderbügel, Flaschen, zwei Apfelkisten, ein alter Regenmantel und ein Paar abgetragene Gummistiefel, ein zerlöcherter Innenreifen, mehrere uralte Golfschläger mit Holzgriffen, ein Zylinder von einem Rasenmäher, alte Federn von einem Sessel, der neu gepolstert worden war, und neben anderen Gegenständen, dank der unbewussten Großzügigkeit der Arlens, ein verschimmelter Lederkoffer.

»Mein Gott«, sagte Mrs. Bridge, als Douglas ihr erzählte, dass er am Turm arbeite, »ich sehe, du wirst später Architekt oder Ingenieur werden. Wir essen heute übrigens früh, denn ich habe meinen Bridgenachmittag, renn also nicht fort.«

Douglas sagte, dass er auf dem Grundstück bleiben werde. In der nächsten Woche gelang es ihm, einen vollen Zementsack von einem Neubau im nächsten Häuserblock zu klauen; er machte den Sack auf, nachdem die Arbeiter gegangen waren, schaufelte den Zement in einen Schubkarren und brachte es schließlich fertig, den Schubkarren auf das Grundstück zu schieben, wo er den Zement in eine Grube schüttete und tüchtig begoss. Danach erwähnte er seinen Turm nicht mehr, und wenn er gefragt wurde, was er auf dem freien Grundstück tue, pflegte er lakonisch zu antworten, dass er bloß spiele.

Durch das Aufeinanderstapeln von Kannen und Steinen, Konservenbüchsen, Ästen, zerbrochenen Flaschen und allerhand anderen Abfällen, die Douglas festband, annagelte oder mit Zement zusammenhielt, wuchs und wuchs der Turm, bis ein Mann namens Ewing, der am anderen Ende des Grundstücks wohnte, ihn eines Sonntagmorgens über seine Hecke ragen sah. Der Turm war inzwischen etwa zwei Meter hoch. Ewing kam um die Ecke, um ihn sich genauer anzusehen, entdeckte Douglas, der ihn, hinter einer Sykomore versteckt, beobachtete, und fragte ihn: »Was treibst du denn hier, mein Freund?«

»Nichts«, erwiderte Douglas und kam hinter der Sykomore hervor. »Es ist nur ein Turm, weiter nichts. Der tut keinem etwas.«

Nachdem Ewing den Turm von allen Seiten inspiziert hatte, wandte er seine Aufmerksamkeit wieder Douglas zu, denn schließlich war der Erbauer, nicht das Gebäude bemerkenswert; Douglas, den die Musterung irritierte, ergriff eine Röhre und versetzte dem Turm einen schallenden Schlag, um zu beweisen, dass sein Turm ebenso stabil war, wie er aussah.

Bald darauf erblickte ihn auch Mrs. Bridge – er erhob sich zackig über den Zaun, der ihren Garten von dem freien Grundstück trennte – und machte sich zur Besichtigung auf. Sie betrachtete ihn geraume Zeit, wobei sie mit dem Fingernagel gegen ihre Zähne klopfte, und nachmittags sagte sie beiläufig zu ihrem Sohn: »Mein Gott, das ist aber wirklich ein großer Turm.«

Douglas steckte die Hände in die Taschen und starrte geistesabwesend seine Schuhe an.

»Aber stell dir vor, dass er – *bums* – umstürzt und dir auf den Kopf fällt«, fuhr sie fort, während sie mit der Hand durch sein Haar fuhr und automatisch daran dachte, dass es wieder geschnitten werden müsste.

Douglas wusste, dass sein Turm einen Lastwagen zum Stehen bringen könnte; darum seufzte er nur und krauste die Lippen.

Mrs. Bridge machte sich keine übermäßigen Sorgen, denn sie vermutete, dass der Turm Douglas bald langweilen werde. Aber zwei Wochen später merkte sie, dass er immer noch daran arbeitete. Sie sah, dass ein Mostkrug und ein Hühnerkorb mit Draht auf einem zerbrochenen Stuhl befestigt waren und dabei fiel ihr ein, dass dieser Stuhl bei ihrer letzten Besichtigung die Spitze gebildet hatte. Sie hatte angenommen, er solle als Thron dienen, weil sie sich erinnerte, dass Douglas früher gern ›König der Berge‹ gespielt hatte, und daraus schloss, er habe den Turm nur gebaut, um einen Thron zu haben. Jetzt aber überlegte sie sich, wie hoch er ihn noch zu bauen gedachte, und ging deshalb auf das leere Grundstück, um ihn sich noch einmal anzusehen; diesmal blieb sie länger. Versuchsweise stieß sie gegen den Turm, und dessen Stabilität beunruhigte sie. Sie drückte mit der Handfläche dagegen, drückte fester. Der Turm wankte keinen Zoll. Sie überlegte, ob Douglas wohl imstande sei, seine Schöpfung zu zerstören – falls sie ihn davon überzeugen könnte, dass der Turm abgerissen werden müsste.

Sie wollte noch am selben Nachmittag mit ihm darüber sprechen, wusste aber nicht recht, wie sie es anfangen sollte, denn Douglas entwuchs, wie der Turm, ihrer Reichweite. Er war nicht mehr der kleine Junge, den man zu diesem oder jenem überreden konnte; die Stunde nahte, da sie mit ihm wie mit einem Erwachsenen diskutieren musste, und diese Vorstellung machte ihr Sorgen. Sie war nicht sicher, ob sie dem gewachsen sei. Und so vergingen mehrere Tage, eine Woche, zwei Wochen, aber wenn sie auch nicht mit Douglas darüber sprach, so kam ihr die Sache doch nicht aus dem Sinn.

»So etwas!«, rief sie schließlich aus, als sei es ihr gerade eingefallen. »Wie ich sehe, wird dieser hässliche Turm ja immer höher.« In Wirklichkeit hatte er inzwischen eine beträchtliche Höhe erreicht. Als Douglas stumm blieb, ja, sie nicht einmal ansah, hätte sie ihn am liebsten bei den Schultern gepackt und all das herausgeschüttelt, was in ihm wachsen mochte.

»Einem großen Jungen wie dir kann es doch eigentlich keinen Spaß machen, stumpfsinnig an einem albernen Turm weiterzubauen«, sagte sie hoffnungsvoll, doch da schaute er sie an, auf eine irgendwie spöttische Art, als könne er ihre Gedanken lesen.

»Weißt du, was wir tun?« Sie beugte sich vor, um ihm ins Gesicht zu schauen. »Gleich nach dem Abendessen holen wir uns eine Drahtschere und einen Hammer und einen Schraubenzieher und – na, was wir sonst noch brauchen, und schlagen ihn zusammen kurz und klein. Wäre das nicht ein Heidenspaß?«

Er wandte den Kopf ab und sagte sehr leise: »Nein.«

»Nein? Warum nicht?«

Nach einer Weile rieb sich Douglas die Nase und murmelte etwas über zu viel Zement.

»Also, ich möchte wetten –« Mrs. Bridge zögerte. Ihre Einsicht kam meistens zu spät, um die Lage zu klären, aber diesmal stellte sie sich rechtzeitig ein.

»Du hast wohl recht«, sagte sie mit trügerischer Offenheit. »Wahrscheinlich kannst weder du ihn abreißen noch überhaupt irgendjemand.«

Sie beobachtete, dass er beinahe in die Falle ging. Er war bereit, ihr zu widersprechen, ihr zu sagen, dass er es könnte, wenn er wollte, und sie wusste, wenn es ihr gelänge, ihn so weit zu bringen, hätte sie die Schlacht halb gewonnen. Er war ganz nahe daran; sie konnte den Widerspruchsgeist auf seinem Gesicht und in seiner Haltung erkennen. Aber da zögerte er, statt zu antworten, und dachte nach, und Mrs. Bridge war bestürzt. Ihr Leben lang war sie gewohnt gewesen, sofort zu antworten, wenn jemand mit ihr sprach. Wenn man ihr ein Kompliment machte, dankte sie gleich darauf höflich, oder wenn jemand sie zufällig nach ihrer Meinung fragte – über den Butterpreis, die Lage in Italien, oder über irgendetwas anderes –, antwortete sie unverzüglich. Jetzt, da sie ihren Sohn vor sich sah, der den Mund wie eine Auster geschlossen hielt und dessen Gesicht sich grüblerisch bewölkte, wusste sie nicht, was sie tun sollte. Sie schaute erwartungsvoll auf ihn herab.

Nach langem Schweigen sagte Douglas: »Vielleicht.«

Und dabei blieb es vorläufig.

26

EIN SENTIMENTALER AUGENBLICK

Mrs. Bridge stand am Fenster, blickte auf die Straße hinaus und dachte daran, wie schnell die Jahre vergingen. Die Kinder wuchsen so rasch heran, und ihr Mann … Sie fuhr zusammen. Schon gab es eine Gruppe ›jungverheirateter‹ Leute, die sie kaum kannte. Gewiss, die Zeit war dahingegangen – darauf war sie gefasst gewesen und konnte sich nun doch des Gefühls nicht erwehren, dass ihr etwas mehr und mehr entglitt. Sie überlegte, ob ihr Mann dasselbe empfinde; sie wollte ihn abends, wenn er nach Hause kam, danach fragen. Sie erinnerte sich an ihre gemeinsamen Träume, erinnerte sich lächelnd, wie sie früher seinen Plänen zugehört und dass sein Ehrgeiz sie im Grunde gleichgültig gelassen hatte, dass es ihr nur auf ihn selbst angekommen war. Das hatte ihr genügt. Damals hatte sie sich gesagt, dass er die vielen Stunden im Büro verbringe, sei nur ein vorübergehender Zustand, und sobald mehr Leute sich mit ihren Rechtsfragen an ihn wandten, werde er häufiger zu Hause sein. Aber so kam es nicht, und Mrs. Bridge begriff jetzt, dass sie ihn nie sehr oft sehen werde. Sie waren gemeinsam aufgebrochen, um etwas zu entdecken, das herrlich zu sein versprach, und natürlich hatten sie herrliche Zeiten zusammen gehabt. Aber woran liegt es eigentlich, dachte Mrs. Bridge, dass wir nicht – dass nichts – dass alles, was wir anfingen …?

Es regnete. Donner rollte unaufhörlich, monoton und polternd durch die niedrigen Wolken, und es klang, als würden Möbel auf dem Dachboden hin und her gerückt. Im Vorgarten schwankten die Stechpalmen im Wind, und die Läden klapperten bei den jähen Regenschauern. Sie sah, dass ein Ast vom Ahorn abgerissen worden war; er lag auf der Auffahrt, seine Blätter flatterten.

Harriet kam herein und fragte, ob sie eine Tasse Kakao haben wolle.

»Nein, vielen Dank, Harriet«, sagte Mrs. Bridge. »Trink aber selber eine Tasse.«

Harriet war so nett. Sie arbeitete gut. Mrs. Bridge war sehr stolz auf Harriet, sie wusste, dass sie kaum einen Ersatz für sie finden könnte, und doch wünschte sie sich zuweilen, dass Harriet gehen würde. Warum, das wusste sie selbst nicht, es sei denn, dass sie sich, da Harriet ihr so viel Arbeit abnahm, schrecklich langweilte. Als sie jungverheiratet war, hatte sie selbst gekocht und geputzt und gewaschen, und wie hatte sie sich damals auf jede freie Minute gefreut! Aber jetzt hatte sie – seltsamerweise – zu viel Freizeit. Mrs. Bridge gestand das niemandem ein, denn es bedrückte sie; vielmehr machte sie oft den Eindruck, dass all das, was zu erledigen war – die Wäscherei und den Kolonialwarenhändler anrufen, mit

Ruth zum Zahnarzt, mit Carolyn zur Stepptanzstunde, mit Douglas zum Friseur gehen und so weiter –, sie ganz in Anspruch nahm. Doch an der Wahrheit war nicht zu rütteln, und sie lastete auf ihr mit zunehmender Endgültigkeit.

Im hinteren Entrée wurde Licht angeknipst. Sie hörte ihren Mann husten, die Wandschranktür quietschen und seine Mappe mit dem vertrauten Geräusch auf das obere Bord klatschen. Von einem plötzlichen Bedürfnis nach Halt überwältigt, wandte sie sich hastig vom Fenster ab und ging ihm mit gespanntem, sehnsüchtigem Gesichtsausdruck schnell entgegen, denn nun wusste sie, wonach sie sich sehnte, wenn auch nicht, wie sie ihn darum bitten sollte.

Er hörte das Rascheln ihres Kleides und ihre schnellen Schritte auf dem Teppich. Als sie auf ihn zukam, hängte er gerade seinen Mantel auf und sagte ohne Gereiztheit, aber ein wenig müde, denn es passierte nicht zum ersten Mal: »Du hast vergessen, den Wagen schmieren zu lassen.«

27

KEIN BESONDERES SCHAUSPIEL

Da seine Frau ihn gebeten hatte, ging Mr. Bridge zum unbebauten Grundstück, um das exzentrische und rätselhafte Denkmal zu inspizieren, das Douglas errichtet und noch immer nicht aufgegeben hatte. Mr. Bridge versuchte es umzustoßen und dann kräftig daran zu rütteln. Der Turm rührte sich nicht. Beruhigt darüber, dass er nicht einstürzen würde, wenn Douglas und seine Freunde darauf herumkletterten, und in der Hoffnung, dass sie vernünftig genug seien, sich nicht an den vorspringenden Zacken aufzuspießen, kehrte Mr. Bridge zu seiner Abendzeitung zurück und vergaß die Sache.

Mrs. Bridge dagegen war unbehaglich zumute. Sie spürte, dass die Leute aus der Nachbarschaft über den Turm redeten. Trotzdem unternahm sie nichts, bis ein Herr, der ihr bei einer Cocktailparty vorgestellt wurde, erwähnte, dass er mit dem Wagen hingefahren sei, um sich den Turm anzusehen.

»Wie grässlich!«, rief sie aus, um ihre Meinung kundzutun. »Ist der Turm schon stadtbekannt?« Und obgleich sie es scherzhaft sagte, meinte sie es ernst.

»Eine seltsame Form von Protest«, erwiderte der Mann, während er seine Pfeife stopfte; dann blickte er ihr fest in die Augen und fügte hinzu: »Sie wissen natürlich, welche Beweggründe der Junge hat?«

Sie lächelte höflich, wenn auch ein wenig verwirrt, und sagte sich insgeheim, dass der Mann getrunken habe.

Am nächsten Morgen rief sie, als Douglas zur Schule gegangen war, sofort die Feuerwehr an. Jeder rief die Feuerwehr an, wenn ein Problem auftauchte, für das keine bestimmte Behörde zuständig war. Kurz vor Mittag hielt ein kleiner roter Wagen vor dem Haus, zwei Feuerwehrmänner – Mrs. Bridge hatte noch nie mit einem Feuerwehrmann gesprochen und fand diese Erfahrung ziemlich merkwürdig – traten herein, als sei es das Selbstverständlichste auf der Welt, und hörten sich an, was sie ihnen vom Turm erzählte. Dann gingen sie hinaus, um ihn zu besichtigen. Zuerst waren sie belustigt, dann verblüfft. Doch hatten viele Hausfrauen sie schon zu den ungewöhnlichsten Arbeiten herangezogen, und so koppelten sie ihre Vernichtungsgeräte ab und machten sich ans Werk. Sie schufteten fast bis zum Einbruch der Dunkelheit, um den Turm in einen Schutthaufen zu verwandeln, aber schließlich lagen etliche Quadratmeter voll von zersplittertem Holz, Glasscherben, Draht, großen körnigen Zementklumpen und sonstigen Bestandteilen des Bauwerkes, und in der Luft hing eine Staubwolke wie nach einer sonderbaren Explosion. Die Feuerwehrleute sagten, dass sie über den Turm und seine Zerstörung Bericht erstatten wollten und das Grundstück in ein oder zwei Tagen geräumt werden würde.

Douglas, der wenige Minuten, bevor die Feuerwehrmänner gingen, nach Hause gekommen war, sah ihnen stumm und grollend zu. Mrs. Bridge, die ihn von einem Fenster im ersten Stock aus erblickte, ging hinaus, stellte sich hinter ihn, legte ihm die Hände auf die Schultern und fuhr ihm ein paar Mal durch das Haar.

»Er wurde einfach zu hoch«, gestand sie ihm zärtlich. »Die Leute haben sich schon gewundert.«

28

LIEBEBEDÜRFTIG

Mrs. Bridge fand, dass sie in Bezug auf den fürchterlichen Turm das Notwendige und darum Richtige getan habe. Immer wieder musste sie daran denken und tat es so intensiv, weil sie eine Wandlung in Douglas' Haltung ihr gegenüber wahrnahm. Er war zurückhaltender.

Auf die Dauer empfand sie ein zunehmendes Anlehnungsbedürfnis. Ihr Mann war nie überschwänglich gewesen, nicht einmal in der Zeit nach ihrer Hochzeit; deshalb erwartete sie nicht viel von ihm. Dennoch gab es Augenblicke, in denen sie von einem erschreckenden, unaussprechlichen Bedürfnis nach Liebe überwältigt wurde. Eines Abends, als sie beide allein ihre Mahlzeit beendeten – die Kinder waren ausgegangen –, fragte sie ihn reichlich schroff, ob er sie liebe. Sie erschrak über die eigene Kühnheit und ihren fast boshaften Ton, der dem, was sie empfand, gar nicht entsprach, und beobachtete, wie ihr Mann erstaunt aufsah. Sein Gesichtsausdruck sagte deutlich: Warum, meinst du, bin ich denn hier, wenn ich dich nicht liebe? Warum bin ich nicht woanders? Was ist nur in dich gefahren?

Mrs. Bridge lächelte über den Blumenstrauß hinweg – dabei kam ihr in den Sinn, dass gerade diese Blumen auf dem Tisch, die sie so sorgfältig arrangiert hatte, sie von ihrem Mann trennten – und sagte unglücklich: »Ich weiß, es ist albern, aber es ist schon so lange her, dass du es mir gesagt hast.«

Ihr Mann brummte und trank seinen Kaffee aus. Sie wusste, er war nicht verärgert, sondern nur außerstande, ihr das zu sagen, dessen sie bedurfte. Es war so wenig und doch so viel. Während sie sich gegenüber saßen und keiner von ihnen recht wusste, was er tun sollte, wurde sie unsicher; und in ihrer Unsicherheit bewegte sie den Fuß und trat versehentlich auf die Klingel, die unter dem Teppich lag und mit der Küche verband, sodass Harriet in der Türe erschien und sich nach Mrs. Bridges Wünschen erkundigte.

29

VERRAT

Mrs. Bridge bezeichnete Harriet oft als ›Perle‹ und fügte hinzu, dass das Mädchen schon über neun Jahre bei ihnen sei und sie nicht wüsste, was sie machen sollte, wenn Harriet sie je verließe. Angesichts der Tatsache, dass Köchinnen und Chauffeure im Süden von Kansas City oft zwanzig bis dreißig Jahre bei einer Familie blieben, waren Harriets neun Jahre nichts besonders Rühmenswertes. Trotzdem gab es manche ehrbare Hausfrau, die Harriet wiedererkannte, wenn sie etwa an der Bushaltestelle wartete, weil sie bei Diners oder Cocktailpartys zuvorkommend von ihr bedient worden war; so kam es, dass Harriet, obwohl sie verhältnismäßig neu war, den Ruf genoss, ›ein guter Fang‹ zu sein.

Gewiss gab es manches, was Mrs. Bridge an ihr missfiel. Vor allem ihr Rauchen. Harriet war eine erfahrene Raucherin – sie stieß den Rauch durch die Nase aus und konnte Ringe blasen wie ein Mann –, und gelegentlich musste man sie rügen, weil es ihr gar nichts ausmachte, mit einer Zigarette im Mund die Haustür zu öffnen. Sonst hatte Mrs. Bridge nur selten etwas an ihr auszusetzen. An feucht-heißen Sommertagen, wenn Harriet allein im Haus war, zog sie ihr Kleid aus und einen

Büstenhalter und einen Dirndlrock an, und ein- oder zweimal wurde sie in dieser Aufmachung ertappt. Aber sie war nicht faul, trank überhaupt nicht, kochte hervorragend, und nicht nur die Kinder, sondern auch Mr. Bridge schienen sie gern zu haben.

Darum war es ein schwerer Schlag für Mrs. Bridge, als sie ganz zufällig hörte, dass Harriet mit Mrs. Ralph Porter liebäugelte. Die Porters waren keine engen Freunde, gehörten jedoch demselben Kreis an wie die Bridges. An einem bewölkten Frühlingsnachmittag wollte Mrs. Bridge, die Kopfschmerzen hatte, ihren Mann im Büro anrufen und ihn bitten, ihr Tabletten mitzubringen. Sie ging vom Schlafzimmer in den Gang und nahm den Hörer ab. Die Leitung war besetzt. Sie wollte schon wieder auflegen, als sie Harriet fragen hörte: »Und wie viel zahlen Sie?«

Instinktiv ahnte Mrs. Bridge, wovon die Rede war, und ihr fehlte die Charakterstärke, nicht zu lauschen. Mrs. Porters Stimme antwortete: »Ich zahle zehn Dollar im Monat mehr, als du jetzt bekommst, Harriet.«

Mrs. Bridge, die am Apparat im ersten Stock erstarrte, konnte sich genau vorstellen, wie Harriet mit übereinandergeschlagenen Beinen auf dem Küchenhocker saß und blaue Rauchringe in die Luft blies.

Eine kritische Pause folgte. Mrs. Bridge hatte Angst, jetzt einzuhängen, denn dann wäre das Klicken zu hören gewesen; sie musste die Fassung wahren und abwarten.

»Ich glaube«, murmelte Harriet, »Mr. und Mrs. Bridge würden es kaum überleben, wenn ich sie verließe.« Dann fügte sie noch frostig hinzu: »Aber es war sehr nett von Ihnen, anzurufen.«

Und damit war, das musste sogar eine so böse Seele wie Mrs. Porter erkennen, die Sache erledigt.

30

KEINE AUFTRITTE IN DER KIRCHE

Die Porters gingen regelmäßig zur Kirche, und nach dem Zwischenfall am Telefon überkam Mrs. Bridge jedes Mal, wenn sie Mrs. Porter beim Gottesdienst erblickte, ein Gefühl der Erbitterung. Man konnte sich kaum vorstellen, dass jemand so fromm und gleichzeitig so hinterlistig zu sein vermochte, aber so war Mrs. Porter nun einmal.

Zum Glück traf Mrs. Bridge sie nicht häufig dort, denn sie ging nicht gern allein zur Kirche, und ihr Mann ließ sich nicht leicht dazu überreden. Er hatte für Religion wenig übrig und blieb am Sonntagvormittag, wenn er nicht zum Büro fuhr, lieber im Bett liegen, las leichte Lektüre oder verbrachte – in seinen ältesten Anzügen – den Vormittag im Garten und spritzte Schlangengift. Zuweilen bekümmerte Mrs. Bridge seine apathische Haltung in religiösen Fragen, besonders, wenn Dr. Foster eine seiner Predigten über die Folgen des Atheismus gehalten hatte, und dann redete sie ängstlich auf ihren Mann ein.

»Wenn ich etwas will«, pflegte er mit erschreckender Bestimmtheit zu erwidern, »gehe ich zu jemandem, der mehr weiß als ich.« Damit wischte er Dr. Foster eins aus.

»Aber meinst du nicht, dass er manchmal gute Ideen

hat?«, beharrte sie. »Es kann doch nichts schaden, wenn du hie und da hingehst. Und die Leute fragen schon, wo du steckst.«

So fuhr er ein- oder zweimal im Jahr schweigend zur Kirche. Dann stiegen sie, aus ihr unerfindlichen Gründen, zur Empore hinauf und hörten sich, während ihre Köpfe fast an die gebeizten Eichenbalken stießen und drückende, feuchte Luft sie umgab, die Predigt an.

An einem ungewöhnlich warmen Ostertag, als Dr. Foster gerade zu der vertrauten Geschichte ansetzte – vom leeren Grab und so weiter –, strömten die Maiglöckchensträuße auf dem Altar einen überwältigenden Duft aus. Oder war es der Anblick der ungemein rechtschaffen aussehenden Mrs. Porter? Jedenfalls schwankte Mrs. Bridge. Sie streckte Halt suchend die Hand nach dem Geländer der Empore aus und flüsterte hilflos, dass sie ohnmächtig werde. Mr. Bridge hatte vor sich hingedöst, wachte aber sofort auf, drehte den Kopf zur Seite und sah sie streng an.

»Nicht hier! Warte, bis wir draußen sind«, sagte er so laut, dass die ganze Empore es hören konnte.

»Ich will's versuchen«, flüsterte sie. Sie vermutete, dass er sie hinausbegleiten werde, aber er machte keine Anstalten dazu, und nach einigen Minuten begriff sie, dass er von ihr verlangte, zu warten, bis der Gottesdienst zu Ende war. Sie musste versuchen, nicht ohnmächtig zu werden, etwas anderes blieb ihr gar nicht übrig, und sie versuchte es mit Erfolg.

31
REICHER WORTSCHATZ

Dr. Foster hatte einen derartig eindrucksvollen Wortschatz, dass Mrs. Bridge sich entschloss, ihren eigenen zu vergrößern. Sie hatte den guten Vorsatz, sie hatte schon geraume Zeit den guten Vorsatz gehabt, doch ergab sich nie die Gelegenheit, bis sie im Bridgeklub als zweiten Preis ein Büchlein erhielt, eine Anweisung, wie man in dreißig Tagen einen reichen Wortschatz erwerben könne. Der Text auf dem leuchtend roten Schutzumschlag garantierte dem Leser, der täglich nur einige Minuten darauf verwendete, eine so merkliche Verbesserung seiner Redegewandtheit, dass seine Freunde ihn schon nach zwei Wochen beglückwünschen würden. Tests hatten bewiesen, hieß es auf dem Schutzumschlag, dass die meisten Arbeitgeber über einen größeren Wortschatz verfügten als ihre Angestellten, was, so deutete der Umschlagtext an, die Ursache für die gegenwärtigen Verhältnisse sei.

Obwohl Mrs. Bridge nicht daran dachte, Arbeitgeberin oder Angestellte zu werden, freute sie sich über das Büchlein. In Kansas City las es jeder, und sie hatte schon die Absicht gehabt, ein Exemplar zu kaufen, wenn sie es nicht in einer Leihbibliothek bekäme. Sie begann noch am selben Nachmittag, sobald sie nach Hause kam, darin zu lesen. Am nächsten Tag hatte sie zu viel zu tun, aber am Tage darauf studierte sie fast drei Stunden und bewältigte mehrere Lektionen – sie füllte die frei gelassenen Stellen aus und arbeitete verschiedene Übungsstücke durch, die im Anhang des Büchleins standen. Begeistert erzählte sie ihren Freundinnen davon, die es entweder auch gelesen hatten oder unbedingt lesen wollten – außer Grace Barron, die immer nur Bücher las, von denen keiner je gehört hatte.

Nach zwei Wochen war Mrs. Bridge, ganz planmäßig, bei ihrer dreizehnten Lektion, als das Telefon sie unterbrach; Madge Arlen rief an, um ihr mitzuteilen, dass ein Lieferauto den Boxer ihres Nachbarn überfahren habe. Hunde wurden immer von Lieferautos überfahren. Die Bridges hatten vor einigen Jahren einen schottischen Schäferhund verloren, und Leute namens Ilgenfritz aus dem nächsten Block zwei Dackel.

»Nein, wirklich?«, sagte Mrs. Bridge. »So ein Jammer!«

»Also ich koche vor Wut!«, erwiderte Madge. »Als Edith es mir erzählte, blieb mir tatsächlich die Spucke weg.«

Bald darauf kam das Gespräch auf das Wortschatzbüchlein, das Mrs. Bridge sehr lobte und dringend empfahl; Madge antwortete, dass sie es gerade ausgelesen habe.

Mrs. Bridge war höchst erstaunt darüber. »Ja?«, fragte sie unsicher, denn das Buch hatte offensichtlich Madges Wortschatz nicht beeinflusst.

»Ja, es ist fabelhaft! Jeder von uns müsste es lesen.«

Mrs. Bridge war ziemlich niedergeschlagen nach dieser Unterhaltung mit Madge, setzte jedoch, wenn sie Zeit hatte, ihre Lektüre fort. Sie wollte das Buch zu Ende lesen, denn sie traf unentwegt jemanden, der fragte, ob sie es schon gelesen habe, und innerhalb eines Monats war sie bei der zwanzigsten Lektion angelangt, bei der Substantivierung der Adverbien. Bisher hatte noch keine ihrer Freundinnen sie zu ihren Fortschritten beglückwünscht, was der Schutzumschlag doch versprochen hatte, sodass Mrs. Bridge sich etwas entmutigt fühlte. Das Buch begann im Hause herumzuwandern. Es fand seinen Weg vom Kaffeetisch im Wohnzimmer zum Fensterplatz im Frühstückszimmer; danach lag es ungefähr eine Woche in einer Kommodenschublade des Schlafzimmers im ersten Stock, und kurze Zeit in Carolyns und Ruths gemeinsamem Zimmer. Von dort kehrte es ins Frühstückszimmer zurück, landete im Souterrain und geriet schließlich mit bereits vergilbten Seiten und geklebtem Rücken auf einem Bücherregal zwischen T.E. Lawrence und Omar Chajjam endgültig in Vergessenheit.

32

TOBACCO ROAD

Madge und Grace waren sehr verschieden; Mrs. Bridge fühlte sich zu beiden hingezogen und war unglücklich, dass sie sich nichts auseinander machten. Dann und wann hatte sie das Gefühl, die beiden wetteiferten um ihre Freundschaft. Sie konnte es zwar nicht mit Gewissheit sagen, aber wenn es stimmen sollte, war es aufregend und beängstigend zugleich. Mrs. Bridge dachte oft an die beiden. Bei Madge, die sich für sämtliche Alltagsdinge in Kansas City begeistern konnte, fühlte sie sich wohler, sicherer, unbefangener, bei Grace Barron dagegen verpflichtet, sich ihre Worte genau zu überlegen und alle Möglichkeiten zu erwägen, und was Grace sagen oder tun würde, ließ sich nie erraten.

Caldwells Schauspiel *Tobacco Road* war ziemlich unzensiert nach Kansas City gekommen, und Madge Arlen – die vielleicht eifersüchtig auf Grace Barrons Aufmerksamkeiten war – rief Mrs. Bridge an und fragte, ob sie Lust habe, am Mittwoch mit ihr in die Nachmittagsvorstellung zu gehen. Mrs. Bridge hatte nicht daran gedacht, aber es bestand kein Grund, es nicht zu tun, zumal jeder sich das Stück trotz seines zweifelhaften Rufes ansehen wollte, und so sagte sie zu.

Das Stück hatte kaum angefangen, als sie einen kurzen, aber heftigen Schock bekam: eines der Mädchen auf der Bühne, mit ungekämmtem Haar, sah Ruth verblüffend ähnlich. Einen Augenblick befürchtete Mrs. Bridge, es sei tatsächlich Ruth; sie war es natürlich nicht, und als die Handlung weiterging, stellte Mrs. Bridge fest, dass die Schauspielerin einige Jahre älter war.

Das Stück gefiel weder ihr noch Madge Arlen; sie gingen nach dem zweiten Akt hinaus. Beim Verlassen des Theaters erklärte Mrs. Bridge: »Ehrlich gesagt, sehe ich nicht ein, warum ein Stück wie *Tobacco Road* überhaupt gespielt werden muss.«

»Wir haben ja erwartet, dass es leichtfertig ist«, erwiderte Madge Arlen nachsichtig, »aber ich bin ganz deiner Meinung. Das ging zu weit.«

33
EIN SOMMERMORGEN

Es war ein heißer Sommer.

Solange sie zurückdenken konnte, wusste Mrs. Bridge, dass sie nur, wenn sie lange Hosen anhatte – und Hosen zog man nur zur Gartenarbeit an –, ohne Strümpfe gehen durfte. Im Sommer konnte das sehr unangenehm sein, aber so war es nun einmal, so war es immer gewesen, und deshalb fügte sie sich. Wohin sie auch ging, und sei es nur zum Einkaufen bis zur Ecke, und auch wenn sie den ganzen Tag zu Hause blieb, zog sie Strümpfe an.

Aber eines Morgens – ein außergewöhnlich heißer Tag kündigte sich an, denn schon um zehn Uhr flimmerte der Asphalt auf der Straße – beschloss sie, keine Strümpfe zu tragen. Harriet hatte ihren freien Tag, Ruth und Carolyn waren zum Schwimmen und Douglas zu einer Modellflugzeugschau gegangen, sodass keiner etwas bemerken würde. Sie suchte sich das dünnste Kleid aus, das sie in ihrem Schrank finden konnte, zog sich dazu ein Paar blaue Söckchen an und die Holzsandalen, die sie gewöhnlich im Schwimmbad trug. In dieser Aufmachung betrachtete sie sich im Spiegel, schüttelte zwar den Kopf, ging aber trotzdem nach unten. Ausgerechnet an diesem Vormittag kamen die Beckerle-Schwestern zu Besuch, die sich nur selten blicken ließen.

»Mein Gott«, rief Mrs. Bridge, als sie die beiden an der Tür begrüßte, »ich sehe ja aus wie eine Person aus *Tobacco Road!*«

34
NEUE SCHWIERIGKEITEN

Da *Tobacco Road* sie so abgestoßen hatte, dass der Gedanke daran sie verfolgte, benutzte sie es als Abladeplatz: was sie absurd, bizarr, anstößig, anrüchig oder ganz allgemein geschmacklos, unerwartet und peinlich fand, wurde fortan in die *Tobacco Road* abgeschoben, kam daher oder gehörte jedenfalls dorthin. Als sie sah, dass ihr Sohn in zerrissenen Tennisschuhen herumlief, gab sie ihm also zu verstehen, woher er kam. Es ließ ihn kalt. Er hatte sich nie viel um seine Kleidung gekümmert, außer wenn er an einem bestimmten Kleidungsstück besonders hing. Das trug er dann, bis seine Mutter es wegwarf. Jedes Mal, wenn ein neuer Anzug gekauft werden musste, entstand ein Streit, und nach langem Hin und Her fuhren Mutter und Sohn zu einem der Geschäfte für Knabenbekleidung, wo Douglas einem in solchen Dingen erfahrenen Verkäufer anvertraut wurde, bis endlich, nachdem alle drei völlig erschöpft waren, der Kauf zustande kam. Die Diskussion über den grauen Anzug war typisch:

»Ich habe schon einen Anzug.«

»Aber das ist ein Sommeranzug«, entgegnete sie.

Er sah in seinen Schrank und fand einen anderen Anzug. »Und was ist mit dem? Das möchte ich wirklich wissen!«

»Aus dem bist du herausgewachsen, und außerdem musst du wieder einmal einen neuen bekommen.«

»Ich habe ihn sowieso nie angezogen«, sagte er triumphierend, wobei sich seine Stimme überschlug.

»Das ist einfach lächerlich. Wir fahren auf der Stelle

in die Stadt und kaufen dir etwas zum Anziehen. Finde dich also besser damit ab.«

»Dieser Anzug tut es doch noch. Ich will keinen anderen haben.«

»Kannst du dir vorstellen, dass dein Vater in alten Anzügen zum Gericht geht? Die würden ihn auslachen, bis er Hals über Kopf hinausstürzen würde!«

Douglas sagte, besonders komisch finde er das nicht und außerdem könne er nicht verstehen, was das mit ihm zu tun habe; Mrs. Bridge wiederum konnte nicht verstehen, dass er sich dermaßen gegen neue Anzüge sträubte. Wie immer landeten sie aber schließlich auf der Plaza, wo ein schöner grauer Anzug gekauft wurde, obwohl Douglas auf dem Heimweg bitter erklärte, dass er ihn niemals tragen werde. Natürlich trug er ihn dann doch, das wussten sie beide, nur konnte er eben nicht zugeben, dass ihm der Anzug gefiel. Er hielt es sogar für nötig zu behaupten, dass er darin Herzbeschwerden bekäme. Mrs. Bridge war so verdutzt über die Bemerkung, dass sie zunächst sprachlos war.

»Ja, das stimmt!«, sagte Douglas, wankte und griff sich ans Herz. »Der Anzug ist mir zu schwer. Ich kann nicht atmen.«

»Mein lieber Freund, bei dir ist nur eins nicht in Ordnung, und das ist deine große Einbildung.«

»Also schön«, erwiderte er mürrisch. Und mit gesenktem Kopf ging er langsam weiter, blieb alle paar Schritte stehen und legte die Hand auf sein Herz. In der Tür zögerte er und ehe er hinaustrat, sagte er boshaft: »Wundere dich aber nicht, wenn ich gleich tot umfalle!«

»Ganz bestimmt nicht«, erwiderte sie.

35
DAS MÄDCHEN AUS MADRAS

Mr. und Mrs. Bridge gaben eine Gesellschaft, nicht weil sie dazu Lust hatten, sondern weil es an der Zeit war. Wenn man eine Einladung annahm, war man auch verpflichtet, sie zu erwidern, oder, wie Mr. Bridge es ausdrückte, sich zu revanchieren.

Im Laufe des Abends erschienen ungefähr achtzig Personen. Sie standen und wanderten umher, aßen, tranken, redeten und rauchten. Grace und Virgil Barron waren da – Grace sonnenverbrannt, sommersprossig, zierlich und recht nachdenklich dreinschauend; die Arlens kamen in einem neuen Chrysler, die Heywood Duncans waren erschienen; auch Wilhelm und Susan Van Metre, beide welk, nüchtern und fehl am Platz; Lois und Stuart Montgomery, Noel Johnson, hühnenhaft und allein, mit einer Papiermütze auf dem Kopf. Mabel Ong, die versuchte, ernsthafte Diskussionen zu beginnen, und viele andere, darunter die Beckerle-Schwestern in perlenbesetzten Kleidern, die mindestens zwanzig Jahre alt sein mussten; beide machten ein Gesicht, als hätten sie den Vormittag, an dem Mrs. Bridge sie in Söckchen empfing, nicht eine Sekunde vergessen. Sogar Dr. Foster kam, mit roter Nase und tolerantem Lächeln, kurz vorbei, rauchte eine Zigarette, trank einen Whiskycocktail und rügte einige der Herren, weil sie sonntags Golf spielten.

Auch ein Autohändler namens Beachy Marsh war da; er hatte sich sehr früh eingefunden, in einem doppelreihigen Straßenanzug mit feinen Streifen, und da er sich unbehaglich fühlte, weil er spürte, dass er nicht hierher gehörte, tat er sein Möglichstes, um amüsant zu sein. Er war kein naher Freund, aber sie hatten ihn, wie auch einige andere, eben einladen müssen.

Mrs. Bridge rauschte durch ihr großes, elegantes und hell erleuchtetes Haus und prüfte dauernd, ob alles so war, wie es sein sollte. Alle paar Minuten warf sie einen Blick in die Badezimmer, stellte fest, dass die Gästehandtücher immer noch makellos wie pastellfarbene Taschentücher in Reih und Glied hingen – am Ende des Abends waren nur zwei angerührt worden, eine Tatsache, die Douglas finstere Genugtuung verschafft hätte –, und einmal ging sie in die Küche, um dem Extramädchen, das als Hilfe für Harriet engagiert worden war, nahezulegen, sie möge den Ausschnitt ihres gestärkten Kleides mit einer Sicherheitsnadel zustecken.

Unermüdlich wanderte Mrs. Bridge umher, lächelte anmutig, blieb hier und da stehen, um einen Augenblick zu plaudern, war aber ständig sprungbereit, inspizierte die Truthahnsandwiches, das Salzgebäck, die Bratwürstchen, öffnete unauffällig die Fenster, um den Rauch herauszulassen, entfernte taktvoll die nassen Gläser vom Mahagonitisch und verschwand von Zeit zu Zeit, um die soliden schwedischen Kristallaschenbecher zu leeren.

Und Beachy Marsh betrank sich. Er klopfte anderen auf die Schulter, gab Witze zum Besten, lachte schallend, ging ebenfalls umher, um die mit kirschfarbenen Zigarettenstummeln gefüllten Aschenbecher auszuschütten, und versuchte dabei unentwegt seine Kragenecken zu glätten, die sich, völlig verschwitzt, wie Hörner nach oben bogen.

Er folgte Mrs. Bridge halbwegs die teppichbelegte Treppe hinauf und sagte hoffnungsvoll: »War einst ein Mädchen in Madras, und hinter der wölbte sich was, es hat vier Buchstaben, wie Sie gedacht haben – ein Esel war's und der fraß Gras.«

»Also, ich muss schon sagen!«, erwiderte Mrs. Bridge, blickte höflich lächelnd über die Schulter und schritt weiter die Treppe hinauf, während der Autohändler zerknirscht seinen Kragen glättete.

36

AUFSTAND DER MASSEN

Die Abende wurden kühler, es war September, etwas nördlicher war der Herbst schon da, und die Bäume rauschten unruhig.

Nachdem sie Kolonialwaren und Gemüse bestellt, den Rest des Vormittags mehr oder weniger gleichgültig Radio gehört hatte und dann nichts Rechtes mehr mit sich anzufangen wusste, sagte sie Harriet – die in der Küche Datteln für einen Pudding kleinschnitt und dabei eine Zigarette nach der anderen paffte –, dass sie einige Einkäufe auf der Plaza machen müsse und erst am späten Nachmittag wieder nach Hause komme. Mrs. Bridge hatte ein schlechtes Gewissen, als sie das sagte, denn in Wirklichkeit brauchte sie gar keine Einkäufe zu machen, sondern fand nur, seit die Kinder wieder zur Schule gingen, die Tage so schrecklich lang. Sie war rastlos und unglücklich und dachte viele Stunden sehnsüchtig an die

Vergangenheit, an jene Jahre nach ihrer Hochzeit, als jeder Tag viel zu schnell verging.

Nach dem Mittagessen in ihrem Lieblingsteesalon sagte sie sich, dass sie sich ja eigentlich Kerzenleuchter ansehen könnte. Sie hatte schon lange daran gedacht, ein paar neue anzuschaffen; warum also nicht jetzt. Auf dem Weg zu Bancroft, der die hübschesten Sachen auf der Plaza hatte, kaufte sie in einer Apotheke eine Schachtel Aspirin und blieb vor einer Buchhandlung stehen, wo ihr Blick auf ein Buch im Schaufenster fiel: *Das Leben der müßigen Klasse*. Groll wallte in ihr auf. Einige Augenblicke starrte sie das Buch ausgesprochen feindselig an, als lebe es und sei sich ihrer bewusst. Sie ging in den Laden und ließ sich das Buch zeigen. Mit ihren Handschuhen fiel es ihr schwer, die Seiten umzublättern; deshalb reichte sie es dem Verkäufer zurück, dankte ihm und setzte mit unzufriedener Miene ihren Weg zum Warenhaus Bancroft fort.

37
DAS BUCH DES PREDIGERS

Wenn Mrs. Bridge sich ein Buch kaufte, dann fast immer eines der folgenden drei Arten: einen Bestseller, von dem sie gehört oder den sie angezeigt gesehen hatte, ein Buch zur Selbstbelehrung oder ein Buch von einem Verfasser aus Kansas City, einerlei welchen Inhalts. Letztere Bücher erschienen nicht oft, aber es kam doch vor, dass jemand mitten in Kansas City plötzlich mit einer Geschichte des Bürgerkriegs oder einem Bericht über irgendein obskures geschichtliches Ereignis herausplatzte. Auch gab es dünne Gedicht- oder Essaybändchen, die meistens von Lokalverlegern gedruckt wurden, und eines von ihnen lag länger im Wohnzimmer herum als irgendein anderes Buch, abgesehen von der zweibändigen Ausgabe der *Brüder Karamasow* in Gold bedrucktem Ledereinband, die niemand aus der Familie je gelesen hatte und die von Mr. Bridges Großvater stammte. Sie stand feierlich auf dem Kaminsims zwischen zwei Bronzeköpfen von Indianerhäuptlingen und wurde einmal in der Woche von Harriet mit dem Staubwedel abgestaubt.

Das Bändchen, das nach den *Brüdern Karamasow* den zweiten Platz einnahm, war eine Sammlung von Essays, die Pastor Dr. Foster verfasst hatte, ein außergewöhnlich kleiner und sympathischer Mann mit einem riesigen Kopf, den schimmerndweiße Haare wie eine Löwenmähne krönten. Er ließ sein Haar sehr lang wachsen und bürstete es in die Höhe, damit er größer wirkte. Die Essays hatte er im Laufe mehrerer Jahre mit dem Vorsatz geschrieben, sie einmal in Buchform zu veröffentlichen, und von Zeit zu Zeit bezeichnete er sie lachend als seine Memoiren. Dann protestierten die Leute, dass er sie nicht bis zu seinem Tode für sich behalten dürfe, woraufhin Dr. Foster seinem Gesprächspartner auf den Arm klopfte, sich gelegentlich auf die Zehenspitzen stellte, herzlich lachte und erwiderte: »Wir werden sehen, wir werden sehen«, und sich dann räusperte.

Endlich nahm, als er siebzehn Jahre in Kansas City gepredigt hatte und sein Name bekannt war – er wurde oft im *Tattler* und manchmal im Stadtanzeiger erwähnt –, ein kleiner Verlag diese Essays an, die Dr. Foster schon mehrmals dort in aller Stille angeboten hatte. Das Buch erschien in schwarzem Einband mit einem würdigen graupurpurnen Schutzumschlag, auf dem der Pastor, die Hände auf dem Rücken verschränkt, den einen Fuß leicht vorgesetzt, seelenruhig aus seinem Arbeitszimmerfenster in die Abenddämmerung schaute.

Der erste Essay begann: »Ich sitze an meinem Schreibtisch, dem Schreibtisch, der in all den Jahren eine Quelle des Trostes und der Eingebung für mich gewesen ist. Ich sehe, wie die Nacht anbricht, wie die Schatten über meinen kleinen, in meinen Augen aber lieblichen Garten gleiten, und in solchen Augenblicken sinne ich oft über das Los der Menschheit nach.«

Mrs. Bridge las Dr. Fosters Büchlein, in das er ihr eine Widmung geschrieben hatte, und es erstaunte sie, dass er ein derartig beschaulicher Mann war und den Sonnenaufgang so tief empfand, zu dem er, wie sie feststellte, allmorgendlich aufstand. Sie unterstrich mehrere Stellen, die besondere Bedeutung für sie zu haben schienen, und als sie das getan hatte, war sie imstande, mit ihren Freundinnen darüber zu diskutieren, die alle das Büchlein lasen.

Das kleine Buch kam ihr wie ein Ölzweig vor. Es bürgte ihr für Gottes Liebe zu den Menschen, für des Menschen Liebe zu Gott: in einer Zeit, da Hitler und Mussolini immer bedrohlichere Schatten warfen, fand sie ihren Glauben wieder, und die tröstlichen Betrachtungen ihres Pfarrers fielen bei ihr auf guten Boden.

38
EINE DICHTERIN

Ein anderer Typ Schriftsteller war Mabel Ong. Es wurde hartnäckig geflüstert, dass Mabel eine Dichterin sei – vermutlich sogar eine gute –, und dass eine Zeitschrift eines ihrer Gedichte gedruckt habe. Mrs. Bridge, die diskrete Nachforschungen angestellt hatte, ohne allerdings den Namen der Zeitschrift oder den Titel des Gedichts ausfindig zu machen, war deshalb hocherfreut, als Lois Montgomery ankündigte, dass Mabel nach der nächsten Wohltätigkeitsversammlung als besondere Gunst aus ihren eigenen Werken vorlesen werde. Mabel war eine energische, sehnige, etwa fünfunddreißigjährige Frau mit Leberflecken auf der Stirn; sie hatte kurz geschnittenes Haar, trug gewöhnlich einen Tweedmantel und steckte wie ein Mann die Hände in die Taschen. Ihre Art zu reden war ungemein selbstsicher, und sie drehte dabei dann und wann, wenn sie hustete oder lachte, den Kopf zur Seite; sie sprach in bitteren Worten über den Kapitalismus und erzählte Geschichten, die sie aus sicheren Quellen erfahren hatte, von Frauen, die im Kindbett gestorben waren, weil sie sich nicht die hohen Krankenhauskosten, ja, nicht einmal den Beitrag zu einer Krankenversicherung leisten konnten.

»Wenn ich ein Kind bekäme…«, begann sie gern und verlor sich dann in medizinischen Einzelheiten.

Am festgesetzten Tag schritt Mabel Ong mit einer Mappe, die sie wie ein Buch trug, zielbewusst durch den Raum nach vorn, legte die Mappe auf einen Kartentisch, öffnete den Reißverschluss, blätterte einige Minuten in allerlei Papieren, runzelte die Stirn, fand aber schließlich, was sie suchte. Sie schenkte sich aus einer Karaffe eisgekühltes Wasser in ein Glas, steckte eine Zigarette an, kniff wegen des Rauches ein Auge zu und blätterte wieder in ihren Papieren. Mrs. Bridge beobachtete sie aufmerksam und fand, dass Mabel wirklich so aussah, als könnte sie eine Dichterin sein.

Nach einem zweiten Schluck Wasser drückte sie ihre Zigarette aus, fuhr sich mit der Zunge über die Lippen und starrte stirnrunzelnd in den Raum. Plötzlich begann sie:

»Aus des Schoßes Tiefe drang ...«

Mabel hatte einen leichten Zungenfehler, und Mrs. Bridge, die in der letzten Reihe saß, war nicht sicher, ob sie ›drang‹ oder ›sprang‹ gesagt hatte, entschloss sich aber, lieber nicht danach zu fragen. Als der Vortrag endete, klatschte sie mit den anderen, stand eine Weile herum und hörte den Fragen zu, die verschiedene Mitglieder des Wohltätigkeitsvereins Mabel über die Bedeutung dieser oder jener Zeile stellten. Mrs. Bridge hatten die Gedichte nicht gefallen – sie klangen ziemlich frei und nicht besonders poetisch –, und sie hoffte, dass niemand sie nach ihrer Meinung fragen werde. Keiner tat es, obwohl sie sich bei einer bestimmten Gelegenheit zu ihrer eigenen Überraschung mit der Erklärung herauswagte, dass sie nicht viel für diese Gedichte übrig habe; erschrocken über ihre kritische Bemerkung, denn sie kannte ihre Grenzen, fügte sie hastig hinzu: »Aber ich könnte es bestimmt nicht halb so gut.«

39
WAHLEN

Sie hatte sich nie so in die Politik gestürzt, wie manche Frauen es taten, obwohl sie aufmerksam zuhörte, wenn Themen wie der Überschuss in der Landwirtschaft oder Arbeitsbeschaffungsprogramme bei Diners oder Versammlungen diskutiert wurden; sie empfand ihre mangelnden Kenntnisse und wollte dies beheben; deshalb hatte sie oft den Vorsatz, sich ernsthaft mit Politik zu befassen. Aber immer, wenn sie gerade damit beginnen wollte, kamen so viele Dinge dazwischen, und außerdem wusste sie nicht recht, wo sie anfangen sollte. Manchmal wollte sie ihren Mann fragen, aber nachdem sie es sich dann gründlich überlegt hatte, sah sie ein, dass sie nur alberne Fragen stellen würde, und er hatte seine eigenen Sorgen und Probleme, sodass sie ihn lieber nicht ablenken wollte. Und ganz abgesehen davon, hätte sie selbst ja doch nicht viel ausrichten können.

Das führte sie Mabel Ong gegenüber zu ihrer Verteidigung an, als ihr unvorsichtigerweise entschlüpft war, dass ihr Mann ihr immer sagte, für wen sie stimmen sollte.

»Kannst du denn nicht selbst denken?«, fragte Mabel mit ziemlich grimmiger Miene. »Menschenskind! Sag doch deine Meinung! Wir sind emanzipiert!« Die Hände auf dem Rücken verschränkt, wiegte sie sich hin und her und starrte dabei stirnrunzelnd den Teppich des Wohltätigkeitsklubs an.

»Natürlich hast du recht«, entschuldigte sich Mrs. Bridge und wich taktvoll dem Rauch von Mabels

Zigarette aus. »Aber findest du nicht, dass es schwer ist zu wissen, was man denken soll? Es gibt überall so viele Skandale und Betrügereien, und vermutlich drucken die Zeitungen doch nur das, was sie uns eintrichtern wollen.« Sie zögerte und sagte dann kühn: »Wie bildest *du* dir eine Meinung?«

Mabel Ong betrachtete, ohne die Zigarette aus dem Mund zu nehmen, die Decke, den Teppich, warf einen kritischen Blick auf die Degas-Reproduktion an der Wand und meinte schließlich, dass India Bridge vielleicht das Grundsätzliche begreifen könne, wenn sie mit Verstand gewisse Bücher lese, deren Titel sie auf den Rand einer Quittung kritzelte. Nur von einem dieser Bücher hatte Mrs. Bridge je etwas gehört, und das auch nur, weil der Verfasser Selbstmord begangen hatte, aber sie entschloss sich, es dennoch zu lesen.

Die Dame in ihrer Lieblingsleihbibliothek hatte keine Ahnung von diesem Buch, was recht tröstlich war; da Mrs. Bridge sich jedoch entschlossen hatte, es zu lesen, ging sie zur Stadtbibliothek. Dort bekam sie es schließlich und setzte sich hin, um es auf Mabels Rat hin mit Verstand zu lesen. Der Verfasser hieß Zokoloff, was gefährlich klang, und natürlich behandelte das erste Kapitel die Bestechungsmethoden beim Schwurgericht.

Als Mrs. Bridge genug darin gelesen hatte, um sich einer Diskussion gewachsen zu fühlen, ließ sie das Buch auf dem Flurtisch liegen; Mr. Bridge bemerkte es freilich erst nach drei Tagen. Sie beobachtete, wie er es in die Hand nahm, einige Sätze las, brummte und es auf den Tisch zurücklegte. Es war enttäuschend. Da nun keinerlei Gefahr mehr bestand, fiel es Mrs. Bridge schwer, das

Buch auszulesen; sie fand, dass es besser auszugsweise in einer Zeitschrift veröffentlicht werden sollte. Aber schließlich hatte sie es zu Ende gelesen, brachte es zur Bibliothek zurück und sagte mit snobistischem Anflug: »Ehrlich gesagt, kann ich nicht allem beipflichten, aber zweifellos ist der Verfasser gut informiert.«

Manche Argumente Zokoloffs blieben bei ihr hängen, und je länger sie darüber nachdachte, desto eindringlicher und logischer wurden sie; gewiss *war* es an der Zeit, wie er beharrlich behauptete, die Regierung zu ändern. Sie entschloss sich, das nächste Mal liberal zu stimmen, und als die Wahlen näher rückten, war sie Feuer und Flamme und hatte die feste Absicht, mit ihrem Mann über ihre neue Überzeugung zu diskutieren. Sie war sicher, dass sie ihn überreden könnte, ebenfalls anders zu wählen. Als sie ihn jedoch zu einer Diskussion herauslocken wollte, zeigte er sich nicht besonders interessiert, ja, er antwortete nicht einmal. Er war in einen Stapel Gerichtspapiere vertieft und warf ihr nur einmal einen irritierten Blick zu. Sie verschob es bis zum folgenden Abend, an dem er gerade nichts zu tun hatte, und diesmal starrte er sie neugierig und durchdringend an, als wolle er ihren Verstand ergründen, dann brummte er plötzlich etwas.

Sie war wirklich fest entschlossen, ihn am Abend vor den Wahlen zu einer Diskussion zu zwingen. Sie wollte Stellen aus Zokoloffs Buch zitieren. Aber er kam so spät und erschöpft nach Hause, dass sie es nicht übers Herz brachte. Sie gelangte zu dem Schluss, dass es wohl das Beste sei, ihn so wählen zu lassen, wie er es immer getan hatte, und selbst so zu stimmen, wie sie wollte; als sie jedoch zur Wahlurne ging, die sich bequemlichkeitshalber im Villenviertel befand, regten sich Zweifel, und es war ihr nicht ganz wohl zumute. Und als der entscheidende Augenblick kam, riss sie das Ruder herum und bekundete den Wunsch, dass die Welt so bleiben möge, wie sie war.

40

SCHWÜRE UND GELÜBDE

Bei einer der Wohltätigkeitsversammlungen tauchte die Frage auf, ob es nicht wünschenswert sei, die Satzungen des Vereins zu ändern und die Worte ›vor Gott‹ einzufügen. Während der ganzen Debatte starrte Grace Barron aus dem Fenster. Alle erklärten, dass es wünschenswert sei, alle außer Mabel Ong – sie sah in ihrem Schneiderkostüm mit einer geflochtenen Krawatte besonders streng aus –, die sich dagegen aussprach, aber es war allgemein bekannt, dass Mabel sich als Intellektuelle immer eher gegen die Mehrheit als gegen die Sache selbst aussprach. So kam es am späten Nachmittag zur Abstimmung. Von den sechsundfünfzig anwesenden Damen stimmten vierundfünfzig dafür, Gott einzufügen. Mabel stimmte dagegen. Grace enthielt sich der Stimme; ja, als ihr Name aufgerufen wurde, schrak sie zusammen und sagte: »Wie bitte?«

Mrs. Bridge wünschte sich, das Wahlergebnis wäre einstimmig ausgefallen; Einstimmigkeit war so befriedigend. Jedes Mal, wenn sie von einer einstimmigen Wahl hörte oder las, fühlte sie sich stolz und musste aus irgendeinem Grunde an die ›Pilgerväter‹ denken. Sie fand Gefallen an Schwüren und Gelübden, leistete sie regelmäßig, und war nur vorsichtig, wenn ihre Unterschrift verlangt wurde; Unterschriften waren bindend, das wusste sie, und sie hatte den Eindruck, dass sie oft fotokopiert oder gefälscht waren oder was skrupellose Personen sonst damit anstellen mochten.

Mündliche Abstimmungen kamen Mrs. Bridge dagegen völlig ungefährlich vor und gaben ihr das Gefühl, an einer Sache mitzuwirken; sie diskutierte gern darüber. Oft drängte sie Damen, die sie kaum kannte, sich ihr und den anderen anzuschließen, mit der Begründung: »Vielleicht nützt es etwas, schaden kann es jedenfalls nichts.«

41

EIN ANDERES OPFER DER UMSTÄNDE

Lois Montgomery war eines der prominentesten Mitglieder des Wohltätigkeitsvereins. Mrs. Bridge kannte sie schon seit Jahren, ohne etwas Besonderes an ihr gefunden zu haben, bis Mabel Ong eines Nachmittags nicht ganz unabsichtlich eine Anspielung auf die Zeit fallen ließ, da Lois vergewaltigt worden war. Mrs. Bridge behielt ihre freundlich-neutrale Miene bei, als habe sie schon von dem Fall gehört oder als sei sie zumindest in solchen Dingen erfahren, bekam aber später mehr heraus. Lois Montgomery war jetzt eine große, stattliche

Frau mit üppigem schneeweißem Busen, die ein ziemlich betäubendes Parfüm benutzte. Sie trug ihr schwarzes Haar in einem großen Primaballerinaknoten, durch dessen winzige Spalten allerdings eine feste Rolle falschen braunen Haares schimmerte. Mrs. Bridge hätte sie nicht für eine Frau gehalten, auf die sich ein Sexualverbrecher stürzt, aber soweit sie feststellen konnte, stimmte die Geschichte. Es war vor Jahren passiert, als die Montgomerys in Butte, Montana, wohnten, wo Stuart irgendeine Anstellung bei der Eisenbahn hatte. Wie die Geschichte ihnen von Butte so viele Jahre später nach Kansas City folgte, war nicht herauszubringen.

Mrs. Bridge sah die Szene vor sich: Während der kanadische Wind heulte, schritt Lois in ihrem eleganten Kostüm und einer Silberfuchsstola majestätisch durch eine Straße in Montana, als ein Mann hinter einem Busch auftauchte oder um einen Baum huschte – er hatte einen fadenscheinigen Anzug mit hochgeschlagenem Kragen an und war unrasiert, oder er trug eine Lederjoppe und eine Maske, vielleicht einen Damenstrumpf. Sie versuchte sich vorzustellen, wie Lois sich in der Dunkelheit wehrte und um Hilfe rief; sie überlegte sich, ob der Mann Lois mit ihrer Silberstola würgte. Hinterher brach die missbrauchte Frau auf dem Trottoir zusammen, der Mann rannte davon. Später wachte sie in einem Krankenhausbett auf, nachdem man ihr ein Beruhigungsmittel gegeben hatte, und Polizeiwachtmeister in schlecht sitzenden Sergeuniformen stellten ihr peinliche Fragen. Schließlich fanden sich Verwandte und Freunde mit Blumen ein. Die Szene endete immer im Krankenhauszimmer, das Blumenduft und Mrs. Montgomerys Parfüm erfüllten.

Mrs. Bridge dachte auch an Stuart Montgomery, und wie er die Sache wohl aufgenommen habe. Sie sah ihn in Kansas City als großen, zähen Mann mit einem harten, knorrigen Gesicht, wie es in Korkenzieher oder Spazierstockknäufe geschnitzt wird. Er sagte nicht viel, wenn sie ihn mit seiner auffallenden gelben Mappe zufällig auf der Straße traf, und fand es, wenn er an seinen Hut tippte, meistens nicht einmal der Mühe wert zu lächeln. Sie überlegte sich, ob er wohl geweint habe, als er die Sache mit Lois erfuhr, ob er sich zu entschuldigen versuchte, weil er sie an diesem Abend allein nach Hause hatte gehen lassen, oder ob er bei ihr gewesen und von dem Revolver des Mannes in die Flucht getrieben worden war. Oder war er niedergeschlagen worden? Empfand er immer noch Achtung für Lois?

Mrs. Bridge wollte eine freundliche Geste machen und Lois Montgomery ihr Mitgefühl ausdrücken, aber was konnte sie schließlich tun, wenn keiner die Sache je erwähnte und Lois lächelnd dastand, plauderte und Krabbensandwiches aß wie jeder andere?

42

LEDA

Bei einem Mittagessen kamen Mrs. Bridge und Grace Barron auf Kunst zu sprechen, mit dem Ergebnis, dass die zwei den Klub verließen, zum William-Rockhill-Nelson-Museum fuhren und sich dort aufhielten, bis es geschlossen wurde. Mrs. Bridge war ganz aufgeregt und fühlte sich etwas schuldbewusst, weil sie einfach zu zweit verschwunden waren, aber das war typisch Grace.

Goya, Holbein, Dürer, Corot – für Mrs. Bridge so vertraute und zugleich bedeutungslose Namen – waren alte Freunde von Grace Barron. Und schon bald erkannte Mrs. Bridge, dass dieser Tag so unvergesslich war wie ein Tag im Februar, an dem die Wolken nach monatelang grauem Himmel davontreiben.

Ein wenig verlegen und noch nicht bereit, Grace mitzuteilen, was sie vorhatte, meldete sich Mrs. Bridge auf der Kunstschule in der Nähe des Museums für die Malklasse für Erwachsene an. Sie kaufte sich einen Malkasten mit mehreren Pinseln und einer Palette – sie hatte immer gedacht, dass alle Paletten jene dekorative, geschwungene Form besäßen, und war etwas enttäuscht, dass die in ihrem Malkasten einfach rechteckig war –, eine Flasche Leinöl und eine Flasche Terpentin sowie zwei Metallbecher, die, wie der Verkäufer sie belehrte, für das Terpentin und Öl dienten. Sie kaufte auch ein Zuckersäckchen, um die Pinsel abzuwischen, und einen mit Blaumeisen bestickten Kittel; so ausgerüstet, begann sie ihre Malstunden an drei Abenden in der Woche. Fast einen Monat lang ging sie regelmäßig hin, überschlug eine Stunde, besuchte wieder mehrere hintereinander, ließ drei aus, raffte sich für einen weiteren Monat zusammen und blieb dann den Stunden gänzlich fern. Aber während sie malte, malte sie mit einem gewissen Elan und Gefühl, und sie hatte gar kein schlechtes Auge. Der Lehrer machte ihr ein- oder zweimal Komplimente und ermutigte sie, so fortzufahren. Er war ein mürrischer, schlampiger, kleiner Mann, Anfang Vierzig, mit stark riechendem Atem und Tränensäcken unter den Augen, der die Angewohnheit hatte, sich den Kopf zu kratzen und zu sagen: »Na, da wollen wir uns heute Abend wieder einmal ein bisschen austoben.«

Gelegentlich saß jemand angekleidet Modell, meistens ein älterer Emigrant mit Stiefeln und einem Halstuch; manchmal malten sie ein aus Treibholz und Weinflaschen bestehendes Stillleben. Aber eines Abends sagte der Lehrer, der Gadbury hieß, sie sollten einmal ein mythologisches Thema versuchen und nach der Fantasie arbeiten. Er schlug Wotan als Thema vor, fügte aber hinzu, dass sie nehmen könnten, was sie wollten. Mrs. Bridge hatte keine Ahnung mehr, wer Wotan war, erinnerte sich aber deutlich an die Sage von Leda und dem Schwan. Sie malte also einen kleinen zinkweißen Schwan und eine Leda, die stocksteif, die Hände auf dem Rücken, bis zu den Knöcheln im Wasser stand – denn mit Händen und Füßen wurde Mrs. Bridge nie richtig fertig –, und zog Leda einen geblümten Badeanzug an, der ihrem eigenen ziemlich ähnlich sah.

Als Mr. Gadbury seine Runde machte, betrachtete er über Mrs. Bridges Schulter hinweg eine Weile diese Leda und sagte schließlich, dass der See zu blau sei.

43

DIE UHR

Sie starrte oft lange ins Leere und hatte das bedrückende Gefühl zu warten. Aber auf was zu warten? Sie wusste es nicht. Bestimmt würde irgendjemand anrufen oder vorbeikommen, irgendjemand musste sie doch nötig haben. Dennoch verging jeder Tag wie der andere. Nichts Wesentliches, nichts Verzweifeltes geschah. Die Zeit stand still. Das Haus, die Stadt, die Nation, ja, das Leben selbst waren ewig; trotzdem hatte sie die dunkle Ahnung, dass eines Tages all die ihr teuren Dinge ohne Warnung und ohne Mitleid zerstört werden würden. Deshalb irrten ihre Gedanken zuweilen ab, bohrten sich tiefer und tiefer auf der Suche nach einem letzten Zufluchtsort, einem Leben, das unwandelbarer war als jenes, das sie mit der Geburt ihrer Kinder weitergegeben hatte.

Ein unvergesslicher Augenblick kam für sie an einem windigen, regnerischen Abend, als Harriet zur Kirche und die Kinder ausgegangen waren und sie mit ihrem Mann allein zu Hause blieb. Eine Zeit lang, vielleicht eine gute Stunde, hatte jeder für sich gelesen, er die Wirtschaftsseite der Zeitung, sie, aus Langeweile, die Heiratsanzeigen. Der Regen prasselte leise gegen die Scheiben, Läden schlugen, und über der Haustür begann die Blechabdichtung zu ächzen. Mrs. Bridge lauschte, die Zeitung auf dem Schoß, dem Rollen und Poltern des Donners über dem Haus. Plötzlich erhellte in völliger Stille ein Blitz das Zimmer. Mr. Bridge hob den Kopf, mehr nicht, aber in Mrs. Bridge regte sich etwas. Sie sah ihren Mann eindringlich an.

»Hat die Uhr geschlagen?«, fragte er.

»Nein, ich glaube nicht«, antwortete sie wartend.

Er räusperte sich. Er schob seine Brille zurecht. Er las weiter.

Sie vergaß diesen Augenblick nie, in dem sie den

Sinn des Lebens und der Sterne und Planeten, ja, des Erdenstrebens selbst beinahe erfasst hatte.

44
GRÄFIN MARISKA

Sie kannte nur einen Menschen, der bestimmt ähnliche Augenblicke erlebt hatte, und das war eine russisch-italienisch-ungarische Gräfin, die durch Kansas City flatterte wie ein Blatt im Winde.

»Gräfin Mariska Mihailowa Strozzi«, stellte Lois Montgomery, die kürzlich zur Vorsitzenden des Wohltätigkeitsvereins gewählt worden war, den Gast bei einem Diner vor.

»Meine Damen«, begann die Gräfin und redete eine Stunde lang, die einem allerdings nur wie eine Minute vorkam. Keiner flüsterte, keiner verließ den Raum. Sie war eine fesselnde Persönlichkeit, und die Frauen, die sie verpasst hatten, hörten noch monatelang über sie. Sie war als Tochter eines älteren russischen Diplomaten, eines vertrauten Freundes von Zar Nikolas II. in Schanghai geboren worden. Doch die Familie wurde in eine Hofintrige verwickelt und verbannt, es gab Morde, Entführungen, Spionage und dergleichen. Als sie vierzehn war, wurde sie mit einem italienischen Millionär verheiratet, der behauptete, in direkter Linie von der großen Renaissance-Familie, die sich den Medici widersetzte, abzustammen, aber Gräfin Mariska lief ihm schon bald davon. Später heiratete sie einen reichen Griechen.

Jetzt war sie geschieden und befand sich auf dem Weg nach San Francisco, wohin ein Munitionsfabrikant sie eingeladen hatte. Sie erzählte von ihren Erlebnissen, vor allem aber von den Nazis, und einem Gerücht nach sollte sie, kurz bevor sie nach Amerika kam, einen Obersturmbannführer mit seinem eigenen Revolver erschossen haben. Mrs. Bridge, die in der ersten Reihe saß und in die glänzenden, veilchenblauen Augen der Gräfin schaute, konnte sich das gut vorstellen.

Die Gräfin war zierlich und schick und trug ein schwarzes enges Kleid. Ihr einziger Schmuck bestand aus einem großen Saphir, der eine seltsame bläulichweiße Narbe auf ihrem Handrücken noch auffälliger machte. Mrs. Bridge war überzeugt, dass jeder brennend gern gewusst hätte, woher die Narbe stammte, aber keiner fragte danach. Es war nur eines der Rätsel um die Gräfin. Sie war taktvoll und sehr fraulich, konnte aber auch grob wie ein Mann werden. Man sah ihr an, dass sie viel Dummheit und Weisheit, Schmerz und Freude miterlebt hatte. Einmal machte sie eine Pause und steckte gelassen eine europäische Zigarette in eine Elfenbeinspitze; sie rauchte schweigend mehrere Minuten lang und starrte dabei über die Köpfe ihrer Zuhörerinnen hinweg, aber diese waren so gebannt, dass keine sich rührte. Nachdem sie ihre Zigarette ausgedrückt hatte, fuhr sie in ihrem perfekten, schweren Englisch fort: »Wir müssen die Faschisten vernichten …«

Später stellte sich Mrs. Bridge der Gräfin vor, denn das tat jeder, und sie plauderten ein Weilchen zusammen. Zwei Dinge blieben Mrs. Bridge in Erinnerung: erstens ein frischer roter Fleck auf ihrem schlanken goldbraunen

Hals, ein Fleck, wie ihn vielleicht der Mund eines Mannes hinterlässt, und zweitens die heisere Stimme, die murmelte: »Angst haben, das sage ich Ihnen, Madame, ist das Schrecklichste auf der Welt.«

45
KAFFEESATZ

Kurz nachdem die Gräfin zu dem gastfreundlichen Munitionsfabrikanten nach San Francisco abgereist war, aß Mrs. Bridge mit Grace Barron auf der Plaza zu Mittag. Grace machte einen niedergeschlagenen Eindruck, und Mrs. Bridge, die sie aufheitern wollte, schaute in ihre Tasse und tat, als vertiefe sie sich in den Kaffeesatz. Sie legte einen Finger an die Nase und sagte: »Mein Zigeunerblut verrät mir, dass du …«

»Meine Zukunft?«, fragte Grace zerstreut. »Meine Zukunft kenne ich.«

Und dann kullerten ihr, während Mrs. Bridge sie ängstlich verwundert anstarrte, zwei dicke Tränen über die Wangen.

46
LIBERAL

Ob es im Kaffeesatz oder in Grace selbst verborgen war, konnte Mrs. Bridge nicht mit Sicherheit sagen, aber bei einer Cocktailparty zu Ehren von Mrs. Tate, die bald darauf zu einer Weltreise aufbrechen wollte, wurde Grace ausfällig. Die Gesellschaft fand bei den Arlens statt, und über hundert Personen hatten sich eingefunden. Laut Einladung sollte es von sechs bis halb zehn dauern, doch um zehn war die Menschenmenge dichter denn je, und um diese Zeit wurde herumgeflüstert, dass sich Grace Barron unten im Spielzimmer mit dem Gastgeber zanke.

»... Ethnozentrizismus, das ist es!«, sagte Grace gerade, als Mrs. Bridge die Treppe zum Erdgeschoss heruntereilte.

Russ Arlen blickte finster drein und murmelte etwas. Grace Barron trank einen großen Schluck von ihrem Martini und fuhr sich mit der Zunge über die Lippen.

»Wissen Sie außerdem«, verkündete sie den Versammelten, »wen ich beschuldige, wenn wir wieder in einen Krieg verwickelt werden? Die amerikanische Presse! Ausgefallene Schlagzeilen erhöhen die Auflage. Ich klage an. Monsieur, j'accuse!«

Die Aufmerksamkeit aller Anwesenden war auf Grace gerichtet, als von oben Schreie »Feuer! Feuer!« ertönten und alle sich mit ihren Cocktailgläsern zur Treppe drängten. Tatsächlich brannte es, allerdings nicht im Haus. Aus unbekannten Gründen qualmte der Rücksitz von Ralph Porters Cadillac. Die Feuerwehr wurde nicht gleich alarmiert, denn jeder glaubte, der andere hätte es schon getan, aber schließlich sauste ein Feuerwehrauto klingelnd heran, wobei eine der Leitern die Schutzbleche mehrerer Autos zerkratzte; die Feuerwehrleute schlugen das Fenster des Cadillac ein und begannen auf den Rücksitz zu spritzen. Rauch wolkte heraus. Mrs. Porter weinte und flehte die Feuerwehrleute an, doch aufzuhören. Die Feuerwehrleute meinten, dass ein Zigarettenstummel den Brand verursacht hätte, doch die Beckerle-Schwestern, die hinten gesessen hatten, stritten das ab. Ein paar Minuten später war fast jeder in das Haus zurückgegangen, und Grace führte wieder das Wort, diesmal in der Bibliothek unter Madges Porträt in Lebensgröße. Als Mrs. Bridge hereinkam, sagte sie gerade: »… und die Modocs und die Nez Percé! Und die Mimbreno Apachen, die Teton Sioux, und und …«

»Wer möchte Krabbenmayonnaise haben?« Gefolgt von ihrem neuen Mädchen, das eine riesige Silberplatte voller Hors d'oeuvres trug, stürzte Madge herein, um den Abend zu retten.

»Ich möchte noch etwas zu trinken haben«, verkündete Grace. »Und die Seminolen? Sie haben uns nie etwas zuleide getan, aber wir sind in ihre Sümpfe eingedrungen und haben sie ausgerottet.«

Mrs. Bridge fühlte, dass die Diskussion ihren Horizont überstieg, doch in der Hoffnung zu dämpfen, was eventuell in einen peinlichen Auftritt ausarten könnte, fragte sie: »Das klingt so, als hätten wir fürchterliche Dinge getan, Grace, aber könnte sich nicht bei genaueren Nachforschungen vielleicht herausstellen, dass die Seminolen uns angegriffen haben?«

Die Unterhaltung wurde noch eine Zeit lang fortgesetzt. Grace Barron blieb der Mittelpunkt und kritisierte heftig, sei es die Zensur von Büchern, sei es, dass die Post vermeintlicher Faschisten oder Kommunisten geöffnet wurde. Ein- oder zweimal versuchte Mrs. Bridge, der Unterhaltung eine andere Wendung zu geben, indem sie das etwas pompöse Bild von Madge lobte oder vom Brand des Cadillac anfing, aber jedes Mal, wenn sie gerade im Begriff war, damit Erfolg zu haben, reizte Grace irgendjemanden von Neuem.

Tage vergingen. Die Geschichte schien in Vergessenheit zu geraten. Da bemerkte Madge Arlen beiläufig, dass ihr Mann sein Konto von Virgil Barrons Bank auf eine andere Bank habe überschreiben lassen.

»Mein Gott!«, stieß Mrs. Bridge hervor. »Was hat Virgil denn dazu gesagt?«

»Russ hat mir erzählt, dass er den Mund nicht auftat.« Sie machte eine Pause, um sich eine Zigarette anzustecken, und blies das Streichholz aus. Nachdem sie tief inhaliert hatte, sagte sie: »Wir waren nicht die Ersten, die das getan haben.«

Mrs. Bridge glaubte einen Augenblick, sie werde ohnmächtig; doch dann, als sich ihr nicht mehr alles vor den Augen drehte, hörte sie sich mitfühlend sagen: »Wahrscheinlich war es so das Beste.«

47

WILHELMS UND SUSANS PRIVATWELT

Wilhelm und Susan Van Metre waren vermutlich die Einzigen, die nichts von Graces Taktlosigkeiten wussten.

»Wir kamen zufällig hier vorbei«, sagte Wilhelm Van Metre und räusperte sich zweimal bei diesen Worten, »und so sagte ich zu Susan: Weißt du, da wir gerade hier sind, können wir doch eigentlich den Bridges einen kurzen Besuch machen.« Er räusperte sich wieder. »Anscheinend ist etwas mit meinen Stimmorganen nicht in Ordnung. Jedenfalls pflichtete Susan mir bei.« Er lächelte seiner Frau zu.

»Was für eine Überraschung!«, erwiderte Mrs. Bridge. »Kommt herein und gebt mir eure Mäntel.« Sie ging zur Treppe und rief hinauf: »Walter! Rate einmal, wer da ist!« Dies bedeutete, dass er seinen Kriminalroman, seine Broschüre oder was er sonst gerade las weglegen, aufstehen, sich anziehen und nach unten kommen musste.

»So!«, sagte Mrs. Bridge, nachdem die Van Metres saßen und sie bei Harriet Tee bestellt hatte. »So, und was gibt's Neues bei euch?«

Wilhelm lachte rollend und schlug sich aufs Knie. »Susan, hast du das gehört? Nun sag mir einmal«, fuhr er, an seine Frau gewandt, fort, »ob je etwas Neues oder Außergewöhnliches bei uns geschieht. Nicht viel, fürchte ich, nicht viel.« Er lehnte sich zurück und betupfte erst sein eines, dann sein anderes Nasenloch, als wollte er ein Niesen unterdrücken. »Nein, nicht viel, wirklich nicht viel.«

Es dauerte eine Weile, bis Mr. Bridge nach unten kam, um sich an der Unterhaltung zu beteiligen; er hatte ihre Stimmen erkannt und ließ sich Zeit. Dann saßen sie ungefähr drei Stunden lang bei einer Kanne Tee im Wohnzimmer. Mrs. Bridge, die Angst hatte, dass ihr Mann einfach aufstehen und zu Bett gehen könnte, bemühte sich, das Gespräch in Gang zu halten; sie versuchte auch, die Van Metres zu einem beliebten Gesellschaftsspiel, einem Pferderennen, zu überreden, und fragte dann, was sie zu einem Kartenspielchen meinten. Wilhelm hatte eine bessere Idee: er forderte Mr. Bridge zum Domino auf. Es waren jedoch keine Dominosteine im Haus. Er schlug Schach vor; es gab kein Schachspiel. Einen Augenblick überlegte sich Wilhelm, ob er nach Hause fahren und sein eigenes holen sollte. Schließlich brachte ihn Mrs. Bridge von diesem Thema ab. Er erkundigte sich, wie ihnen das Ballettensemble gefallen habe, das gerade seine Gastvorstellungen in Kansas City beendet hatte.

»Mein Gott«, sagte Mrs. Bridge hastig, »ach ja, das Ballett, ja, das war hier, nicht wahr, denn Grace hat mich angerufen ...«

»Ich fand den ersten Tänzer zu altmodisch«, sagte Wilhelm, schlug dabei die Fingerspitzen gegeneinander und runzelte die Stirn. »Obwohl Susan, wenn ich mich nicht irre, das nicht fand, bestimmt nicht in *Schwanensee. Schwanensee* hat uns beiden gut gefallen.« Er erkundigte sich auch, ob Mrs. Bridge der Kafka-Kritik in der letzten Nummer einer literarischen Zeitschrift beistimme.

»Ich fürchte, ich habe darüber hinweggelesen«, erwiderte sie. Sie hatte noch nie etwas von dieser Zeitschrift gehört.

Und schließlich kam das Gespräch, was unvermeidlich war, auf Konstruktionen und Kalkulationen, denn Wilhelm war seit dreißig Jahren Ingenieur. »Trotz meiner Erfahrung«, sagte er, »fand ich es nie ratsam, sich auf sein Gedächtnis zu verlassen. Ich schwöre auf Instrumente. Ich weiß nicht, India, ob du weißt, was ein Kreisrechenschieber ist.« Er machte eine Pause und zog seine buschigen weißen Augenbrauen in die Höhe.

»Ich fürchte nein«, sagte sie.

»Na, da du kein Ingenieur bist, ist das verzeihlich«, sagte er und lachte rollend. »Aber ich kann dir versichern, dass nichts einem besser aus der Klemme hilft als ein Kreisrechenschieber.«

Mrs. Bridge erwiderte, dass es schrecklich kompliziert klinge, und später, als die Van Metres endlich gingen, sagte sie, dass sie hoffe, sie kämen bald wieder einmal vorbei.

48

SIR WILLIAM UND SIR THOMAS

Die Van Metres hatten die peinliche Angewohnheit, für bare Münze zu nehmen, was andere Leute sagten. Mrs. Bridge, die der Hoffnung Ausdruck gegeben hatte, dass sie bald wieder einmal vorbeikommen würden, vergaß die Van Metres sofort wieder. Aber es waren noch keine zwei Wochen vergangen, als sie erneut einen ›kurzen‹ Besuch machten. Mrs. Bridge gab vor, sich zu freuen. Sie tranken etliche Kannen Tee und schienen die langen Pausen des Schweigens nicht zu merken. Mrs. Bridge gab sich verzweifelte Mühe, Gesprächspausen zu verhindern, und meistens gelang es ihr auch, aber bei den Van Metres kostete es sie größte Anstrengung. Sie war dankbar, wenn einer von ihnen redete, denn dann hatte sie Zeit, sich ein neues Thema auszudenken. Susan sprach fast kein Wort; Wilhelm versank manchmal eine halbe Stunde in Gedanken, um danach vielleicht eine halbe Stunde lang eine Anekdote zu erzählen. Und so viel Zeit ungefähr brauchte er diesmal, um eine Geschichte über zwei Herren aus dem 16. Jahrhundert zum Besten zu geben: über Sir William Roper und den Lordkanzler von England, der Sir Thomas More hieß. Eines Tages suchte Sir William Sir Thomas mit der Absicht auf, ihn um die Hand einer seiner Töchter zu bitten. Sir Thomas hatte nichts dagegen, führte Sir William an das Bett seiner Töchter und schlug die Decken zurück. Die beiden Mädchen lagen auf dem Rücken, und ihre Nachtgewänder waren bis zu den Achseln hochgerutscht. Sofort drehten sich die Mädchen auf den Bauch. »Gut«, sagte Sir William, »ich habe beide Seiten gesehen.« Dann patschte er einem der Mädchen auf den Popo und sprach: »Du bist mein.«

»Ich bin nur froh«, erklärte Mrs. Bridge, als die Geschichte zu Ende war, »dass sich die Zeiten geändert haben.«

49

NOT LEIDENDE KÜNSTLER

Einige Tage nach jenem Besuch der Van Metres erschien ein anderer alter Bekannter. Mrs. Bridge saß im Frühstückszimmer und überlegte gerade, was sie tun, wie sie sich bis zum Mittagessen beschäftigen könne, als Harriet hereinkam und einen Mann anmeldete, der vor dem Lieferanteneingang stehe.

»Was will er denn?«

»Das habe ich ihn auch gefragt, aber er wollte es nicht sagen.«

»Hat er seinen Namen genannt?«

»Nein«, sagte Harriet, »aber er sieht verdächtig aus.«

Jeder sah in Harriets Augen verdächtig aus. Mrs. Bridge erhob sich nach einigem Nachdenken und ging durch die Küche zum Lieferanteneingang. Draußen schneite es, und vor der Tür stand ein Mann mit hängenden Schultern und trauriger Miene, der sein Frösteln nicht unterdrücken konnte und mit den Füßen stampfte. Als er sie erblickte, versuchte er zu lächeln, und seine Lippen bildeten die Worte: »Guten Tag.« Mrs. Bridge konnte sich nicht erinnern, wo sie ihn schon gesehen hatte; dann aber fiel ihr der Zeichenlehrer ein, bei dem sie eine Zeit lang gemalt hatte. »Oh, Mr. Gadbury!«, sagte sie, machte die Innentür auf, ließ aber die äußere Glastür noch geschlossen. Aus irgendeinem Grunde sah er tatsächlich verdächtig aus und verlorener und niedergeschlagener als in seinem Atelier. Er bemühte sich, zu sprechen; was er sagte, war durch die Glastür nicht zu verstehen. Darum wollte ihn Mrs. Bridge, die an Harriets freilich nicht ungewöhnliche Warnung denken musste, nicht hereinlassen.

»Kann ich etwas für Sie tun?«, fragte sie.

Ein Schneewirbel fegte über ihn hinweg. Er versuchte nochmals zu lächeln. Er war kein Fremder, andererseits aber auch nicht eigentlich ein Freund, der zu Besuch kam. Er schien weder getrunken zu haben, trotz seiner roten Nase, noch sah er gefährlich aus; deshalb nahm sie weiter keine Notiz von Harriet – die mit verschränkten Armen neben ihr stand und energisch den Kopf schüttelte – und schloss die Außentür auf.

»Wollen Sie nicht hereinkommen, Mr. Gadbury? Draußen ist es sicher eisig.«

Gadbury trat ein. Er klapperte mit den Zähnen, das Gehen fiel ihm schwer, und er sah aus, als habe er sich stundenlang im Schnee herumgetrieben. Den Hut in der Hand, folgte er ihr in das Wohnzimmer und schaute sich dabei um, ob er feuchte Spuren auf dem Teppich hinterlasse, was er tat. Sie bat ihn, Platz zu nehmen. Er setzte sich hin, und da er nicht wusste, wohin er seinen nassen Hut legen sollte, hängte er ihn über sein Knie. Er fröstelte unentwegt. Abgesehen von seiner roten Nase, hatte er die fleckiggelbe und bläulichgraue Farbe einer Wurst, die mehrere Wochen im Eisschrank aufbewahrt worden ist. Er schauderte, bebte vom Scheitel bis zur Sohle und schien kaum zu atmen. Er machte keinen Versuch, etwas zu sagen. Das Kinn hatte er in seinen Kragen gesteckt, seine Knie schlugen gegeneinander, und seine Füße hüpften gelegentlich aus eigenem Antrieb auf dem Boden herum.

Mrs. Bridge, die ihn beobachtet hatte, sagte: »Ich werde dafür sorgen, dass Harriet Ihnen heißen Tee macht.«

Sie stand auf und ging durch das Zimmer zur Klingelschnur, einen etwa drei Meter langen Stoffstreifen, der wie die Musterprobe eines Perserteppichs wirkte, an einem Hebel unter der Decke festgebunden war und neben dem Sekretär an der Wand herabhing. Eigentlich war es einfacher, in die Küche zu gehen und direkt mit Harriet zu sprechen, aber wenn Gäste da waren, pflegte Mrs. Bridge die Klingel zu benutzen. Sie ergriff die Schnur etwa auf Hüfthöhe und zog langsam und vorsichtig daran; nie konnte sie sich des Gefühls erwehren, dass sie eines Tages, wenn das Zimmer voller Leute wäre, daran ziehen und der Stoffstreifen ihr wie eine Stola über die Schulter fallen würde. Bald darauf erschien Harriet, mit übertrieben unbekümmerter Miene, als vermute sie eine Intrige.

»Wir möchten gern etwas Tee haben«, sagte Mrs. Bridge.

Sie kehrte zu ihrem Sessel zurück und wartete darauf, dass Mr. Gadbury etwas sagen würde, aber er machte keinerlei Anstalten dazu. Er zuckte und zitterte weiter. Sie wünschte sich sehr, dass ihm einfalle, wie er dem Zähneklappern Einhalt gebieten könne.

Als er merkte, dass sie ihn beobachtete, zog Mr. Gadbury ein Taschentuch aus seiner Manteltasche, putzte sich trübselig die Nase und sagte: »Ich friere.«

»Das sehe ich«, sagte Mrs. Bridge. »In der Zeitung stand, dass wir heute Morgen um sechs Uhr null Grad hatten.«

Harriet schob den Teewagen herein und stellte ihn vor Mrs. Bridge, die den Tee einschenkte. Als Harriet Mr. Gadbury eine Tasse reichte, trank er sie sofort aus und schaute dann hoffnungsvoll und ernst auf die silberne Teekanne.

»Darf ich Ihnen noch eine Tasse einschenken, Mr. Gadbury?«

Er sagte, bitte, gern, bekam also eine zweite und bald eine dritte Tasse.

»Macht Ihre Malerei gute Fortschritte?«, fragte er.

»Seit Wochen hatte ich keine freie Minute mehr, Mr. Gadbury.«

»Ich erinnere mich noch genau an die Sherryflasche aus Malachit«, sagte er. Eine Pause folgte. »Auf die haben Sie sich mit wahrer Freude gestürzt.«

Mrs. Bridge lächelte höflich. Sie wartete darauf, dass er

sein Anliegen vorbringen würde. Gadbury schaute sich im Zimmer um. Er betrachtete mit zusammengekniffenen Augen die Radierung einer Kathedrale über dem Sofa. Keiner der Familie hatte ihr seit Jahren einen Blick gegönnt.

»Ich weiß nicht recht, was ich davon halten soll«, sagte Gadbury und prüfte die Radierung aufmerksam. »Vielleicht, vielleicht auch nicht. Immerhin hat sie Qualitäten.« Er entdeckte, dass Wasser von seinem Hut und seinem Mantel auf den Teppich getropft war, und stellte seinen Fuß nervös auf den nassen Fleck. Schließlich merkte er, dass Mrs. Bridge darauf wartete, von ihm den Grund seines Besuches zu erfahren; er kramte also eine zerknitterte kleine Zeitschrift mit dem Titel *Der Dobermann* aus seiner Tasche und hielt sie in die Höhe, damit Mrs. Bridge sie sehen könnte.

»Oh?«, sagte Mrs. Bridge.

»Ich nehme an, dass weder Sie noch Ihr Mann daran interessiert sind, diese Zeitschrift zu abonnieren, oder?«

Sie hatte geahnt, dass er ihr etwas verkaufen wollte, und sie wusste, dass sie es auf keinen Fall gebrauchen könnte.

»Ich hatte wirklich nicht die Absicht, noch mehr Zeitschriften zu abonnieren, Mr. Gadbury.«

Er nickte verständnisvoll. »Was soll man auch damit anfangen, wenn man keinen Dobermann hat.« Dann hatte er einen Einfall, richtete sich auf und fragte: »Sie haben doch keinen, oder?«

»Nein, wir haben keinen.«

»Keiner hat einen«, sagte er verzweifelt. »Ich glaube, sie fressen schrecklich viel.«

»Oh? Haben Sie einen?«

»Nein. Aber als Junge hatte ich einen Hund.« Er sah sie an, um festzustellen, ob diese Tatsache Interesse in ihr erweckte. Da dies nicht der Fall war, betrachtete er, nachdem er sich die Nase mit dem Ärmel abgewischt hatte, die Zeitschrift und begann sie anzupreisen. »Diese Nummer berichtet von einem Dobermann, der nur Lendensteaks fressen wollte und für die Polizei in Toledo arbeitete.« Er grübelte über diese Information nach und fügte nachdenklich hinzu: »Er hieß Leutnant.« Plötzlich schlug er die Mittelseite auf, die Bilder von neun Dobermännern zeigte, und hielt sie in die Höhe, damit Mrs. Bridge sie sehen könnte.

»Mein Gott, sie sehen ziemlich wild aus, finden Sie nicht?«

Gadbury betrachtete die Bilder nochmals. »Ja. Daran hatte ich noch gar nicht gedacht.«

Mrs. Bridge nickte mit dem Kopf, um ihm zu zeigen, dass sie sich die Bilder weiter ansehe. Gadbury geriet in Begeisterung.

»Die Zeitschrift erscheint einmal im Monat«, sagte er.

Ein jähes Frösteln überfiel ihn; er zitterte, schniefte, stampfte mit den Füßen auf und blickte sich verzweifelt um. »Sie erfahren, wie Sie diese Hunde trainieren müssen«, sagte er hastig, »und oh, *hatschi-i-i*«, nieste Mr. Gadbury. »Ich bin erkältet«, sagte er matt, dann wich das Leben aus ihm; stumm, mit gesenktem Kopf saß er da, während weitere Wassertropfen im Teppich versickerten. »Sie müssen nicht meinen, dass die Schule mir einen Hungerlohn zahlt«, fuhr er fort, ohne den Kopf zu heben. »Aber meine Tochter ist in Schwierigkeiten geraten und liegt jetzt im Krankenhaus. Ich wusste nicht, dass Krankenhausrechnungen so hoch sind.« Er rollte die Zeitschrift zusammen und klopfte damit auf seine Handfläche.

»Bekommen Sie viele Abonnenten?«

Gadbury versuchte nicht einmal zu antworten.

»Wie lange machen Sie das schon?«, fragte sie.

»Ungefähr zwei Monate«, sagte er ruhig.

Mrs. Bridge holte tief Atem und schlug die Hände zusammen. »Sagen Sie, Mr. Gadbury, sagen Sie mir ehrlich: Haben Sie schon einen Abonnenten gefunden?«

»Nein. Aber eine Dame hat mir vorige Woche gesagt, dass sie ihren Mann fragen wolle.«

»Nun gut«, sagte Mrs. Bridge. »Schreiben Sie meinen Namen auf, ich nehme ein Abonnement.«

Gadbury hob den Kopf und sah sie ernst und erstaunt an.

50

ZWEITE SPANISCHSTUNDE

Beim Saubermachen des Wandschranks im Flur fielen Mrs. Bridge die Schallplatten und die kleine spanische Sprachlehre in die Hand. Auf den Platten lag fingerdick Staub, eine war zerbrochen. Aus einem Impuls heraus ließ sie den Wandschrank so, wie er war, trug die Platten ins Wohnzimmer und legte die unzerbrochenen auf das Grammofon. Dann setzte sie sich mit der Broschüre hin, um ihrem Gedächtnis nachzuhelfen, und als sie feststellte, dass sie sich ohne Schwierigkeiten an die ganze Prozedur erinnern konnte, setzte sie die Nadel auf die erste Platte.

»Buenos días, Señora Brown. Cómo está usted?«

»Buenos días, Señor Carreño. Muy bien, gracias. Y usted?«

Mrs. Bridge war auf die Pause vorbereitet. »Buenos días, Señor Carreño«, sagte sie freundlich. »Muy bien, gracias. Y usted?«

»Muy bien.«

Die Platte quietschte und klickte, klickte nochmals und fuhr fort. Señor Carreño bemerkte, dass Señora Brown in Madrid sei, was Señora Brown schließlich auch begriff:

»Estoy en Madrid.«

»Estoy en Madrid«, wiederholte Mrs. Bridge.

Carolyn rief von oben: »Mami!«

»Was ist denn, Liebling?«, rief Mrs. Bridge.

»La gusta Madrid?«

»Sí, mucho.«

»Ma*mi!*«

Mit einem Seufzer stand Mrs. Bridge auf und ging zur Treppe. »Was ist denn, Corky? Ich bin gerade beschäftigt.«

»Ich kann meine weißen Straßenschuhe nicht finden.«

Mrs. Bridge kehrte in das Wohnzimmer zurück, stellte das Grammofon ab, ging wieder zur Treppe und legte die Hand auf das Geländer.

»Ich kann dich nicht verstehen, Liebling. Was hast du gesagt?«

»Was ist mit meinen weißen Straßenschuhen los? Ich

habe sie herausgestellt, damit Harriet sie putzt, und jetzt sind sie nicht mehr da.«

Mrs. Bridge begann, die Treppe hinaufzugehen, denn ein Wortwechsel war unvermeidlich, und sie hasste die Hin- und Herbrüllerei. »Ich habe sie der Waschfrau geschenkt. Sie waren viel zu abgetragen, du konntest sie beim besten Willen nicht mehr anziehen.«

Carolyn stöhnte und wippte auf ihren Hacken, die augenblicklich gängige Methode, Verzweiflung auszudrücken. »Und was ziehe ich jetzt zum Schülernachmittag an?«

Mrs. Bridge war auf dem Treppenabsatz stehen geblieben, um sich zu verschnaufen. Dann nahm sie das letzte Stück in Angriff.

»Aber, Liebling, du kannst doch zum Tanzen keine Straßenschuhe anziehen.«

Carolyn sprach langsam und deutlich. »Es ist kein Tanz, Mami, es ist ein Schülernachmittag. Er findet nach der Schule in der Turnhalle statt.«

»Ich dachte, bei einem Schülernachmittag würde getanzt.«

»Das wird es auch, aber es ist etwas ganz anderes.«

Carolyn wippte wieder auf ihren Hacken. »Meine Mittagspause ist schon fast um, und ich muss jetzt gleich zur Lateinstunde zurück, und du willst doch bestimmt nicht, dass ich diese Indianerhäute trage, nicht einmal zu einem Schülernachmittag. Zum Glück nicht.« Sie hielt ihrer Mutter einen Fuß hin, der in einem Mokassin steckte, und bewegte die Zehen.

»Ich finde, du solltest deine neuen braunen Halbschuhe anziehen. Sie waren teuer genug.«

»Oje! Ich finde, du bist furchtbar altmodisch.«

»Wahrscheinlich«, entgegnete Mrs. Bridge trocken. »Aber sei gefälligst nicht so frech.«

»Oh, Mami, entschuldige bitte, aber es *ist* doch eine schreckliche Tragödie. Lassen wir lieber die Höflichkeitsfloskeln. »

»Na schön, ich sehe schon, uns bleibt gar nichts anderes übrig, als in die Stadt zu fahren und dir ein Paar neue Schuhe zu kaufen.«

»Ich habe doch keine Zeit! Ich meine, ich muss zu diesem elenden Latein!«

»Ach, Corky«, sagte Mrs. Bridge müde, denn immer schienen solche Probleme aufzutauchen. »Um zwei Uhr soll ich Madge Arlen abholen, aber wenn du die Schuhe unbedingt haben musst, werde ich vorher zur Plaza rasen und sie dir vorbeibringen. Ich glaube wirklich, dass ich die Hälfte meines Lebens für das Wohl der Familie geopfert habe.«

Carolyn, der es unangenehm war, dass jemand ihre Mutter dabei beobachten könnte, wie sie ihr ein Paar Schuhe in die Schule brachte, sagte: »Gib sie einfach im Sekretariat ab.«

51
DER LIEFERANTENEINGANG

Jeder benutzte den Lieferanteneingang, wenn es bequemer war, aber Douglas schien es mit Vorliebe zu tun. Mrs. Bridge hatte festgestellt, dass er, wenn er aus der Schule auf die Vorderfront zukam, meistens um das Haus herum zum Lieferanteneingang ging. Sie hatte ihn vom Fenster ihres Nähzimmers im ersten Stock dabei beobachtet, und die Angewohnheit bereitete ihr Kummer, denn es war nun einmal Sitte, dass Familienangehörige und Gäste durch die Vordertür kamen und gingen, während die hintere Tür hauptsächlich von der Waschfrau, den Botenjungen und Harriet benutzt wurde.

Eines Tages beim Mittagessen hielt sie es nicht länger aus und fragte brüsk: »Hast du die Hintertür-itis?«

Douglas schnitt gerade eine Scheibe Hackbraten klein; er ließ die Hände mit Messer und Gabel sinken und starrte sie verdutzt an.

»Du musst wieder zum Friseur«, sagte sie mechanisch, als sie seinen Wuschelkopf bemerkte. »Und nimm den Bleistift hinter deinem Ohr weg. Die Leute halten dich ja für einen Lebensmittelverkäufer.«

»Was?«, fragte Douglas und blinzelte.

»Wieso benutzt du nur immer den Lieferanteneingang?«

»Ich weiß nicht«, sagte Douglas.

»Na also, warum tust du dann nicht das, was andere tun?«

Douglas schien darüber nachzudenken. Schließlich sagte er im gleichen ausdruckslosen Ton: »Ich weiß nicht.«

»Solange wir eine Haustür haben«, sagte Mrs. Bridge, »können wir sie schließlich auch benutzen.«

Douglas gab zu, dass sie natürlich recht habe, aber sehr überzeugend klang es nicht.

52

POPOPELCHEN

Die Probleme der Teenagerjahre rissen gar nicht ab. Carolyn begann aufzublühen, nicht nur vorne, sondern auch hinten, und da sie sich angewöhnt hatte, beim Gehen ein übertrieben hohles Kreuz zu machen, gaben ihr die Jungen vom College den Spitznamen ›Popopelchen‹. Einer dieser Jungen, der sie zum ersten Mal zu Hause abholte, fragte geistesabwesend unter diesem Namen nach ihr. Am nächsten Tag stellte Mrs. Bridge, die einen hübschen Schal häkelte, für den Fall, dass jemand einen haben wollte, Carolyn wegen dieses Namens zur Rede.

»Ach, das ist noch gar nichts. Du solltest hören, wie sie Ruth nennen«, sagte Carolyn.

Mrs. Bridge häkelte mit entrüsteter Miene weiter.

53

DER CHRYSLER UND DER KAMM

Mrs. Bridge entdeckte beim Leeren der Papierkörbe einen schmutzigen Kamm in Ruths Korb.

»Was hat der hier zu suchen?«, fragte Ruth am Nachmittag, als sie nach Hause kam und den Kamm auf ihrem Toilettentisch fand.

»Ich habe ihn im Papierkorb gefunden. Was hat er *dort* zu suchen?«

Ruth sagte, sie habe ihn weggeworfen.

»Glaubst du vielleicht, dass wir in Geld schwimmen?«, fragte Mrs. Bridge. »Einen schmutzigen Kamm wirft man nicht weg, den wäscht man, mein Fräulein.«

»Er kostet nur fünf Cent«, sagte Ruth ärgerlich. Sie warf ihre Bücher auf das Bett und zog ihren Pullover aus.

»Fünf-Cent-Stücke wachsen nicht auf den Bäumen«, erwiderte Mrs. Bridge, die Ruths Benehmen irritierte.

»Fünf-Cent-Stücke wachsen nicht auf den Bäumen«, wiederholte Ruth. Sie stand am Fenster und stemmte die Hände in die Hüften; dann zeigte sie erbittert auf den neuen Chrysler ihres Vaters, der gerade in die Auffahrt einbog.

»Leg den Kamm in eine Schüssel mit warmem Wasser und einem Schuss Salmiakgeist und lass ihn aufweichen«, fuhr Mrs. Bridge fort. »Nach ein paar Minuten kannst du ihn einfach abspülen.«

»Ich weiß, ich weiß, ich weiß!« Ruth machte den Reißverschluss ihres Rocks auf, schlüpfte heraus und schleuderte ihn in den Wandschrank. Sie setzte sich auf das Bett und begann ihre Nägel zu feilen.

»Wir gehen also an fünf Cent pleite?«, fragte sie grollend.

»Ich wasche meinen Kamm auch und erwarte von dir das Gleiche. Es schadet keinem von uns etwas«, entgegnete Mrs. Bridge. »Wer das Kleine nicht ehrt, ist des Großen nicht wert«, fügte sie hinzu und verließ das Zimmer, dessen Tür sie hinter sich schloss.

Eine Weile blieb Ruth auf dem Bett sitzen, feilte ihre Nägel und biss sich auf die Unterlippe; dann packte sie den Kamm und brach ihn entzwei.

54
KEIN WANDERPREDIGERTUM

Der christliche Glaube bedeutete Ruth nichts, wenigstens soweit Mrs. Bridge es feststellen konnte. Ruth ging widerwillig, mürrisch und wortkarg zur Kirche, bis sie alt genug war, sich ihrer Mutter zu widersetzen, denn sie wusste, dass es ihrem Vater einerlei war, ob sie hinging oder nicht; und als Mrs. Bridge sie anflehte und sagte: »Mein Gott, die Leute denken ja, dass du eine Südseeinsulanerin bist!«, seufzte Ruth und murmelte: »Mami, lass mich doch eine sein.«

Douglas reagierte ganz anders; er sträubte sich mit Händen und Füßen, als er klein war, aber später, als er entdeckte, dass die Kirche eine Basketballmannschaft hatte, in der er spielen konnte, wenn er mit redlicher Regelmäßigkeit zum Gottesdienst ging, wurde er umgänglicher.

Carolyn machte überhaupt keine Schwierigkeiten. Als Kind schien sie an der Sonntagsschule Freude zu haben, und mit vierzehn trat sie dem Kirchenchor bei. Es dauerte nicht lange, da las sie während der Woche zu Hause in ihrer Bibel und lauschte sonntags andächtig den würdevollen Predigten von Dr. Foster. Sie wurde auch Mitglied der Jugendgruppe, die am Mittwochabend in der Krypta zusammenkam.

Gewöhnlich fuhr Mrs. Bridge Carolyn zu diesen Mittwochabendversammlungen und erlaubte einem älteren Jungen oder Mädchen, sie später nach Hause zu bringen. Sie empfand tiefe Freude, eine Freude, die fast an ein Gefühl echten Glücks grenzte, wenn sie an Carolyns frommen Eifer dachte. Obwohl sie nicht wusste warum, war sie selbst der Kirche niemals so nahe gekommen, wie sie es sich gewünscht hatte, und nahm deshalb die Schuld für Ruths Versagen und, bis zu einem gewissen Grad, auch dafür, dass Douglas abtrünnig geworden wäre, hätte es nicht die Basketballmannschaft gegeben, auf sich. Mrs. Bridge war an jedem Mittwochabend stolz und beruhigt. Auf den Kirchenstufen erblickte sie eine Gruppe gut angezogener, sauberer, lächelnder, höflicher junger Leute. Immer sahen sie froh und zuversichtlich aus. Jedes Mal sagten ihr diese Gesichter, dass uns nichts Böses widerfahren kann. Zweifellos, dachte sie, würde das auch nicht geschehen.

Der Chor, die Sonntagspredigten, die Mittwochabendgruppe – all dies genügte nicht, um Carolyns Hunger nach religiöser Erfahrung zu stillen. Sie wurde unersättlich. Sie verbrachte Stunden über der Bibel; sie las die Apokryphen; sie führte lange Gespräche mit Dr. Foster. Es reichte ihr nicht. Eines Abends kündigte sie ihrer Mutter an, dass sie beabsichtige, sich einer Gruppe von Wanderpredigern anzuschließen.

Sofort sah Mrs. Bridge acht bis zehn Leute des niederen Mittelstands an einer Straßenecke der Innenstadt vor sich, die Frauen mit Hauben und in dunklen formlosen Gewändern, während die Männer sie irgendwie an Mr. Schumann erinnerten, der das Schülerorchester dirigierte. Basstuben im Regen, ein herumgereichtes Tamburin – sie hatte die Leute immer mit einer Mischung aus Mitleid und Achtung betrachtet und, wenn sie es nicht vermeiden konnte, ein Fünfundzwanzig-Cent-Stück in das Tamburin geworfen.

»Das ist ein großartiger Gedanke«, sagte sie. »Ich frage mich nur, ob du dabei glücklich wirst. Wir wollen abwarten, was dein Vater dazu sagt.«

Mr. Bridge kam gegen neun Uhr nach Hause. Seine Mappe war prall, er war abgespannt und reizbar und bat Harriet, ihm ein Sandwich und etwas Kaffee zu machen und beides in sein Arbeitszimmer zu bringen. Carolyn wusste, dass es ein ungünstiger Augenblick war, ihm ihren Entschluss mitzuteilen, konnte aber vor Aufregung nicht warten.

»Unsinn«, sagte er, als sie ihn auf der Treppe anhielt. »Du lernst schön weiter. Ich habe dich schon bei der Universität angemeldet.«

Damit war die Sache erledigt. Carolyn kochte vor Wut, aber sie wagte es ebenso wenig wie alle anderen Mitglieder der Familie – außer Ruth, die keine Angst vor ihm zu haben schien –, ihm zu widersprechen.

Mrs. Bridge hatte Mitleid mit Carolyn, legte den Arm um ihre Hüfte und sagte zärtlich: »Daddy wird es wohl am besten wissen. Aber es war goldig von dir, Corky, dass du auf so etwas gekommen bist.«

55
ANSTANDSDAME

Das Telefon klingelte, und Naomi Gattenberger, das dickste Mädchen vom Lyzeum, war am Apparat. Sie trug immer einen leuchtend roten Mantel, der ihr bis zu den Knöcheln herabhing, und eine Brille, deren Schildpattfassung mit Bergkristallsplittern besetzt war. Ihr Vater hatte kürzlich mit dem An- und Verkauf gebrauchter Wagen ein Vermögen erworben.

»Wie geht's, Naomi?«, fragte Mrs. Bridge.

»Danke, gut«, sagte Naomi.

»Ich habe neulich deine Mutter gesehen.«

»Das hat sie mir erzählt.«

Damit waren ihre gemeinsamen Interessen erschöpft, sodass Mrs. Bridge sagte: »Ich werde nachsehen, ob Carolyn schon zu Hause ist.«

»Die will ich gar nicht sprechen«, sagte Naomi. »Ich bin die Vorsitzende des Organisationskomitees für den Ball des Schülerinnenklubs, und wir möchten Sie gern als Anstandsdame einladen.«

»Ach, wie nett! Das ist wirklich eine Überraschung.«

Naomi gab zu, dass es sicherlich eine Überraschung sei.

»Hm – und wann findet der Ball statt?«, fragte Mrs. Bridge, um Zeit zu gewinnen.

»Freitag in vierzehn Tagen von acht bis halb eins im Ellbogensaal.«

Mrs. Bridge, die immer noch um Aufschub kämpfte, damit sie ihre Absage vorbereiten könnte, erkundigte sich nach dem Ellbogensaal.

»Er liegt in der Innenstadt. Früher war das, glaube ich, ein Billardsaal, aber sie haben die Billardtische abtransportiert.« Nach einer Pause fügte Naomi hoffnungsvoll hinzu: »Viele Schülerklubs halten dort, glaube ich, ihre Bälle ab.«

»Es wird bestimmt ein netter Saal sein.«

Naomi vermutete, dass es sicherlich ein netter Saal sei.

Wieder trat eine Pause ein, eine längere, in der Mrs. Bridge Naomi atmen hören konnte. Die Frage war ja bereits gestellt worden, nun wurde eine Antwort von ihr erwartet.

»Einen Augenblick, Naomi, ich will nachsehen, ob ich an dem Abend nichts vorhabe.« Sie schob den Tabulator ihres Notizblocks auf jenes Datum und drückte auf einen Knopf; der Deckel klappte zurück, und Mrs. Bridge stellte zu ihrer Bestürzung fest, dass für diesen Abend nichts vorgesehen war.

»Ich hoffe, dass Sie es einrichten können«, sagte Naomi kläglich, »ich habe schon fast alle Mütter angerufen.«

Das Geständnis brachte Mrs. Bridge etwas aus der Fassung, andererseits rührte sie Naomis Verzweiflung. Außerdem war Carolyn schon über ein Jahr Mitglied des Schülerinnenklubs, und in der ganzen Zeit war Mrs. Bridge niemals aufgefordert worden, bei irgendeiner Gesellschaft als Anstandsdame zu fungieren; deshalb sagte sie: »Es passt großartig, Naomi. Ich will es mir gleich notieren.« Und während sie es hinkritzelte, fragte sie: »Und was für eine Dekoration plant ihr?«

Bis jetzt sei noch keine Mehrheit für irgendetwas erreicht worden, sagte Naomi, aber wahrscheinlich werde es ein Hawaii-Abend sein.

»Na, ihr habt ja noch Zeit. Sicher wird es sehr aufregend werden.«

Naomis Stimme klang verzagt: »Das hoffe ich auch.«

Damit schien die Sache zwischen ihnen erledigt zu sein, und so sagte Mrs. Bridge nach einer Pause: »Ich werde Carolyn erzählen, dass du angerufen hast.«

»Das weiß sie.«

»Ach so! Jedenfalls vielen Dank, dass ihr mich darum gebeten habt, Naomi. Ich fühle mich sehr geschmeichelt.«

»Keine Ursache«, sagte Naomi phlegmatisch. »Also, auf Wiedersehn.«

Mrs. Bridge legte seufzend den Hörer auf, denn sie hatte den Eindruck, dass es ein langweiliger Abend werden würde.

Im Ellbogensaal hingen chinesische Lampions von der Decke, und endlose bunte Krepppapiergirlanden kreuzten sich über den Fenstern, rahmten die Türen ein und verbanden die Lampions.

Mrs. Bridge, die geruchsempfindlich war, war gleich beim Eintreten überzeugt, dass der Raum tatsächlich ein Billardsaal gewesen sein musste, wenn nicht noch etwas Schlimmeres. Die Kapelle bestand aus einem Klavier, einer komplizierten Schlagzeuginstallation, einem Kontrabass und sechs Saxophonen; alle Instrumente wurden von Schülern gespielt. Ein etwa dreizehnjähriges Mädchen, das auf dem Podium stand, war wie eine Mumie in ein Stück geblümte Seide gewickelt und hatte offensichtlich die Absicht zu singen. Mrs. Bridge sah sich prüfend um und stellte fest, dass es noch drei andere Anstandspersonen gab, zwei Lehrerinnen, von denen sie schon viel gehört und deren Fotos ihr Carolyn im Schuljahrbuch gezeigt hatte, und ein dunkler jüngerer Mann namens De Falla, der Vater einer Schülerin aus dem Klub.

Die erste Hälfte des Abends verlief reibungslos; die Kapelle, fand Mrs. Bridge, spielte erstaunlich gut, und die Tanzenden – wenigstens einige von ihnen – machten den Eindruck, dass sie schon jahrelange Übung hatten. Die Jungen ohne Partnerinnen standen mit den Händen in den Taschen herum, gafften und flüsterten. Später am Abend kam es zu einem Streit bei der Punschterrine, und kurz danach begannen zwei Jünglinge im Smoking mit ihren Zigaretten Löcher in die Lampions zu brennen und wurden von Mr. De Falla verwarnt, wenn sie es noch einmal täten, müssten sie den Saal verlassen. Naomi stand in einem weißen Taftkleid herum, massiv, allein und elend. Gelegentlich lächelte Mrs. Bridge ihr zu und plauderte mit ihr. Sie überlegte sich, ob sie als Anstandsdame nicht einfach einem der partnerlosen Jungen befehlen könnte, mit Naomi zu tanzen, hatte allerdings das Gefühl, dass dies zu Schwierigkeiten führen könnte.

Carolyn tanzte alle paar Minuten an ihr vorbei. Mrs. Bridge winkte ihr zu und lächelte, und im Laufe des Abends wurden ihr mehrere Jungen vorgestellt. Mr. De Falla forderte sie auf, und obgleich sie keine Lust hatte zu tanzen, fand sie, dass es unhöflich wäre, ihm einen Korb zu geben. Er tanzte ziemlich wild und ungestüm, war aber gebildeter, als sie erwartet hatte, und sie ertappte sich dabei, dass sie leise hoffte, er werde sie um einen weiteren Tanz bitten. Er tat es aber nicht. Als die Musik verstummte, begleitete er sie zu ihrem Stuhl und nahm wieder das Gespräch mit der Mathematiklehrerin auf; sie hatte sich in den tiefen Ausschnitt ihres grauen Satinkleids eine Gardenie gesteckt, die von dem üppigen Busen fast zerdrückt wurde.

Gegen elf Uhr entdeckte Mr. De Falla, dass ein paar Schüler in der Garderobe Würfel spielten, denn der Portier stand bei der Punschterrine; die Spieler wurden von der Gesellschaft ausgeschlossen. Sonst passierte bis kurz nach Mitternacht nichts mehr. Den letzten Vorfall beobachtete einzig und allein Mrs. Bridge. Sie sagte keinem etwas davon.

Sie hatte eine Weile ruhig und teilweise vom Klavier verdeckt dagesessen, als sie ein tanzendes Paar in der Ecke erblickte, in der der Lampion ausgebrannt war. Die Bewegungen der beiden waren ausgesprochen erotisch, wenn auch im Takt mit der Musik. In etwas gemilderter Form wurde den ganzen Abend so getanzt, weil der moderne Tanz zweideutiger war als der in Mrs. Bridges Jugend; da jedoch alle anderen Anstandspersonen es wortlos durchgehen ließen, hatte auch sie keinen Einwand erhoben. Dieses Paar, das sich in der dunklen Ecke unbeobachtet wähnte, ging freilich zu weit. Der Jüngling schob mit geschlossenen Augen herum, schmiegte sich an das Mädchen und steckte die Nase in die Blume, die sie im Haar trug, während ein schläfriges Lächeln auf seinem pickligen Gesicht lag. Auch das Mädchen lächelte verträumt, blieb aber auf der Hut. Mrs. Bridge beugte sich in ihrem Stuhl vor und zog die Aufmerksamkeit des Mädchens auf sich; sofort ließen sich die beiden los und tanzten hastig zum anderen Ende des Raumes und dann zur Tür hinaus. Sie beobachtete, dass beide sich umschauten, um festzustellen, ob sie aufstand und ihnen folgte. Sie sah sie niemals wieder und erfuhr nie, wer die beiden waren. Sie erkundigte sich auch nicht danach. Dieser Vorfall blieb ihr von dem Schülerinnenball am längsten und lebhaftesten in Erinnerung und veranlasste sie, sich die Jungen, die Carolyn zu Hause abholten, genauer anzusehen. Das Schlimmste dabei war nämlich gewesen, dass das Mädchen ihrem Partner den Rücken zugewandt hatte.

56

GUTE NACHT

Carolyn ging mit einem Jungen aus, der Jay Duchesne hieß, einem aufgeblasenen, kindisch lachenden Lümmel mit einer Bürstenfrisur. Mrs. Bridge traute ihm nicht recht. Duchesne tat ungemein selbstsicher, kaute unablässig Kaugummi und war außerdem dafür berüchtigt, dass er viel zu schnell fuhr. Weil Mrs. Bridge aber wollte, dass Carolyn lernen sollte, selbst Menschen zu beurteilen, sagte sie nichts, sondern begrüßte Duchesne stets mit neutralem Lächeln und den Worten: »Guten Abend, Jay. Willst du dich nicht setzen? Carolyn wird gleich herunterkommen.«

»Warum nicht«, sagte Duchesne dann, drehte seinen Hut auf dem Zeigefinger herum und kaute schmatzend seinen Kaugummi.

Mrs. Bridge lag immer wach, bis Carolyn spätabends nach Hause kam, oder sie blieb auf und las. Carolyn wusste das und unterhielt sich deshalb mit Duchesne ganz leise vor der Haustür; Mrs. Bridge konnte ihr Flüstern hören, denn ihre Stimmen klangen lauter durch die stille Nacht, als sie vermuteten. Eines Abends, nachdem sie sich an der Haustür eine Stunde lang gute Nacht gesagt hatten, hörte Mrs. Bridge den Foxterrier von nebenan – der oft nachts im Freien gelassen wurde – knurren und schloss daraus, dass Duchesne Carolyn sicherlich belästige. Sie schlug die Decken zurück, schlüpfte hastig in ihren Morgenrock, eilte zum Treppengeländer und wollte gerade etwas hinunterrufen, als eine Katze fauchte. Mit einem Seufzer der Erleichterung machte Mrs. Bridge kehrt. Da hörte sie jedoch, wie Duchesne von Carolyn einen Kuss verlangte.

»Du spinnst ja öfters«, erwiderte Carolyn.

»Keiner wird's erfahren«, entgegnete Duchesne.

»Du bist ein Monstrum«, sagte Carolyn.

Duchesne fand, das sei kein ausreichender Grund.

»Dann eben darum«, sagte Carolyn.

»Warum darum?«, fragte Duchesne.

»Einfach darum.«

»Warum denn einfach darum?«

Dieses Hin und Her dauerte ein paar Minuten. Dann sagte Carolyn, dass es ihrer Mutter nicht recht wäre. Duchesne dachte zweifellos darüber nach, denn er schmatzte unablässig; schließlich murmelte er etwas, was Mrs. Bridge nicht verstehen konnte.

»Natürlich nicht!« Carolyn schien entrüstet zu sein. »Bist du verrückt?«

»Aber warum denn nicht?«, stieß Duchesne hervor. »Tu doch nicht so hochnäsig.«

Überlegen und bestimmt sagte Carolyn: »Darum nicht. Reden wir nicht mehr davon. Und quäl mich doch nicht so.«

Duchesne machte ein Geräusch wie eine singende Säge: »Ouououou-wei!«

»Es tut mir schrecklich leid für dich«, sagte Carolyn. »Weißt du, ich möchte gern. Wirklich, *wirklich*. Das weißt du doch? Schrecklich, ganz schrecklich gern, du verrückter Junge. Weil du so gut bist«, sagte sie ernst. »*So* gut!« Mrs. Bridge versuchte sich verwirrt an diese besondere Betonung zu erinnern, denn sie kam ihr bekannt vor. Sie überlegte sich, ob Carolyn Duchesne mit den Fingern durch das Haar fuhr oder, da es so kurz war, ihm mit der Hand über den Kopf strich. Er kaute wieder schmatzend Kaugummi. Mrs. Bridge spürte, dass Carolyn ihn in die Verteidigung getrieben hatte.

»Ich habe dich gern, Jay, schrecklich gern. Es tut richtig weh. Aber – aber …«

»Hör zu, Carolyn«, brummte Duchesne, ein Mann der Tat, und seine großen Füße scharrten über die Schwelle. »Willst du denn ewig eine Jungfrau bleiben?«

»Stuss!«, sagte Carolyn.

Mrs. Bridge klammerte sich ans Treppengeländer und sammelte Kraft, um etwas hinunterzurufen, als die Haustür zuschlug und Carolyn, offenkundig allein, aufseufzte. Kurz darauf knatterte der Motor, die Reifen quietschten aus der Auffahrt hinaus. Carolyn ging in die Küche. Mrs. Bridge, die sich fester in ihren Morgenrock hüllte, stand oben im Flur und versuchte, ihre Fassung wiederzugewinnen. Hätte ihr ein Junge eine derartige Frage gestellt, hätte sie ihn rechts und links geohrfeigt, dachte sie, aber dann fiel ihr jener Abend vor mehr als zwanzig Jahren ein, als sie dem Drängen eines Jungen, dessen Namen sie längst vergessen hatte, kaum widerstanden hatte. Der Mondschein hatte sie schwach gemacht, der Mondschein und ihr eigenes Verlangen.

»Carolyn?«, rief sie leise durch das stille Haus.

Die Eisschranktür schlug zu. Carolyn kam an die Treppe und sah hinauf.

»Ist alles in Ordnung, Liebling?«

»Natürlich.«

»Hast du einen schönen Abend gehabt?«

»Soso.«

»Wie nett«, sagte Mrs. Bridge zerstreut, hüllte sich noch fester in ihren Morgenrock und wollte wieder ins Bett gehen.

»Mami?«

»Ja, Liebling?«

»Wir haben keine Erdnussbutter mehr.«

»Gott sei Dank!«, flüsterte Mrs. Bridge. Und sie rief, leise, um ihren Mann nicht zu wecken: »Ich werde Harriet morgen sagen, dass sie neue holt. Aber bleib nicht mehr zu lange auf.«

57

EIN FREIER

Als Harriet, die manchmal zu Ungehorsam neigte, das Frühstückstablett hereinbrachte, rief Mrs. Bridge aus: »Um Himmels willen! Was ist denn mit dir passiert?«

»Couperin«, sagte Harriet grinsend.

»Oje! Ist das der mit dem Motorrad?«

»Nein, Ma'am«, protestierte Harriet. »Ich bin zum letzten Mal auf einem Motorrad gefahren, das können Sie mir glauben. Vor acht oder zehn Wochen ungefähr.« Sie fuhr sich zärtlich über ihr Kinn, auf dem ein großer blauer Fleck war.

»Ich hoffe, dass es kein Unfall war«, sagte Mrs. Bridge.

»Den Fleck habe ich«, erwiderte Harriet majestätisch, »weil dieser Couperin und ich uns gestern Abend tüchtig gezankt haben. Couperin hat das meiste abbekommen.«

Allem Anschein nach hatte Couperin das letzte Wort gesprochen, aber Mrs. Bridge wollte lieber nicht in die Sache hereingezogen werden.

»Was tut er?«, fragte sie, um das Thema zu wechseln.

»Er ist bei einem städtischen Sammelbüro tätig.«

»Ist er Steuereintreiber oder …«

»Beim Büro für die Müllabfuhr. Außerdem klempnert er ein bisschen. Wenn er Lust hat.«

Mrs. Bridge merkte allmählich, dass dies einer von Harriets unverschämten Tagen sein würde, nippte an ihrem Orangensaft und strich Butter auf ein Stück Toast.

»Gestern Abend«, fuhr Harriet fort, leckte an einem Finger und betupfte damit ihre Augenbrauen, »machte er mir eine Heiratsanzeige«.

Darauf musste Mrs. Bridge wohl oder übel eingehen, obgleich Couperin oder ein anderer Freier Harriet jeden Donnerstagabend einen Heiratsantrag machte. Am meisten irritierte es sie aber, dass Harriet statt von einem Antrag von einer Anzeige sprach, und jeden Freitagmorgen wollte sie ihr den Unterschied erklären.

»Ich hoffe, dass du ihn nicht angenommen hast«, sagte sie und goss sich Sahne in den Kaffee.

»Offen gesagt, war ich in großer Versuchung«, erwiderte Harriet, »Aber ich habe ihn, wie Sie ganz richtig meinten, abgelehnt. Und zwar, weil Couperin, wenn er seine Lohntüte bekommen hat, immer gleich fürchterlich besoffen ist. Das missfällt mir, Ihnen nicht auch?«

»Und ob«, stimmte Mrs. Bridge ihr bei und machte sich mehr am Tisch zu schaffen, als nötig war. Dann sagte sie, da Harriet immer noch an den gestrigen Abend zu denken schien: »Hast du nicht eine neue Frisur?«

»Ja.« Harriet schob ihr Haar mit den Fingerspitzen vorsichtig zurecht. »Ich glaube, sie steht mir ganz gut.«

»Du siehst wirklich schick damit aus.«

»Ich finde, es lohnt sich, auf sein Äußeres zu achten.«

Mrs. Bridge hatte das Gefühl, dass Harriet sich gleich eine Zigarette anzünden werde. »Vielleicht guckst du einmal im Eisschrank nach, ob wir genug Sahne fürs Wochenende haben.«

Harriet hielt sich ihr blau geschlagenes Kinn und machte kehrt, um in die Küche zu gehen.

Mrs. Bridge dankte dem Himmel, dass Carolyn sich mit keinem Couperin auseinandersetzen musste. »Ich hoffe, dass du dich nicht mehr mit ihm treffen wirst«, sagte sie.

»Nein, voraussichtlich nicht bis zur nächsten Woche, wenn ich wieder Ausgang habe«, erwiderte Harriet.

58
EINE WASCHFRAU SITZT HINTEN

Jeden Mittwoch kam die Waschfrau, und da die Bushaltestelle mehrere Häuserblocks von den Bridges entfernt war, holte irgendjemand sie gewöhnlich morgens mit dem Wagen vom Bus ab. Jahrelang hatten sie als Waschfrau eine runzlige alte Farbige namens Beulah Mae gehabt, die ein rotes Kopftuch trug, ein verschlissenes, an den Nähten ausgerissenes Samtkleid und ein Paar Tennisschuhe, deren Spitzen abgeschnitten waren, weil sie drückten. Mrs. Bridge hatte Beulah Mae sehr gern, bezeichnete sie als ›gute alte Seele‹ und steckte ihr oft Geld zu oder schenkte ihr eines ihrer alten Abendkleider. Aber es kam der Tag, da Beulah Mae das Waschen, ob mit oder ohne Extragaben, satt hatte und ohne ihren Kundinnen ein Wort zu sagen in einen Bus nach Kalifornien stieg, um den Rest ihrer Tage am Meer zu verbringen. Mrs. Bridge hatte deshalb einige Wochen keine Waschfrau und gab die Wäsche in dieser Zeit außer Haus, aber schließlich fand sich eine andere, eine hünenhafte, trübsinnige Schwedin namens Ingrid, die, als sie sich Mrs. Bridge in der Küche vorstellte, erzählte, dass sie achtzehn Jahre lang als Masseuse auf der Insel Gotland gearbeitet habe und wünschte, sie wäre dort geblieben.

Als Mrs. Bridge am ersten Morgen zur Bushaltestelle kam, begrüßte Ingrid sie traurig, schob sich in den Wagen und setzte sich neben sie auf den Vordersitz. Das war gegen die Sitte, aber so etwas ließ sich schwer klarmachen, denn Mrs. Bridge wollte niemanden kränken. So sagte sie nichts dazu, sondern hoffte nur, dass irgendeine andere Waschfrau aus der Nachbarschaft Ingrid bis zur nächsten Woche darüber aufklären würde.

In der Woche darauf setzte Ingrid sich jedoch wieder auf den Vordersitz und wieder tat Mrs. Bridge so, als sei alles in Ordnung. Am dritten Morgen allerdings erzählte sie auf der Fahrt nach Hause: »Ich hing sehr an Beulah Mae. Sie fand es immer einfach herrlich, wenn sie hinten im Wagen saß.«

Ingrid drehte ihren massiven, goldhaarigen Kopf zur Seite und sah eisig auf Mrs. Bridge herab. Als sie langsam in die Auffahrt einbogen, sagte sie: »Sie wollen also, dass ich hinten sitze.«

»Aber nein! Das habe ich nicht gemeint«, erwiderte Mrs. Bridge und lächelte zu ihr hinauf. »Sie können gern neben mir sitzen, wenn Sie wollen.«

Ingrid sagte nichts mehr, aber am nächsten Mittwoch saß sie mit derselben majestätischen Haltung hinten.

59

DIE VERWICKLUNGEN DES LEBENS

Der elegante Lincoln, den ihr Mann ihr zum Geburtstag geschenkt hatte, war eigentlich zu lang, und sie fuhr ihn vorsichtig wie eine Lokomotive. Die Leute hupten immer oder drehten den Kopf zur Seite und gafften sie an, wenn sie vorbeirollte. Da der Lincoln zu langsam gefahren wurde, starb der Motor oft ab, wenn sie an eine Kreuzung kam, aber da ihr Mann den Lincoln niemals benutzte und sie annahm, dass Autos so etwas eben täten, wurde das langsame Tempo nie beschleunigt. Häufig hielt sie eine ganze Reihe von Wagen auf, weil sie entweder zu lange oder nicht lange genug auf den Anlasser drückte. Da sie wusste, dass sie keine gute Autofahrerin war, entschuldigte sie sich immer, wenn etwas Bedauerliches passierte, und tat ihr Möglichstes, anderen nicht in die Quere zu kommen. Sie schaltete am Fuß jeder Steigung in den zweiten Gang und fuhr, wenn es bergab ging, langsamer, als es notwendig war.

Gewöhnlich parkte sie den Wagen in einer Garage der Innenstadt, wo Mr. Bridge eine Box für sie gemietet hatte. Sie brauchte nur zu hupen, dann gingen die Türen auf, sodass sie hineinrollen konnte und vom Tankwart mit Namen begrüßt wurde, der ihr beim Aussteigen behilflich war und daraufhin das riesige Fahrzeug in die Box stellte. Aber in der Villengegend parkte Mrs. Bridge auf der Straße, und wenn diagonale Streifen gezogen waren, gelang ihr das ausgezeichnet, verliefen die Streifen jedoch parallel zum Bürgersteig, so hatte sie Schwierigkeiten, die Entfernung vom Bordstein richtig abzuschätzen; sie musste aussteigen, um den Wagen herumgehen, sich die Sache ansehen, wieder einsteigen und es nochmals probieren. Die Polsterung des Lincoln war so weich und Mrs. Bridge so klein, dass sie kerzengerade sitzen musste, wenn sie sehen wollte, was sich vor ihr abspielte. Sie fuhr mit ausgestreckten Armen, ihre behandschuhten Hände umklammerten das Steuer, und ihre Füße konnten eben die Pedale erreichen. Einen ernsthaften Unfall hatte sie nie gehabt, aber man konnte oft beobachten, dass sie von Polizisten angehalten wurde. Diese Polizisten taten ihr nie etwas, einerseits, weil sie auf den ersten Blick erkannten, dass sie die Dame nicht verhaften konnten, und andererseits, weil sie feststellten, dass Mrs. Bridge alles nach Vorschrift zu machen versuchte.

Parkte sie auf der Straße, so irritierte es sie maßlos, wenn andere Leute ihr dabei zusahen; aber immer schien jemand da zu sein, der an einer Bushaltestelle stand oder in einem Hauseingang herumlungerte und nichts anderes zu tun hatte, als sie anzugaffen, während sie mit dem Steuer kämpfte und Ruck für Ruck rückwärts fuhr. Manchmal trat freilich ein netter Mann, der ihre Schwierigkeiten beobachtet hatte, an ihren Wagenschlag, tippte an seinen Hut und fragte, ob er ihr behilflich sein könnte.

»Wirklich? Aber gern«, antwortete sie dann erleichtert, und nachdem er ihr die Tür geöffnet hatte, stieg sie aus und wartete teilnahmsvoll auf dem Trottoir, bis er den Wagen geparkt hatte. Sie wusste, dass Leute, die an Straßenecken herumstanden, nicht viel Geld besaßen; freilich wollte sie keinen beleidigen. Manchmal fragte sie zögernd, was sie ihm schulde, manchmal auch nicht, und einerlei, ob der Mann das Trinkgeld annahm oder nicht, sie lächelte strahlend, sagte »Herzlichen Dank«, schloss die Türen des Lincoln ab und machte ihre Einkäufe.

60
NEUIGKEITEN VON DEN LEACOCKS

Ihr stockte der Atem, als sie die Abendzeitung erblickte. Auf der ersten Seite war ein Bild des jungen Tarquin Leacock kurz nach seiner Verhaftung. Die Leacocks waren vor ungefähr zwei Jahren aus Kansas City fortgezogen, und seitdem hatte niemand etwas von ihnen gehört. Dann und wann fragte jemand, was wohl aus ihnen geworden sei, denn sie waren eine derartig bemerkenswerte Familie gewesen, dass jeder meinte, sie müssten überall, wo sie waren, Aufsehen erregen. Das taten sie nun wahrhaftig.

»Ich habe es schon gesehen«, sagte Mr. Bridge, als er abends nach Hause kam. Er hatte lange gearbeitet, es war fast Mitternacht, als sein Chrysler in die Auffahrt einbog, aber sie war aufgeblieben.

»Ich kann es einfach nicht glauben«, sagte sie.

»Ich wohl«, sagte Mr. Bridge, während er seinen Mantel auszog. »Du erinnerst dich doch, dass ich dich vor dem Jungen gewarnt habe.«

»Ja, natürlich«, sagte sie matt. »Aber *das!*«

Er hängte seinen Mantel in den Wandschrank, legte seinen Homburger auf seine Mappe und ging in das Wohnzimmer, wo er das Bild von Tarquin, der sich zu einem mürrischen, ungeschlachten Burschen entwickelt hatte, ohne besonderes Interesse betrachtete.

»Die Leute tun mir leid«, sagte Mr. Bridge ruhig und klopfte mit dem Zeigefinger auf die Zeitung, »aber andererseits haben sie sich das einzig und allein selbst zuzuschreiben. Es überrascht mich nicht im Geringsten.

Sie hätten ihrem Sprössling beibringen sollen, dass es außer ihm auch noch andere Menschen auf der Welt gibt.« Er schüttelte den Kopf und setzte seine Brille ab, was er immer tat, wenn er abgespannt war. »Es wird von Tag zu Tag schlimmer. Diese Psychologen haben den Eltern weisgemacht, dass nichts wichtiger sei als das Recht des Kindes, sich selbst zu behaupten. Gott weiß, wohin das führen wird. Aber ich sage dir eins: Douglas wird lernen, dass er nicht die höchste Autorität ist. Seine Persönlichkeit kann meinetwegen dabei zum Kuckuck gehen, aber *mein* Sohn wird nicht herumlaufen und solche Dinge anstellen!«

Mr. Bridge klopfte wieder bedeutungsvoll auf die Zeitung und ging in die Küche. Mrs. Bridge folgte ihm, um das Essen aufzuwärmen, das Harriet vorbereitet, mit Fettpapier zugedeckt und auf das Geschirrbrett gestellt hatte, denn es war Donnerstagabend, und sie war mit Couperin ausgegangen.

»Mir wird wirklich ganz übel, wenn ich daran denke«, sagte sie, machte den Backofen an und schob das Essen hinein.

»Die Gesellschaft bekommt die Verbrechen, die sie verdient«, sagte ihr Mann gleichgültig. »Ich werde niemals vergessen, dass dieser Junge seine Eltern mit Vornamen anredete.«

»Nein, dagegen bin ich absolut auch«, sagte sie.

Tarquin, dem die Psychologie vielleicht schon zum Halse heraushing oder der sich vielleicht nur außerordentlich fortschrittlich vorkam, war in das Schlafzimmer seiner Eltern eingedrungen und hatte sie im Schlaf erschossen.

61
DER HUT

Tarquin Leacock geisterte ihr im Kopf herum. Deshalb beobachtete sie ihren Sohn genauer und überlegte sich, ob wohl auch er eines Tages unversehens zum Berserker würde. Er ging jetzt auf die Highschool, und soweit sie es beurteilen konnte, war er weniger Apache als die meisten seiner Gefährten, was sie dankbar stimmte. Manchmal aber war er unberechenbar und bekam Anfälle der Einkehr. Dann kleidete er sich betont formell, ging mit auf dem Rücken verschränkten Händen herum und fühlte sich anschließend allen großartig kameradschaftlich verbunden. In einer der Stimmungen letzterer Art fand der Kampf um den Hut statt.

Mrs. Bridge vertrat die Meinung, dass man in bestimmten Altersstufen bestimmte Kleidungsstücke trage – ihre Töchter hatten zu ihrem vierzehnten Geburtstag einen Hüfthalter bekommen –, und sagte zu Douglas, dass er jetzt alt genug sei, einen Hut zu tragen.

»Ich brauche keinen Hut«, antwortete er.

»Es ist Zeit, dass du einen trägst«, entgegnete sie.

»Ich kriege Kopfweh davon«, sagte Douglas.

»Dein Vater würde ohne einen Hut einfach lächerlich aussehen«, erklärte sie.

»Wer weiß?«, erwiderte er und warf die Hände in die Höhe.

Das ging mehrere Wochen so weiter, bis sie schließlich in die Stadt fuhren und einen Hut aussuchten, einen hübschen konservativen Hut. Sie rechnete damit, dass er ihn nie aufsetzen würde, aber erstaunlicherweise begann er ihn dauernd zu tragen. Er hatte ihn auf, wenn er zur Schule ging und wenn er nach Schulschluss Ball spielte, wenn er im Haus herumlief und abends in seinem Zimmer Schulaufgaben machte. Nach kurzer Zeit konnte sie den Hut nicht mehr ausstehen, aber jetzt dachte Douglas nicht daran, irgendwohin ohne Hut zu gehen. Außerdem nahm er nach und nach die Gewohnheit an, auf dem Weg zwischen Schule und Drugstore, wo er an den Flipperautomaten spielte, den Hut in den Nacken zu schieben; aber nicht nur das – er steckte einen glasierten gelben Button an den Hut, und auf dem Button stand: *Wir wollen Freunde werden.*

62

ERSTE KINDER

In diesem Sommer wurde die Familie zur Hochzeit eines Verwandten namens Maxwell eingeladen, eines Postbeamten in der benachbarten Stadt Olathe. Carolyn war die Einzige, die die Hochzeit mitfeiern wollte, aber da es sich um eine Art Verpflichtung handelte, fuhr die ganze Familie – mit Ausnahme von Mr. Bridge – nach Olathe. Als die Braut durch das Kirchenschiff schritt, entdeckten sie den Grund für die Hochzeit.

Nach der Trauung zeigten sie sich beim Empfang, dann fuhren sie schweigend nach Hause.

Etwa drei Monate später erhielten sie die traditionelle Geburtsanzeige. Zufällig waren Ruth, Carolyn und Douglas gerade zu Hause, als sie eintraf, und nachdem

Mrs. Bridge trotz ihrer Entrüstung ausgerufen hatte: »Wie nett«, hielt sie es für angebracht, hinzuzufügen: »Erste Babys sind oft Frühgeburten.«

Ruth war damals achtzehn, Carolyn sechzehn und Douglas ein keineswegs auf den Kopf gefallener Vierzehnjähriger. Tiefe Stille, eine greifbare, vernichtende Stille folgte der Bemerkung. Carolyn starrte aus dem Fenster. Douglas interessierte sich plötzlich ungemein für seine Fingernägel. Ruth sah erst Carolyn, dann Douglas an und schien nachzudenken. Schließlich sagte sie ruhig: »Ach, Mami, lass das doch.«

Keiner sagte ein weiteres Wort. Die Maxwells wurden nicht mehr erwähnt.

63

WER IST AM APPARAT?

Mrs. Bridge kniete mit einer Schaufel in der Hand im Garten, als Harriet das Küchenfenster hochschob und rief, ein Mann, der seinen Namen nicht nennen wolle, sei am Telefon und frage nach Ruth.

»Ich komme schon«, sagte Mrs. Bridge und stand auf. Sie ging in das Haus und mit einer gewissen Feindseligkeit auf das Telefon zu, nahm den Hörer auf und sagte bestimmter als gewöhnlich: »Hallo. Ruth ist augenblicklich nicht in Kansas City. Wer ist bitte am Apparat?«

»Wo ist sie denn?«, erwiderte eine tiefe Stimme.

Mrs. Bridge machte Harriet ein Zeichen, den Staubsauger abzustellen.

»Ruth ist zu Besuch bei Freunden am Lotawana-See. Wer ist bitte am Apparat?«

»Können Sie mir ihre Telefonnummer geben?«, fragte der Mann.

Trotz seiner eindeutigen Unhöflichkeit und Unverschämtheit hätte sie ihm, wenn er nach Carolyn gefragt hätte, die Nummer gesagt, aber die Männer, die hinter Ruth her waren, konnte sie nicht leiden und traute ihnen nicht.

»Ruth wird sicherlich gern wissen wollen, wer angerufen hat.«

Es trat eine Pause ein. Mrs. Bridge dachte, dass er einhängen würde, aber schließlich antwortete er: »Sagen Sie ihr, dass Al angerufen hat. – Al Luchek«, fügte er hinzu und dann erklang, von wo er auch anrufen mochte, leises Gläserklirren.

Aus irgendeinem Grunde hatten Ruths Freunde immer ausländische Namen, die wie Gangsternamen aus dem Arbeiterviertel klangen. Mrs. Bridge fragte Ruth gelegentlich, wer sie seien und wo sie sie kennengelernt habe, aber Ruth erwiderte jedes Mal ausweichend, sie habe sie im Hause von Dem-und-dem oder bei einer Silvesterfeier getroffen.

»Aber was *tun* sie denn?«, fragte sie, worauf Ruth nur immer die Achseln zuckte.

Jetzt sagte sie mit kühler, doch höflicher Stimme zu dem Mann am anderen Ende der Leitung: »Vielen Dank für Ihren Anruf, Mr. Luchek.«

Sofort begann der Staubsauger wieder zu surren.

Mrs. Bridge war beunruhigt. Sie konnte Ruth nicht verstehen, verstand sie von Jahr zu Jahr weniger, Ruth wurde verschwiegener und aufbrausender, verschlagener und unzugänglicher, kurzum fremder. Woher stammte sie? Wie konnte sie nur Carolyns Schwester sein? Mrs. Bridge war sehr bedrückt, es fiel ihr immer schwerer, Ruth die Kosenamen der Kindheit zu geben, und es dauerte nicht lange, bis sie ihre älteste Tochter nur noch Ruth nennen konnte, obwohl es formell und distanziert klang und die Kluft zwischen ihnen vergrößerte. Gehörst du zu mir?, fragte sich Mrs. Bridge manchmal. Gehört meine Tochter zu mir?

64

MADEMOISELLE AUS KANSAS CITY

Mrs. Bridge pflegte Carolyn, obwohl sie jünger war, alle ihre Hoffnungen anzuvertrauen. Sie saßen oft bis spät in die Nacht auf Carolyns Bettrand, hakten sich ein, schwatzten und kicherten, während Ruth am anderen Ende des Zimmers schlief – merkwürdig unruhig schlief sie, murmelte und wälzte sich herum und verbarg ihr Gesicht in ihren verwuschelten schwarzen Haaren.

Mrs. Bridge konnte nie herausbekommen, was Ruth abends tat oder wohin sie ging; sie kam leise heim, manchmal erst gegen Morgen. Mrs. Bridge blieb immer wach, bis die beiden Mädchen zu Hause waren, und an einem Abend während der Weihnachtsferien saß sie noch unten und las, als Carolyn zurückkam und Jay Duchesne mitbrachte, der jetzt über einen Meter achtzig groß war und verzweifelte Anstrengungen machte, sich einen Schnurrbart wachsen zu lassen. Bei gewissen Beleuchtungen war der Schnurrbart schon zu sehen, und Jay war stolz auf ihn und strich ihn dauernd fieberhaft, als brauche der Schnurrbart nur ein wenig Liebe, um richtig zu gedeihen. Mrs. Bridge mochte Jay gern. Sie hatte Vertrauen zu ihm. Es gab Augenblicke, in denen sie ihn besser zu kennen glaubte als Douglas.

»Was gibt's Neues, Mrs. B.?«, erkundigte er sich und ließ seinen Hut auf einem Finger kreisen. Und zu Carolyn: »Kind, was meinst du zu einem Happen?« Also verschwanden sie in der Küche, um sich Eier mit Speck zu braten, während Mrs. Bridge im Wohnzimmer sitzen blieb, das Buch umgekehrt auf dem Schoß, die Augen geschlossen, vor sich hin döste und sich glücklich ihren Träumen hingab, in dem Gefühl, dass sie trotz mancher Schwierigkeiten die Kinder gut durch die Teenagerjahre gebracht habe. Später, als Duchesne aus der Auffahrt sauste – er fuhr immer noch so halsbrecherisch wie je, und sie hatte sich noch immer nicht damit abfinden können –, ging sie Arm in Arm mit Carolyn die Treppe hinauf.

»Jays Stimme hat sich sehr verändert«, sagte sie lächelnd.

»Er ist jetzt ein Mann, Mami«, erklärte Carolyn etwas ungehalten.

Mrs. Bridge lächelte wieder. Sie saß auf dem Bett und sah zu, wie Carolyn ihren weiten Pullover und den Rock auszog und sich mit einer Schachtel Lockenwickler vor den Toilettentisch setzte.

»Komisch – es ist so still«, sagte Carolyn.

Mrs. Bridge schaute aus dem Fenster. »Oh, es schneit

wieder. Wie schön! Ich habe Winternächte mit Schnee so schrecklich gern.«

Große feuchte Flocken schwebten herab und blieben an der Fensterscheibe kleben, und die Straßenlaterne beleuchtete die Stechpalme im Garten.

»Da läuft ein Kaninchen!«, rief sie, aber als Carolyn am Fenster war, konnte sie nur noch die Fährte sehen.

»Schläft Daddy schon?«, fragte Carolyn.

»Ja. Der Arme kam heute wieder sehr spät nach Hause und muss morgen um halb sechs aufstehen.«

»Das ist doch albern.«

»Ich weiß, aber er lässt sich ja nichts sagen. Ich hab es wirklich oft genug versucht, aber es nützt alles nichts.«

»Warum tut er das eigentlich?«

»Ach«, sagte Mrs. Bridge irritiert, denn der Gedanke daran irritierte sie unweigerlich, »er behauptet, dass wir verhungern, wenn er es nicht tut.«

»Natürlich, und zwar auf der Stelle!«

Beide schwiegen eine Weile und sahen dem fallenden Schnee zu.

»Hoffentlich kommt Ruth bald nach Hause.«

»Von mir aus kann sie verrecken.«

»Du weißt genau, dass du dieses Wort nicht gebrauchen sollst!«

Carolyn spaltete einen Lockenwickler mit den Zähnen und schob ihn in ihr blondes gelocktes Haar. »Was ist nur mit ihr los? Für wen hält sie sich eigentlich?« Sie beugte sich zur Seite und machte Ruths Schrank auf. »Guck dir das an! Ein schwarzer Spitzen-BH. Mademoiselle aus Kansas City.«

Die Standuhr im Flur schlug zweimal. Mrs. Bridge gab

Carolyn einen flüchtigen Kuss und ging in die Küche hinunter, wo sie sich Kakao machte und melancholisch dem Schnee zusah, der sich auf dem Fensterbrett häufte. Nach einiger Zeit ging sie wieder nach oben, zog ihr Nachthemd an und legte sich neben ihren Mann ins Bett. Sie wartete, die Hände auf der Decke gefaltet, auf das leise Geräusch der sich öffnenden und schließenden Haustür.

Sie glaubte, wach zu sein, aber plötzlich merkte sie, ohne einen Laut gehört zu haben, dass jemand unten war. Erst hörte sie einen Seufzer und dann etwas, das wie das Stöhnen eines Mannes klang. Die Leuchtzeiger des Weckers zeigten auf viertel nach vier. Mrs. Bridge stand auf, schlüpfte in ihren Morgenrock und eilte durch den Flur zur Treppe, hielt sich dort am Geländer fest, beugte sich darüber und rief, gerade so laut, dass man es im Wohnzimmer hören konnte: »Ruth?«

Keine Antwort.

»Ruth, bist du's?«, fragte sie lauter und jetzt in befehlendem Ton. Sie horchte und meinte, dass irgendein leises Geräusch verstummt sei. Es war still im dunklen Haus.

»Ich komme nach unten«, sagte Mrs. Bridge.

»Ich bin es«, sagte Ruth.

»Ist jemand bei dir?«

»Er geht schon.«

Dann hustete Ruth lange und gekünstelt, und Mrs. Bridge wusste, dass dieses Husten ein anderes Geräusch übertönen sollte.

»Wer ist das?«, fragte sie und merkte nicht, wie sie vor Wut und Angst bebte, aber sie hörte, dass die Haustür aufging und zuschlug und kurz danach Autoreifen auf der vereisten Kruste des gestrigen Schnees knirschten.

Ein kalter Luftzug fegte die Wendeltreppe herauf. Mrs. Bridge spähte hinab in die Finsternis und sah ihre Tochter heraufkommen. Sie schaltete das Flurlicht ein, und sie trafen sich an der obersten Stufe. Ruth zog die letzte Klammer aus dem Haar. Sie roch nach Whisky, ihr Kleid war aufgeknöpft. Träge schob sie sich an ihrer Mutter vorbei und ging durch den Flur. Mrs. Bridge war viel zu entsetzt, um irgendetwas zu tun, bevor Ruth zu ihrer Zimmertür gelangte; dort standen sie sich noch einmal gegenüber, denn Ruth wandte sich mit einem zischenden, drohenden Schrei um. Ihre grünen Augen blitzten, sie holte mit der Hand zu einem Schlage aus. Mrs. Bridge, von der Hand ihrer Tochter unberührt, taumelte zurück.

65

RUTH GEHT NACH NEW YORK

Im selben Jahr machte Ruth endlich ihr Abschlussexamen. Sie war fünf Jahre auf der Highschool gewesen, und ihre Eltern fürchteten eine Zeit lang, dass sie noch ein sechstes Jahr brauche, obwohl sie sich die leichtesten Fächer ausgesucht hatte: Musik, Zeichnen, Sport und was sonst noch leicht klang. Ruth arbeitete selten, und auch wenn sie es tat mit bescheidenem Erfolg. Sie hatte der Schwimmstaffel angehört, und das war das Einzige, was im Jahrbuch hinter ihrem Namen stand: »Mitglied der

Mädchenschwimmstaffel« – das und der katastrophale Satz: »Schauspielerisch interessiert«. Sie wurde einmal für ein Stück ausprobiert, las aber so hysterisch vor, dass sie die Rolle nicht bekam. Als Ruth von der Schule abging, war Carolyn, die zwei Jahre später angefangen hatte, nur ein Semester hinter ihr zurück.

Wenige Tage nach ihrem Examen erklärte Ruth, dass sie nach New York gehen und sich eine Stelle suchen wolle. Kansas City hatte ihr nie gefallen.

Mrs. Bridge bemühte sich, entrüstet dreinzuschauen, als Ruth ihre Absicht verkündete, aber es hatte ja doch keinen Sinn, darüber zu diskutieren.

»Was willst du um Himmels willen in New York anfangen?«, fragte sie, denn Ruth war außerstande gewesen, Stenografie zu lernen, und schrieb schlechter Maschine als Douglas, der seine Aufsätze mit einem Finger tippte.

»Mach dir keine Sorgen um mich«, sagte Ruth. Sie war groß und schön geworden und sah mit ihrer dunklen Haut, ihrer stark geschwungenen Nase und ihren düsteren, barbarischen Augen irgendwie biblisch und leidenschaftlich aus.

»Ich lasse dir tausend Dollar auf die Bank überweisen«, sagte Mr. Bridge, »aber nur unter einer Bedingung.« Die Bedingung war, dass sie, falls sie sich nicht selbst erhalten könnte, wenn diese Summe aufgebraucht war, wieder nach Kansas City zurückkehren werde. Ruth lachte und schlang die Arme um seinen Hals, was keiner aus der Familie mehr gesehen hatte, seit sie ein Kind war.

Mrs. Bridge konnte sich nur schwer damit abfinden, dass Ruth nicht studieren wollte, denn sie war der Meinung, wenn man auch einen Universitätsgrad vielleicht nie wirklich brauche, so sei es doch ganz nett, einen zu haben; als sie sich die Sache genauer überlegte, sah sie jedoch ein, dass Ruth nur vier Jahre vergeuden würde – sie war nun einmal nicht zum Studieren geschaffen. Aber warum New York? Warum nicht ein Ort weniger weit von zu Hause entfernt?

Bald war Ruth reisefertig. Die ganze Familie brachte sie zur Bahn.

»Hast du auch deine Fahrkarte nicht vergessen?«, fragte Mrs. Bridge.

»Wohl kaum«, sagte Ruth trocken.

»Und vergiss nicht, die Wenzells zu besuchen, wenn du in New York bist. Ich habe geschrieben, dass du kommst, aber natürlich wissen sie nicht, wo sie dich finden können.« Die Wenzells hatten sie einmal im Sommer in Colorado getroffen und tauschten seither mit ihnen Weihnachtskarten aus.

»Ich gehe bestimmt einmal hin«, antwortete Ruth, die nicht die Absicht hatte, sich mit ihnen in Verbindung zu setzen.

»Gute Reise«, sagte ihre Mutter, als sie sich an der Sperre umarmten. »Und schreibe uns gleich nach deiner Ankunft.«

»Hier ist das Geld, das du für die Reise brauchst«, sagte ihr Vater und überreichte ihr einige gefaltete Scheine. »Verlier es um Himmels willen nicht. Und benimm dich anständig. Wenn du es nicht tust, komme ich hin und sehe nach dem Rechten.«

»Ich kann schon auf mich aufpassen«, sagte Ruth.

Er lachte, und sein Lachen klang ganz merkwürdig und heiter wie das Lachen eines anderen, eines freien und glücklichen Mannes, der noch gar nicht so alt war.

»Das habe ich nie bestritten«, sagte er vergnügt, und Mrs. Bridge die von einem zum anderen blickte, war ganz betroffen von ihrer unbekümmerten Kameradschaft. Es kam ihr vor, als hätten sie sich sehr gut kennengelernt, wenn sie nicht dabei war.

Im Zug streifte Ruth ihre Schuhe ab und kauerte sich in eine Ecke. Sie machte das Schloss ihrer Reisetasche auf, um eine Nummer der *Bühnenkunst* herauszuholen, fühlte aber ein fremdes Kuvert. Sie wusste sofort, was es war – ein sogenannter ›Reisebrief‹, wie sie vor ungefähr einer Generation jungen Leuten mitgegeben wurden, wenn sie zum ersten Mal von Zuhause weggingen. Sie zog die Hand zurück und saß eine Weile unbeweglich da. Tränen füllten ihre Augen, und dann wurde sie von trockenem Schluchzen geschüttelt, wusste allerdings nicht, ob sie lachte oder weinte. Schnell wischte sie ihr Gesicht ab und steckte sich eine Zigarette an.

Sehr viel später holte Ruth den Umschlag aus der Tasche, las den Brief und konnte sich vorstellen, wie ihre Mutter mit Briefblock und Füllfederhalter am Chippendale-Sekretär saß und sich an Ermahnungen und Ratschläge aus einer anderen Epoche zu erinnern versuchte.

66

TORNADO IM KLUB

Nicht lange nach Ruths Abreise rückte ein vertrauter Tag für Mrs. Bridge heran.

Bei jedem Geburtstag war sie bestürzt über die verschwenderischen Geschenke ihres Mannes. Unweigerlich protestierte sie und meinte es ehrlich damit, aber er bestand darauf, ihr teure Geschenke zu machen, und sie konnte ihn nicht davon abbringen. Zu einem Geburtstag war es der Lincoln gewesen, zu einem anderen ein Hermelinmantel, dann ein Diamantenhalsband. Natürlich liebte sie diese Dinge, aber sie brauchte sie nicht und wusste das genau und konnte nicht umhin, sich, obwohl sie sie liebte, durch die Fülle ihrer Besitztümer bedrückt zu fühlen. Sie merkte, dass die Leute auf der Straße sie anstarrten, wenn sie in ihrem Hermelinmantel am Steuer des Lincoln saß und zum Landklub fuhr. Am liebsten hätte sie angehalten und ihnen erklärt, dass ihr Mann noch immer im Büro arbeite, obwohl es schon neun Uhr abends sei, und dass sie nicht um diese teuren Sachen gebettelt, sondern dass er sie ihr zum Geburtstag geschenkt habe. Aber natürlich konnte sie ebenso wenig anhalten und ihnen das sagen, wie sie die Leute davon abhalten konnte, sie anzustarren.

In diesem Jahr war sie darum etwas erstaunt, als ihr Geburtstag kam und er ihr lediglich sagte, sie würden abends im Klub essen. Sie nahm an, dass dies ihr Geschenk sei. Wenn sie sich an die vergangenen Jahre erinnerte, war es zwar merkwürdig, enttäuschte sie aber nicht. Sie fühlte sich sogar irgendwie erleichtert.

Es war ein unvergesslicher Freudenschock für sie, als er ihr, nachdem sie sich im Speisesaal des Landklubs an ihren Tisch gesetzt hatten, verschmitzt und selbstzufrieden eröffnete, dass sie Sonntag in drei Wochen nach Europa führen. Mrs. Bridge hielt es zuerst für einen

Scherz. Es war keiner. Sie erfuhr, dass alle ihre Freunde schon seit einem Monat von dieser Reise wussten, aber keiner hatte auch nur die geringste Anspielung auf diese Überraschung gemacht. Die Fahrkarten hatte er bereits gekauft und auch die Hotelzimmer in den Ländern, die sie besuchen wollten, reserviert. Ungefähr sechs Wochen, sagte er, würden sie unterwegs sein.

»Ich bin ganz benommen«, sagte Mrs. Bridge. »Das hätte ich mir nie träumen lassen!«

Und als der Ober ihre Bestellung notiert hatte, erzählte Mr. Bridge von den Städten, die sie besichtigen wollten, aber sie hörte gar nicht richtig zu, weil sie an einen anderen Abend denken musste, an dem er ihr von all seinen Plänen erzählt hatte. Er hatte gesagt, dass er sie eines Tages nach Europa mitnehmen werde; sie erinnerte sich, dass sie ihn liebevoll angelächelt, es nicht ganz geglaubt, sich auch nicht viel daraus gemacht hatte, weil sie einfach glücklich war, irgendwo mit ihm zu sein. Wie lange das schon her ist, dachte sie, wie lange! Es kam ihr wie acht oder zehn Jahre vor, aber es lag über zwanzig Jahre zurück, und heute wurde sie achtundvierzig. Der Gedanke betrübte sie, und während er wie ein Wasserfall redete – er war aufgeregter als sie –, betrachtete sie durch das Fenster die sich zusammenballenden Wolken. Und der ferne Donner klang in ihren Ohren wie eine Warnung, dass diese Welt, die sie kannte und liebte, eines Tages vernichtet würde.

Die Wolken senkten sich tiefer, und der Wind wurde heftiger, während sie aßen. Einige Regentropfen prasselten gegen die Scheiben. Es war die Jahreszeit für Tornados, und bald stand fest, dass wirklich einer nahte.

Der Geschäftsführer des Klubs stellte das Radio an und hörte die Berichte über seine Bahn. Der Tornado kam, wie es hieß, mit einer Geschwindigkeit von etwa hundert Stundenkilometern direkt auf den Klub zu. Der Geschäftsführer ging von Tisch zu Tisch, erklärte die Lage und fügte hinzu, dass es, wenn der Sturm sich weiter nähere, nötig sein würde, im Kellergeschoss Schutz zu suchen.

»Vielen Dank«, sagte Mrs. Bridge. »Halten Sie es für wahrscheinlich, dass er uns trifft?«

Der Geschäftsführer wusste es nicht. Noch befinde sich der Tornado mehrere Kilometer weit westlich; er könne seine Bahn ändern, oder vielleicht werde der Kern seine Kraft verlieren, ehe er Kansas City erreiche.

»Halten Sie uns bitte auf dem Laufenden«, sagte Mrs. Bridge.

Der Geschäftsführer versprach es.

Bald beugten sich die Bäume auf der Terrasse im Wind, es regnete in Strömen. Mrs. Bridge sah, wie ein Metallstuhl von der Veranda glitt, als werde er von jemandem mit einem Seil heruntergezogen. Einige Gäste hatten den Raum verlassen, und der Geschäftsführer erschien wieder im Saal.

»Mein Gott, ist das aber ein Sturm«, sagte Mrs. Bridge. »Meinst du nicht, wir sollten in den Keller gehen?«

Mr. Bridge erwiderte, dass der Sturm den Klub nicht treffen werde, und dass er persönlich zu Ende essen wolle.

»Da geht der Major«, sagte sie, während sie sich umschaute. Der Major und seine Frau aßen oft im Klub und die Bridges waren mit ihnen befreundet.

»Guten Abend«, grüßte der Major, der hinter seiner Frau her schritt, im Vorbeigehen.

»Guten Abend«, sagte Mrs. Bridge.

Es regnete so heftig, dass man durch die Fenster nichts mehr sah. Es blitzte nicht und donnerte nur wenig, man hörte nur den Regen und hatte ein Gefühl schrecklicher Bedrücktheit, als lauere eine Gefahr in der Nähe.

Mrs. Bridge legte ihre Serviette auf den Tisch und sagte: »Es sieht ganz so aus, als ob wir es abbekommen.«

Ihr Mann aß weiter.

»Haben Sie neue Nachrichten?«, fragte sie, sobald der Geschäftsführer die Unterhaltung mit dem Paar am Nebentisch beendet hatte.

Der Geschäftsführer erwiderte, dass der Tornado sich immer noch nähere und er es für ratsam halte, in den Keller zu gehen.

»Vielen Dank.« Mrs. Bridge blickte ihren Mann erwartungsvoll an.

»Ich esse mein Steak auf«, sagte er.

Der Geschäftsführer wusste nicht recht, was er tun sollte; er wusste, dass er verpflichtet war, jeden in den Keller zu lotsen, und dass ihn die Klubdirektion zur Rede stellen würde, sollten Mr. und Mrs. Bridge in die Luft gewirbelt und davongetragen werden. Andererseits war er nicht darauf erpicht, Mr. Bridge, der, wie er wusste, nicht nur leicht reizbar, sondern sich auch der Warnung durchaus bewusst war, Befehle zu erteilen. Er blickte ihn ernst an, aber Mr. Bridge nahm keine Notiz von ihm, und da er sich nicht schlüssig werden konnte, ob er mehr Angst vor Mr. Bridge oder vor der Direktion hatte, stürzte er schließlich zum Radio, in der Hoffnung, dass die

Entscheidung ihm durch den Verlauf des Sturmes abgenommen würde.

Die Lichter im Speisesaal wirkten bei der unnatürlichen Finsternis draußen außergewöhnlich hell. Eine sonderbare Stille trat ein, nur der Regen flutete herab. Mrs. Bridge schaute sich um und stellte fest, dass außer ihrem Mann und ihr alle den Speisesaal verlassen hatten.

»Meinst du nicht, wir sollten lieber auch gehen?«, fragte sie.

Er kaute gerade und konnte nicht antworten. Er schluckte, wischte sich mit der Serviette den Mund ab, trank etwas Wasser und strich Butter auf ein Stück Maisbrot. Als er feststellte, dass die Butter nicht reichte, runzelte er die Stirn. Butter aß er besonders gern, und zu Hause bekam er so viel, wie er wollte, aber immer, wenn sie auswärts aßen, musste er nachbestellen. Mrs. Bridge, die Diät hielt, hatte ihm bereits die Butter von ihrem Teller gegeben, aber es war nicht genug. Beide schauten sich um. Kein Ober ließ sich blicken.

»Weißt du, ich stibitze welche vom Nebentisch«, sagte sie. »Ich nehme an, dass keiner etwas dagegen hat.« Damit stand sie auf, um für ihren Mann ein Stück Butter zu holen. Zum Glück befand sich ein unangerührter Würfel auf dem Tisch nebenan. Mrs. Bridge beugte sich vor, wobei sie mit der einen Hand ihre Kette festhielt, damit die Perlen nicht in die zurückgelassenen Schüsseln stippten, und nahm den Butterteller. Es war ein kleiner Porzellanteller mit dem goldenen Wappen des Klubs, und als sie ihn in der Hand hielt, fiel ihr auf, wie hübsch er war. In diesem Augenblick flackerten die Lichter. Offensichtlich hatte der Tornado eine

Hochspannungsleitung getroffen. Mrs. Bridge ging zu ihrem Tisch zurück. Sie bemerkte den Geschäftsführer in der Tür. Er beobachtete sie, rang die Hände und stand auf einem Fuß. Sie lächelte höflich und kam sich mit dem Butterteller in der Hand ein bisschen lächerlich vor. Er lächelte flüchtig und starrte dann wieder Mr. Bridge an.

Aus der Ferne erklang ein heulendes, keuchendes Geräusch wie das einer Lokomotive in einem Tunnel, ein unheimliches, Angst einjagendes Geräusch.

»Das muss der Tornado sein«, sagte Mrs. Bridge und lauschte aufmerksam, aber Mr. Bridge, der mit großem Appetit sein Maisbrot aß, gab keine Antwort. Sie legte ihre Serviette wieder auf den Schoß, obwohl sie mit dem Essen schon fertig war. Sie breitete sie aus, denn als sie klein war, hatten ihre Eltern ihr beigebracht, dass es unhöflich sei, die Serviette auf den Tisch zu legen, bevor alle anderen aufgegessen hatten, und die guten Manieren, die sie gelernt hatte, gab sie wiederum den eigenen Kindern weiter.

Während der Tornado sich dem Landklub näherte, blieb Mrs. Bridge ihrem Mann gegenüber sitzen. Sie lauschte dem sonderbaren Grunzen und Schnauben des Sturmes; obwohl sie noch nie in der Bahn eines Tornados gewesen war, wusste sie, das musste es sein, das musste das Geräusch sein, das er macht – das heulende, saugende Brüllen des luftleeren Raumes. Jetzt, aus der Nähe, erinnerte es sie an ein auf der Terrasse wühlendes Schwein.

Es kam ihr gar nicht in den Sinn, ihren Mann zu verlassen und in den Keller zu rennen. Sie war dazu erzogen worden, bedingungslos zu glauben, dass eine Frau, wenn sie heiratet, für den Rest ihres Lebens verheiratet ist und an der Seite ihres Mannes zu bleiben hat, gleichgültig, wo er ist, und unter allen Umständen – es sei denn, dass er es anders anordnet. Sie wünschte sich, er wäre nicht so starrköpfig; sie wünschte sich, dass er sich wie alle anderen benehmen würde, aber sie hatte keine besondere Angst. Fast ein Vierteljahrhundert hatte sie getan, was er ihr sagte, und wenn er behauptet hatte, das und das passiere, so war es tatsächlich geschehen, und wenn er behauptet hatte, das und das ereigne sich nicht, so war es auch nicht eingetreten. Warum sollte sie ihm also jetzt keinen Glauben schenken?

Die Lampen im Klub gingen aus, und sie glaubte, dass ihr der Atem aus den Lungen gesogen würde. Kurze Blitze flackerten hie und da auf, beleuchteten die furchtbare Wolke draußen – ein unverkennbarer Elektrizitätsgeruch drang in ihre Nase. Sie wartete in Finsternis und Stille und wusste nicht genau, ob das schmatzende Geräusch von ihrem Mann oder vom Sturm herrührte.

Nach einer Weile gingen die Lampen wieder an, und die Gäste, an ihrer Spitze der Major, tauchten aus dem Keller auf.

»Siehst du!«, sagte Mr. Bridge und schaute sich um, was es noch zu essen gäbe. »Habe ich es dir nicht gleich gesagt?«

Der Tornado hatte sich, entweder von Mr. Bridges Unnachgiebigkeit beeindruckt oder durch Mrs. Bridges Ergebenheit gerührt, in den Himmel zurückgezogen und wurde nie wieder gesehen.

67
NON CAPISCO

Sie fuhren, wie er gesagt hatte, drei Wochen später nach Europa.

In New York sahen sie Ruth, die eine Stellung als Hilfsredakteurin einer Frauenzeitschrift bekommen hatte und allein in Greenwich Village in einer Mansarde wohnte. Sie stiegen die vier Treppen hinauf, um sich ihr Zimmer anzusehen, obwohl sie es ihnen nicht besonders gern zeigen wollte, und Mrs. Bridge atmete auf, als sie feststellte, dass es nicht so verboten aussah, wie sie gedacht hatte. Die Ölbilder an den Wänden überraschten sie allerdings – einer von Ruths neuen Freunden hatte sie gemalt – und auch die übrige Einrichtung. Die Wohnung war so anders als Ruths Zimmer in Kansas City, weder so ordentlich noch so gemütlich. Nicht einmal ein Teppich lag im Zimmer, nur einige Bastmatten waren auf dem schwarzen Holzboden verteilt. Und was für eine Menge Schallplatten! Mrs. Bridge hatte vergessen, dass Ruth eine große Musikliebhaberin war. Der Raum war, wenn auch ein wenig bizarr, doch recht harmonisch, fand sie. Nur etwas störte: sie bemerkte, dass über dem Bett ein Nagel in die Wand geschlagen war, dass aber kein Bild daran hing. Immer wieder musste sie den Nagel anstarren, denn sie wusste, dass Ruth das, was dahin gehörte, versteckt hatte. Wie merkwürdig! dachte sie. Was hatte Ruth zu verbergen? Im nächsten Augenblick spürte Mrs. Bridge, dass sie selbst gemustert wurde. Als sie sich ihrer Tochter zuwandte, begegnete sie einem Blick unversöhnlichen Trotzes.

Die Fahrt über den Atlantik bekam Mrs. Bridge nicht besonders gut, obwohl sie versuchte, sich nicht anmerken zu lassen, dass die Dünung sie seekrank machte. Sie schluckte ein paar Pillen und fühlte sich wohler, konnte aber die Mahlzeiten nicht richtig genießen und freute sich auf die Landung in England.

»Ich bin wohl nicht zum Matrosen geboren«, erklärte sie mehrmals, nicht nur ihrem Mann, sondern auch einigen sehr netten Leuten, die sie an Bord kennengelernt hatten, und diejenigen, denen selbst übel war, versicherten sie als Erste ihres Mitgefühls.

Oft beobachtete sie eine alte Italienerin aus der Touristenklasse, die es irgendwie fertigbrachte, nachmittags auf das Deck der ersten Klasse zu gelangen. Die Frau schleppte einen Sessel in eine verlassene sonnige Ecke und blieb stundenlang darin sitzen, ohne sich zu rühren. Keiner sprach je mit ihr oder schaute nach, ob sie etwas nötig hatte. Sie sah schlecht aus, war schlampig angezogen, ganz in Schwarz, trug Schuhe, die an den Nähten ausgerissen waren, und einen schwarzen Schal um den Kopf. Mrs. Bridge, der es im Laufe der Reise immer besser ging, dachte, dass sie noch nie in ihrem Leben einen so einsamen und elenden Menschen gesehen hatte wie diese alte Frau, und deshalb trat sie, entschlossen ihr zu helfen, eines Nachmittags zu ihr, beugte sich über sie und klopfte ihr sanft auf die Schulter.

»Kann ich etwas für Sie tun?«

»Lei parla Italiano?«

»Ach, sprechen Sie kein Englisch?«

»Non capisco«, erwiderte die alte Frau und sah sie verzweifelt an.

»Es tut mir schrecklich leid«, sagte Mrs. Bridge. »Ich wollte, ich wüsste, was ich tun könnte, aber ich kann Sie beim besten Willen nicht verstehen.«

68

ENGLAND

Lange vor Morgengrauen landeten sie in Southampton und nahmen den Zug nach London. Es war ein regnerischer Morgen, und die meisten Reisenden dösten, aber Mrs. Bridge blieb wach und blickte, etwas benommen, durch das Fenster auf die stillen, stattlichen, nebligen Felder. Und während der Zug sie durch die englische Landschaft trug, an Hütten vorbei, die sie nie gesehen hatte und nie wieder sehen würde, wo in den Schornsteinwinkeln große Vögel nisteten, wo kleine Vögel aus den Hecken aufflatterten und sich, da sie nichts fanden, gleich wieder dort niederließen, wo Kühe friedlich im Nebel grasten, unbekümmert um den Zug, der unter dem einschläfernden englischen Himmel weiter und weiter rollte, scheinbar ziellos, an regennassen, kräftig riechenden Äckern vorbei, an Bäumen, die keine Schatten warfen, da dachte Mrs. Bridge, wie vertraut ihr dies alles sei und dass es einst ihre Heimat gewesen sein müsse. »Ja«, sagte sie langsam zu sich, »ja, hier bin ich schon gewesen.«

In London lag das Hotel direkt beim Piccadilly Circus; sie hatten einige Mühe, den Portier und das Zimmermädchen zu verstehen, ja, sie mussten im Empfangsbüro und am Telefon sehr genau hinhören. Mrs. Bridge, die vor dem Spiegel in ihrem Zimmer stand und die Nadeln aus ihrem Hut zog – einem schwarzen Strohhut, dessen Rand mit glänzenden Kirschenbüscheln aus Plastik verziert war –, erwiderte, als ihr Mann seiner Verwunderung darüber Ausdruck gab: »Das finde ich auch, aber meinst du nicht, dass unser Akzent in ihren Ohren ebenso komisch klingt?«

Am nächsten Morgen nahmen sie ein Taxi zum Tower, wo die Raben und die farbenprächtigen Kostüme der Wächter Mrs. Bridge besonders gut gefielen. Mr. Bridge inspizierte die Marterwerkzeuge und den Richtblock geraume Zeit. Dann stiegen sie wieder in ihr Taxi und waren gerade rechtzeitig zur Wachablösung am Buckingham Palace. Mrs. Bridge verknipste dabei drei Farbfilme, behauptete aber steif und fest, dass es sich lohne. Nach einem sehr angenehmen Mittagessen fuhren sie nach Eton.

Sie mieteten auch ein Auto, um nach Stratford-on-Avon, zu den Kreidefelsen von Dover und zu vielen historischen Stätten in der Stadt und ihrer Umgebung zu fahren. Aber als sie nach Paris abreisten, hatten sie beide – und vor allem Mrs. Bridge – trotzdem das Gefühl, England kaum kennengelernt zu haben. Als sie es sich im Zug bequem machten, erklärte Mrs. Bridge ihrem Mann, England sei das schönste Geburtstagsgeschenk, das sie je bekommen habe.

69
EIN FRANZÖSISCHES RESTAURANT

Mr. und Mrs. Bridge hatten den Eindruck, wohin sie in Paris auch gingen, überall Amerikaner zu treffen. So waren sie nicht weiter überrascht, als ein junger Mann namens Morgan Hager, der aus Kansas City stammte und dessen Vater geschrieben hatte, dass die Bridges kommen würden, ihnen erzählte, dass außer den Touristen mehrere Tausend Amerikaner dort lebten, die ihren festen Wohnsitz in der Stadt, meistens am linken Ufer, hätten. Nein, er wisse nicht, wie all diese Auswanderer ihren Lebensunterhalt verdienten; ja, er glaube, dass sie sich in Frankreich glücklich fühlten; er habe keine Ahnung, ob sie ihr ganzes Leben im Ausland zu verbringen beabsichtigten. Mrs. Bridge konnte sich nicht vorstellen, dass jemand außerhalb der Vereinigten Staaten leben wollte. Ein Besuch im Ausland, ja. Ein fester Wohnsitz, nein.

»Ich nehme an, dass sie sich schrecklich einsam fühlen«, sagte sie.

»Vermutlich«, sagte Hager. »Mir jedenfalls geht es so.«

»Aber warum bleiben Sie denn hier?«

»Weil ich mich hier glücklicher fühle.«

Das war merkwürdig, und sie versuchte es zu verstehen. Sie betrachtete ihn unverhohlen und stellte fest, dass er gar nicht glücklich aussah; zumindest lächelte er nur selten. Sie glaubte nicht, dass er wirklich glücklich war.

»Wenn Sie Zeit haben, Morgan«, sagte Mr. Bridge, »würde ich mir gern ein bisschen das Boheme-Leben ansehen, von dem wir so viel gehört haben.«

Hager schaute ihn zögernd an, denn die Bitte warf ein Problem auf. Es gab vieles, was er ihnen hätte zeigen können, aber ebenso wie in Pompeji gewisse Wandmalereien den Gelegenheitstouristen nicht zugänglich sind, gab es manches Pariserische, auf das im Reiseführer nicht ausdrücklich hingewiesen wurde.

»So sehr viel habe ich wirklich noch nicht vom Boheme-Leben gesehen«, sagte Hager bescheiden, »aber wenn Sie Lust haben, können wir in einem Lokal in Montparnasse essen, in das viele Kunststudenten kommen. Es ist allerdings ziemlich schmutzig«, fügte er nachdenklich hinzu.

Mrs. Bridge fand es sehr aufregend. »Vielleicht sollten wir ins Hotel gehen und uns umziehen«, schlug sie vor.

Hager wusste nicht, ob sie sich besser oder schlechter anziehen wollte, und sagte darum: »Ich glaube nicht, dass jemand darauf achtet.« Da dies etwas merkwürdig klang, fügte er hinzu: »Sie sehen tadellos aus.« Irgendwie hatte er auch das nicht sagen wollen, deshalb räusperte er sich, kratzte sich an der Nase und sagte: »Das Lokal ist eine richtiggehende Kneipe.« Er versuchte es noch einmal: »Ich meine, man kann ohne Gefahr hingehen.« Da er durch eigene Schuld in eine Sackgasse geraten war, gab er seine Betrachtungen auf. »Kommen Sie, wir gehen hin«, sagte er schließlich. »Ich habe einen Bärenhunger.«

Es war das kleinste Restaurant, das Mrs. Bridge je gesehen hatte, nicht größer als ihre Küche zu Hause, aber irgendwie hatte man es fertiggebracht, ein Dutzend wachstuchbedeckter Tische hineinzustopfen, und alle Tische waren besetzt. Es roch nach Käse, Wein, Rauch und Schweiß. Zwischen Tür und Kleiderständer eingequetscht, warteten sie auf drei Plätze; endlich rief der Kellner, ein dicker Bursche mit Bürstenfrisur und schmutziger Schürze, durch Qualm und Krach: »Alors, vite! J'ai trois! Vite!«

»O.K., schnell«, murmelte Hager. »Er hat drei Plätze.« Er schubste Mr. Bridge in den schmalen Gang zwischen den Tischen.

Da auf dem Tisch und auch sonstwo kein Platz war, musste Mrs. Bridge ihre Tasche auf den Schoß legen. Das Menü war auf eine Wandtafel gekritzelt, und Hager übersetzte und gab Ratschläge, die ihr Mann und sie annahmen. Neben ihr saß eine ungewöhnlich zerlumpte Gestalt in kurzärmeligem Hemd und mit einer schmutzigen blauen Baskenmütze.

»Bonjour, Claude«, sagte Morgan Hager.

»Ah, mon ami!«, sagte der Verdreckte. »Comment ça va?«

»Ça va«, erwiderte Hager. »Claude, je vous présente Monsieur et Madame Bridge.«

»Sehr angenehm«, sagte Mrs. Bridge.

»Enchanté!«, sagte Claude mit vollem Mund. Er musterte sie, zupfte an seinem Hemd und sagte: »C'est un cadeau.«

»Ich habe ihm das Hemd geschenkt«, übersetzte Hager.

»Oh, wie nett.«

»Oui«, sagte Claude, der weiter sein Brot kaute und sie ansah. Er merkte, dass ihr Glas noch leer war, reichte über den Tisch, ergriff die gemeinsame Weinflasche, schenkte ihr ein und sagte: »C'est bon, alors.«

»Vielen Dank«, sagte Mrs. Bridge. Der Wein war hellrot, und einige Fusseln trieben darauf herum.

»Der schmeckt wie Essig«, sagte Hager, der ihren zweifelnden Blick bemerkte. »Wir können auch etwas Besseres bekommen. Aber Claude ist völlig pleite, darum trinkt er diesen Wein. Ich meine, das Glas kostet nur einen Cent.«

»Ach, er ist sicher ganz gut«, antwortete sie, obwohl sie vom Gegenteil überzeugt war. Sie probierte den Wein und lächelte, da Claude sie beobachtete.

»C'est bon, n'est-ce pas?«, fragte er.

»O ja, wirklich sehr gut«, erwiderte sie und trank noch einen Schluck, um es zu beweisen. Claude nickte billigend. Er aß jetzt Salat. Er hielt inne, lehnte sich zurück und zog ein schlaffes, schwarzes, faseriges Etwas aus der Schüssel. Mrs. Bridge sah, dass es eine Spinne war. Offensichtlich war sie in den Salat gekrochen oder gefallen und ertrunken. Claude warf sie gleichgültig in eine zur Hälfte mit Asche und Zigarettenstummeln gefüllte Muschel und aß weiter. Nach einer Weile erholte sich die Spinne, krabbelte mühsam aus dem Aschenbecher heraus, überquerte den Tisch und verschwand auf der anderen Seite.

Der Kellner erschien mit dem ersten Gang und blieb einen Augenblick stehen, um sich zu vergewissern, ob es ihnen schmeckte. Die Spinne hatte Mrs. Bridge den Appetit verdorben, und obwohl sie mutig versuchte, den Salat zu essen, konnte sie nur ein Stück Tomate hinunterwürgen.

Abends im Hotel erklärte Mr. Bridge, dass er immer viel von der französischen Küche gehört habe, aber wenn diese Mahlzeit ein gutes Beispiel dafür sei, esse er doch lieber in Kansas City.

»Ich fand es sehr gut«, sagte sie loyal.

»Du hast nicht viel gegessen«, sagte er.

»Aber, mein Gott«, erwiderte sie, »wir sind doch nicht wegen des Essens hingegangen.«

70

DIE GEFLÜGELTE NIKE

Als sie vom Eiffelturm herunter kamen, gingen sie zum Louvre. Für Mrs. Bridge war der Louvre ein Symbol. So wie Texas Größe, Timbuktu das Ende der Welt bedeutete, hatte auch der Louvre eine bestimmte Bedeutung. Natürlich gab es auch in den Vereinigten Staaten hübsche Museen, in Kansas City zum Beispiel das William-Rockhill-Nelson-Museum, und obwohl Mrs. Bridge es in den letzten zwanzig Jahren höchstens vier oder fünfmal besucht hatte, war sie stolz darauf, dass es sich in Kansas City befand. Sie wusste, es hatte nationalen Ruf und die wenigen Besuche hatten ihr immer Freude gemacht. Sobald man einmal im Museum war, war alles selbstverständlich ungeheuer interessant; aber aus irgendeinem Grunde konnte sie sich nicht dazu aufraffen. Jedes Mal, wenn sie an einen Museumsbesuch dachte, überfiel sie ein Gefühl der Kälte und Niedergeschlagenheit, und sie hörte wieder ihre Schritte auf dem Marmor hallen. Die wenigen Besucher, die sie getroffen hatte, hatten kaum von ihr Notiz genommen. Alles war so unpersönlich und ein wenig gespenstisch. Mit Musik, bei geöffneten Fenstern – ja, das war es eben. Und wenn sie hübsche

Teppiche auf den Boden gelegt hätten, statt alles Geld in Marmorsäulen zu stecken. Und ein gemütlicher Teesalon und ein Souvenirgeschäft – vielleicht könnte die Werbeabteilung des Warenhauses der Direktion einmal klarmachen, wie viel mehr Anziehungskraft sie ihrem Museum geben könnte …

Diese Gedanken gingen Mrs. Bridge durch den Kopf, als sie sich im Taxi auf dem Weg zum Louvre befanden. Es war ein herrlicher Nachmittag. Männer angelten an den Ufern der Seine. Pärchen schlenderten an den Bücherständen entlang – »was für komisch geformte grüne Kästen«, dachte sie, »mit diesen hochgeklappten Deckeln und den vielen ausgestellten Landkarten und Bildern.« Und in den Tuilerien, mit dem Louvre im Hintergrund, strickten Damen, und Kinder rollten Reifen über den Rasen. Luftballons flatterten am Ende einer Stange hin und her, stießen in der Nachmittagsbrise gegeneinander, und als das Taxi vor dem berühmten französischen Museum hielt, fiel Mrs. Bridge auf, wie viele Leute ein und aus gingen; Paris war wirklich ganz anders als Kansas City.

Im Louvre erkannte sie die Venus von Milo sofort, und natürlich war auch die Mona Lisa unverkennbar: sie glich genau den Reproduktionen. Die Gobelins kamen Mrs. Bridge irgendwie bekannt vor, vielleicht, weil die meisten Gobelins sich ähnlich sahen, auch die meisten griechischen Vasen und alle Mumien.

Nach einer Stunde sagte Mr. Bridge, er wolle hinausgehen und draußen auf sie warten, sodass sie also ihren Rundgang durch den Louvre allein fortsetzte. Es war ermüdend, aber aufregend, und sie wusste, dass sie diesen Tag nie vergessen würde; mit einem Gefühl des Bedauerns – obwohl sie erschöpft war und kaum mehr laufen konnte – sagte sie sich schließlich, dass es Zeit sei zu gehen. Ihr Mann langweilte sich sicherlich zu Tode; sie fühlte sich etwas schuldbewusst, weil sie ihn warten ließ, wusste aber, dass er es verstehen würde. Er wusste, wie sehr sie sich auf den Louvre gefreut hatte.

Sie hatte sich zwar nicht alles ansehen können, überlegte aber, als sie zum Ausgang ging, dass sie die berühmtesten Gemälde und Statuen alle gesehen hatte – außer der *Geflügelten Nike* von Samothrake, dachte sie, und blieb sofort stehen. Die Nike war ihr vertraut, solange sie zurückdenken konnte. Ein Bild der Nike musste in einem ihrer ersten Schulbücher gewesen sein. Auch jetzt stand sie Mrs. Bridge deutlich vor Augen, diese majestätisch dahinschreitende Gestalt in dem zurückwallenden Gewand. Wie eindrucksvoll musste sie in Wirklichkeit sein!

»Es kann Jahre dauern«, sagte sie halblaut, »bis ich wieder in den Louvre komme. Wenn ich sie mir also ansehen will, tue ich das besser jetzt.«

Sie schaute sich nach jemandem um, bei dem sie sich erkundigen könnte, wo die Statue stehe, aber sie vermochte keine englisch sprechenden Leute im Korridor zu entdecken, und so entschloss sie sich, doch bis zum Ausgang weiterzugehen, wo sicher ein Informationsbüro war oder ein Kustode sie verstehen konnte. Sie bog um eine Ecke, und da stand plötzlich die *Geflügelte Nike* vor ihr. Mrs. Bridge hielt den Atem an und trat einen Schritt zurück, denn die große Statue schien sich auf sie stürzen zu wollen; sie war das genaue Abbild von Lois Montgomery im Nachthemd.

71
FREMDE IM PARADIES

Am nächsten Tag schlenderten sie durch die Boulevards in der Nähe der Opéra und sahen sich die Schaufenster an. Sie bummelten auch durch die Rue Auber, blieben vor den Läden stehen, die sie interessierten, und während Mrs. Bridge über den Unterschied zwischen Paris und Kansas City nachsann und die französischen Geschäftsleute beobachtete, die zufrieden in den Straßencafés ihre Zeit vertrödelten und offensichtlich nach der Devise ›erst das Vergnügen, dann die Arbeit‹ lebten, geriet sie ihrem Mann um ein paar Schritte voraus.

Als sie merkte, dass sie allein war, drehte sie sich um und sah ihn mit verschränkten Armen in ein Schaufenster starren. Sie wartete eine Weile in der Annahme, dass er kommen werde, aber irgendetwas schien ihn zu hypnotisieren. Das erweckte ihre Neugier, und sie machte kehrt. Er spürte, dass sie kam und wandte sich mit einem Ruck von dem Schaufenster ab. Sie schlenderten weiter wie bisher, aber sie hatte den Gegenstand gesehen, der ihn so gefesselt hatte: einen schwarzen Spitzen-BH, der die Brustwarzen freiließ.

Je mehr sie über diesen Zwischenfall nachsann, desto mehr beschäftigte er sie. Die Franzosen konnten schließlich tun und lassen, was sie wollten; sie hatte nichts mit den Franzosen zu tun, aber sie musste mit ihrem Mann leben. Sie hatte schon lange mit ihm gelebt und angenommen, sie wisse alles, was man von ihm wissen müsse. Gewiss gab es gelegentliche Überraschungen – einmal hatte er ihr erzählt, er habe als Junge davon geträumt, ein großer Komponist zu werden, und schien hinterher zu bedauern, dass er ihr das Geheimnis enthüllt hatte –, aber diese Enthüllungen seines Wesens waren ihr, wie faszinierend sie auch sein mochten, bedeutungslos vorgekommen und sie hatte sich nicht länger dabei aufgehalten, was sie diesmal jedoch tat.

Warum hatte er da so gestanden und gestarrt? Was hatte er gedacht? Er hatte ein so ernstes Gesicht gemacht. Gab es Dinge, die er ihr nie erzählt hatte? Wer war er in Wirklichkeit? Aus ihrem Innersten tauchten nur Fragen auf, Fragen, die sie sich früher nie gestellt hatte, und auf dieser Straße im Ausland fühlte sie sich verloren und verlassen und dachte sehnsüchtig an Kansas City.

72

DAS INTELLEKTUELLENCAFÉ

Im Reiseführer hieß es, dass ein Café namens Le Dôme am Anfang des Jahrhunderts das Stammlokal berühmter Intellektueller gewesen sei. Die Bridges gingen also für ein, zwei Stunden dorthin.

»Picasso pflegte sich dort aufzuhalten«, las Mrs. Bridge aus dem Führer vor und zählte anschließend die Namen anderer gefeierter Persönlichkeiten auf, die auf eben dieser Terrasse müßig gesessen hatten.

»Da kommt Picasso«, sagte Mr. Bridge.

»Ach, das ist nicht wahr«, sagte sie, sah aber trotzdem auf. Im nächsten Augenblick merkte sie, wen er meinte;

es war Morgan Hager, den sie mehrere Tage nicht gesehen hatten. Hager trug eine Mappe unter dem Arm und hatte eine Baskenmütze auf, wodurch er irgendwie einem Fuchs ähnlich sah. Er machte einen bestürzten Eindruck, als er sie im Café entdeckte, und schien fluchtbereit zu sein, doch dann lächelte er, nickte, gesellte sich zu ihnen und stellte seine Mappe in eine Ecke. Mrs. Bridge dachte daran, ihn zu bitten, ob er ihnen seine Zeichnungen zeigen würde, und tat es nach einigem Zögern auch. Er erklärte, dass seine Zeichnungen nicht viel taugten, und sie drängte ihn nicht weiter.

»Wie ich sehe«, sagte er, »sind Sie immer noch hier.« Das wollte er eigentlich nicht sagen, deshalb verbesserte er sich: »Ich dachte, Sie wären schon abgereist.« Da auch dies nicht das Richtige war, sagte er: »Mir war nie ganz klar, was Sie eigentlich hier tun.« Er bemerkte, dass Mrs. Bridge höflich und unablässig lächelte, und dass Mr. Bridge ihn mit unverhohlener Neugier beobachtete; deshalb nahm er seine Baskenmütze ab, kratzte sich auf dem Kopf, sah sich im Dôme nach etwas um, das sie von seiner Unfähigkeit, Konversation zu machen, ablenken würde, und rief aus: »Oh! Sehen Sie sich das an!«

Mr. und Mrs. Bridge drehten sich um und erblickten ein zerwuscheltes Mädchen – recht hübsch in ihrer Zigeunerart, dachte Mrs. Bridge –, das eine Seidenbluse trug, die nicht in den Rock gesteckt, sondern nur lose zusammengeknotet war, sodass sie ein ganzes Stück Bauch frei ließ. Die Schöne lachte und schüttelte den Kopf, als zwei Franzosen am Nebentisch etwas zu ihr sagten. Einer der Franzosen zog seine Brieftasche heraus und schob einen Geldschein unter ihre Kaffeetasse, woraufhin sie prompt ihre Bluse aufknotete, sich aufrichtete und für ihre Nachbarn und alle, die es sehen wollten, ihre Brüste entblößte; alle, nicht nur die zwei Geschäftsleute, klatschten und lachten laut – außer Mr. und Mrs. Bridge.

»Ich muss weiter«, sagte Morgan Hager plötzlich.

»Ach, müssen Sie schon gehen?«, fragte Mrs. Bridge.

»Ja, ein Mädchen wartet im Ho –, ich meine, ich habe in den nächsten Stunden sehr viel zu tun.« Er machte eine Pause. »Ich hatte eben Kansas City ganz vergessen, und was den Leuten da gefällt – wenn Sie verstehen, wie ich das meine.« Er hielt wieder inne. »Na«, sagte er und nahm seine Mappe, »jedenfalls war das eine neue Erfahrung!«

Mrs. Bridge verstand zwar nicht genau, wie er das meinte, erwiderte aber höflich: »Auf Wiedersehen, Morgan. Wir werden Ihren Eltern sagen, dass wir Sie gesehen haben.« Woraufhin Hager unbehaglich grinste und hastig in der Menschenmenge auf der Straße verschwand.

73

STRASSENKÜNSTLER

»Ich habe nie gewusst, dass es so viele Künstler gibt«, stellte sie fest, als sie am Kai spazieren gingen. »Wie bringen sie es nur fertig, nicht zu verhungern?«

Mr. Bridge hatte sich nie besonders für Malerei interessiert, aber wenn seine Frau ihren letzten Tag in Paris damit verbringen wollte, sich Bilder anzusehen, so hatte er nichts dagegen einzuwenden. Manche Bilder an den Bücherständen gefielen ihm recht gut; außerdem war es ein warmer, sonniger Nachmittag Ende August, und er fühlte sich wohl und nahm sich vor, ihr ein Bild zu kaufen. Er sagte nichts, sah aber aufmerksamer hin, und in der Nähe von Notre-Dame blieb sie stehen, um ein Aquarell, das die Altstadt darstellte, zu bewundern.

»Parlez-vous anglais?«, erkundigte sich Mrs. Bridge höflich bei dem alten Mann, der auf einem Segeltuchstuhl neben dem Bücherstand saß. Er schüttelte den Kopf und rauchte seine Pfeife weiter.

»Combien?«, fragte sie und zeigte auf das Bild, an dem sie Gefallen gefunden hatte.

»Vingt mille«, antwortete er, ohne sich umzusehen und rauchte weiter.

»Vingt mille«, wiederholte sie, denn sie hatte genau hingehört, weil sie wusste, dass er Französisch sprechen würde. »Mal sehen. Vingt ist zwanzig, glaube ich. Und mille ist tausend. Das klingt sehr teuer.« Daraufhin öffnete sie ihre Handtasche und kramte ein kleines Buch mit amerikanischen Umrechnungstabellen für fast sämtliche Währungen der Welt heraus. Nachdem sie festgestellt hatte, wie viel das Bild in Dollar kosten sollte, rief sie aus: »Ach, ich fürchte, das ist viel zu viel!«, schüttelte den Kopf, ging betrübt weiter und sagte zu ihrem Mann: »Bestimmt hat er gemerkt, dass wir Touristen sind.«

Mr. Bridge sah sich das Bild lange, prüfend an, um es sich einzuprägen. Er fand es nicht besonders gut – er glaubte sogar, dass Ruth auf der Highschool bessere Bilder gemalt hatte –, aber er urteilte nie über Dinge, von denen er nichts verstand. Nachmittags, als seine Frau in ihrem Hotel auf den Champs-Élysées die Koffer packte, ging er aus, nahm ein Taxi, fuhr zum Kai, kaufte das Bild und organisierte den Transport nach Kansas City. Am nächsten Tag, als sie es sich im Zug zur Riviera bequem machten, bemerkte er trocken, dass er zu wissen glaube, wie die Pariser Künstler es fertigbrächten, nicht zu verhungern, aber da seine Frau keine Ahnung hatte, dass er das Bild für sie gekauft hatte, sagte ihr seine Bemerkung nichts, und sie erwiderte, während sie ihren Hut abnahm, dass sie wohl irgendwelche Mittel und Wege haben müssten.

74
EIN TELEGRAMM

In Monte Carlo erwartete sie ein Telegramm. Douglas, der das Datum des Hochzeitstages seiner Eltern wusste, sandte folgende Glückwünsche:

DARF ICH ZU DIESER DENKWUERDIGEN GELEGENHEIT GRATULIEREN UND IM NAMEN DER GANZEN GESELLSCHAFT DIE HOFFNUNG AUF IHREN WEITEREN ERFOLG AUSSPRECHEN.

Mrs. Bridge war gerührt über seine Aufmerksamkeit und schrieb ihm: »Es war reizend, an unserem Hochzeitstag etwas von Dir zu hören, aber ich glaube, der American Express hat zwei Telegramme irgendwie durcheinander gebracht …«

75
SCHÖNES GEPÄCK

Vor Antritt ihrer Reise hatte Mrs. Bridge auf dem Dachboden die Koffer in Augenschein genommen, war dann, da sie ihrer Ansicht nach nicht ausreichten, in die Stadt gefahren und hatte drei elegante, dunkel polierte Lederkoffer gekauft. Sie waren so schön, dass der Verkäufer Mrs. Bridge ohne Weiteres überreden konnte, Segeltuchhüllen zu kaufen, um das Leder zu schonen. Die Hüllen waren natürlich hässlich – grob wie Pfadfinderplanen –, aber sie kaufte sie und ließ die Koffer hineinstecken. Die Hüllen blieben um die Koffer, solange die Bridges an Bord waren, und da sie sich immer nur einige Tage in einer Stadt aufhielten, hatte sie sich nie die Mühe gemacht, die Hüllen abzuziehen, entschloss sich jetzt aber doch, einmal nachzusehen, ob das Leder wirklich geschont würde. Sie machte eine der Segeltuchhüllen auf, schob sie halb zurück, und da glänzte – schön wie im Schaufenster – das Leder. Hocherfreut knöpfte sie die Hüllen wieder zu.

76
SPIEGLEIN, SPIEGLEIN

Mrs. Bridge schlief am zweiten Morgen in Monte Carlo länger, als sie beabsichtigt hatte; sie hatten den vergangenen Abend im Kasino verbracht, und obwohl sie nicht gespielt hatte, war es recht anstrengend gewesen. Als sie endlich aufwachte, war ihr Mann bereits fortgegangen, was sie jedoch nicht erstaunte, denn er war so daran gewöhnt, früh aufzustehen, um den ganzen Tag im Büro zu arbeiten, dass er es nach sieben Uhr einfach nicht mehr im Bett aushielt. Wahrscheinlich ging er munter in der Stadt spazieren, und wartete bestimmt schon darauf, dass das Reisebüro öffnete, damit er die Vorbestellungen für Italien kontrollieren konnte. Oft fragte sie sich, woher er nur die Energie nahm.

Die Uhr auf dem Nachttisch sagte ihr, dass es fast Mittag war. Sie hatte ein etwas schlechtes Gewissen. Und doch war es herrlich, im Bett zu liegen und auf Wangen und Armen die sanfte Brise zu spüren, die vom Mittelmeer zu den Bergen wehte. ›Nur noch ein paar Minuten‹, dachte sie, ›dann muss ich wirklich aufstehen.‹ So blieb sie denn mit halb geöffneten Augen unbeweglich liegen und wusste dabei, wie glücklich sie war. Und sie überlegte sich, womit sie das verdient habe, ohne jedoch eine Antwort zu finden. Plötzlich gewahrte sie etwas derartig Eindeutiges und Ordinäres, dass sie sich nicht vorstellen konnte, wieso es ihrer Aufmerksamkeit bisher entgangen war. Sie sah sich im Spiegel an der Wand, im Spiegel dem Bett gegenüber, und auf einmal wurde ihr bewusst, dass in jedem ihrer europäischen Hotelzimmer sich dem Bett gegenüber ein großer Spiegel befunden hatte. Als ihr der Sinn dieser Einrichtung aufging, weiteten sich ihre blauen Augen, und sie verbarg hastig ihren Kopf im Kissen. In Paris hatte ein schön verzierter Louis-Quatorze-Spiegel schamlos die Intimitäten zwischen ihr und ihrem Mann enthüllt, und auch in London waren sie, wie ihr jetzt einfiel, gespiegelt worden.

Zutiefst bestürzt, verwirrt, nicht mehr dankbar, lag Mrs. Bridge mit einem Ausdruck teilnahmsloser Verzweiflung im Bett und starrte durch die offenen Balkontüren und das schmiedeeiserne Geländer zum fernen Meer, in die purpurne Klarheit, auf die weißen Segel.

77

PSST!

Wohin sie auch kamen, sie wurden sofort als amerikanische Touristen erkannt. Aus jeder Seitenstraße schlüpfte ein junger Mann, die eine Hand in der Manteltasche, und murmelte in gebrochenem Englisch, dass er einen Diamantring, einen Füllfederhalter, eine Schweizer Uhr zu verkaufen habe.

»Psst! He, Mister«, begann er.

»Woher wissen sie um Himmels willen immer sofort, dass wir Amerikaner sind?«, erkundigte sich Mrs. Bridge.

Mr. Bridge war es keineswegs rätselhaft, aber er zog es vor, bitter zu erwidern – denn die Reise kostete ihn doppelt so viel, wie er gerechnet hatte: »Europäer riechen einen Dollar schon von Weitem.«

78
SONDERBARE RÖMER

In Rom lag ihr Hotel in der Nähe der Via Veneto, die der Empfangschef, der zwar nie in Amerika gewesen war, aber einen Vetter zweiten Grades in Manhattan hatte, beharrlich als den Broadway Europas bezeichnete. Weder Mr. noch Mrs. Bridge hatten Lust, ihm zu widersprechen, hauptsächlich, weil der Tag bewölkt und die Feuchtigkeit so groß war, dass man kaum atmen konnte.

»Mein Gott, hier ist es aber ganz anders als an der Riviera«, stellte Mrs. Bridge fest, als sie in ihrem Zimmer die Koffer auspackten. In Monte Carlo war es heiß gewesen – jedenfalls den Temperaturgraden nach –, aber im Schatten der Steingebäude gewöhnlich kühl, und sogar in der Sonne hatte ihnen die Hitze nicht eigentlich zugesetzt.

»Hier ist es schrecklich schwül«, sagte sie und betrachtete durch die Läden die dumpfen unbeweglichen Wolken. »Ich vermisse die Mittelmeerbrise sehr.«

Sie duschten, zogen ihre leichtesten Kleider an und beschlossen, sich in ein Café in der Via Veneto zu setzen. Ein schwacher, warmer Regen fiel inzwischen, und sie suchten sich einen Tisch mit einem Schirm. Am Nebentisch saß ein Italiener in weißem Anzug und mit weißen, perforierten Schuhen, der sie schon bald in perfektem Englisch ansprach.

»Sie sind Amerikaner, nicht wahr?«

Mrs. Bridge bejahte es und wunderte sich wieder über die prompte Identifizierung.

»Und wie gefällt Ihnen Italien? Amüsieren Sie sich gut?«

»Ach, es ist schrecklich heiß«, sagte sie zögernd, denn sie wollte nicht unliebenswürdig sein, und fühlte sich erleichtert, als es ihn nicht kränkte. Viele Europäer waren so reizbar.

Er fragte, wie lange sie schon in Europa seien und wie lange sie noch zu bleiben gedächten, und als sie antwortete, dass sie erst noch Florenz, Mailand und Genf besichtigen, dann nach Paris zurückkehren und von dort aus wieder nach Amerika fahren wollten, machte er eine merkwürdige, irgendwie mitleidige Geste.

»Pech«, fügte er hinzu.

»Sind Sie je in Amerika gewesen?«, fragte sie freundlich.

»Nein, Madame, noch nie.«

»Vermutlich möchten Sie brennend gern hinfahren.«

Der Italiener lachte. Er warf beide Arme in die Höhe, eine Gebärde, die sie inzwischen gut kannten, und sagte: »Meine verehrte Dame, warum nach Amerika fahren?«

Später, als es zu regnen aufhörte, verbeugte er sich, erklärte ihnen, was für ein Vergnügen es gewesen sei, sie kennenzulernen, und schlenderte davon.

»Lass dir nichts weismachen«, sagte Mr. Bridge. »Diese Leute würden ihre Seele verkaufen, um in die Vereinigten Staaten zu gelangen.«

79

ÄNDERUNG DER REISEPLÄNE

Sie fanden es allmählich nett, in der Via Veneto zu sitzen – so nett, dass Mrs. Bridge, auf den sonderbaren

Italiener anspielend, der nicht den Wunsch hatte, woandershin zu gehen, halb im Scherz meinte: »Ich glaube wirklich, dass er nicht ganz unrecht hat.«

Sie saßen in einem anderen Café, etwas weiter oben, das sie noch nicht ausprobiert hatten. Da das Wetter weiterhin schwül und regnerisch war, beschlossen sie, Eiskaffee zu trinken. Nach wenigen Minuten erschien ein Kellner, ein typisch italienisch aussehender Kellner.

»Hoffentlich versteht er Englisch«, murmelte sie. »Versuch es einmal.«

»Meinst du vielleicht, dass ich etwas anderes spreche?«, erwiderte Mr. Bridge. Er hatte gerade einen neuen Film eingespannt, legte den Apparat auf einen leeren Stuhl und bestellte beim Kellner zwei Eiskaffee.

»Sehr wohl, mein Herr. Haben Sie noch andere Wünsche?«

»Nein«, sagte Mr. Bridge. »Nur Kaffee mit viel Eis.«

Der Kellner verbeugte sich und verschwand im Café, Mr. Bridge wischte sich mit dem Taschentuch die Stirn und schüttelte die Ärmel seines Leinenjacketts. Mrs. Bridge fächelte sich mit einem Touristenprospekt.

»Es erleichtert wirklich vieles, wenn sie Englisch sprechen«, sagte sie, »aber, oje – was hat der für einen Akzent!«

Sie warteten und warteten. Der Eiskaffee kam nicht. Sie schauten sich um. Offensichtlich versammelten sich Leute im Café, und drinnen fand irgendeine Diskussion statt.

»Meistens ist die Bedienung hier so gut«, sagte Mrs. Bridge und fächelte sich immer noch.

Sie warteten wieder eine Weile. Schließlich stand Mr.

Bridge auf und sagte, er wolle ins Café gehen und nachsehen, was los sei.

»Misch dich um Himmels willen nicht ein«, sagte sie, denn es war unverkennbar, dass die Italiener sich über irgendetwas schrecklich aufregten. Mehrere von ihnen fuchtelten mit den Armen und beschimpften sich gegenseitig; das war jedoch in Italien gang und gäbe, und Mrs. Bridge hatte sich daran gewöhnt. Während ihr Mann ins Café ging, studierte sie den Prospekt. Sie hatten vor, am Nachmittag den Vatikan zu besichtigen, und sie hoffte, dass die Zeit noch zu einer Fahrt in die ländliche Umgebung reichen würde. Sie sah lächelnd auf, als ihr Mann zurückkam.

»Wir gehen«, sagte er und ergriff den Fotoapparat. Ihr Lächeln verschwand. Sie erkannte an seinem Ausdruck, dass er nicht böse war.

»Was ist denn los?«, sagte sie. »Was ist passiert?«

»Hitler ist in Polen einmarschiert.«

»Ach, du lieber Gott!«

Zwei Tage später befanden sich Mr. und Mrs. Bridge auf der Heimreise.

80

INNERHALB EUROPAS

Beim Damen-Lunch in Kansas City am Tage nach ihrer Rückkehr wurde Mrs. Bridge über die Lage in Europa ausgefragt. Es sei erschreckend gewesen, erwiderte sie und eigentlich habe sie keine Ahnung, was wirklich vorgehe. Sie habe keine Nazis getroffen – das glaube sie wenigstens –, und darum könne sie, ehrlich gesagt, nicht darüber urteilen. Sie fühlte sich sicherer, als sie gefragt wurde, welche Sehenswürdigkeiten sie besucht hätten. Selbstverständlich fragte jemand, ob sie zu einem Stierkampf gegangen wären.

»Zum Glück nicht«, antwortete sie. »Wir wollten zwar nach Spanien fahren, aber Walter meinte, dass es so kurz nach dem Bürgerkrieg zu gefährlich sei. Aber über den haben wir viel gehört. In ganz Europa scheint es von Leuten zu wimmeln, die auf der Seite der Besiegten gekämpft haben.«

»Es ist kaum zu begreifen, dass die Spanier derartig blutdürstig sein können«, sagte Madge Arlen.

»Ja, das stimmt«, erwiderte Mrs. Bridge prompt.

»Die Armut in Europa muss einfach entsetzlich sein.«

»Ja, sie ist wirklich unglaublich.«

»Es heißt, dass es keinen Mittelstand gebe, nur Reiche und Arme.«

»Ja, es ist eine große Ungerechtigkeit.«

»Ich nehme an, dass sie alle darauf brennen, hierher auszuwandern.«

»Ja, und man kann ihnen natürlich keinen Vorwurf daraus machen«, erwiderte Mrs. Bridge. »Grace, kannst du mir bitte die Sahne reichen?«

Nach dem Essen begab sich die Gesellschaft ins Wohnzimmer, wo die Gastgeberin, Lois Montgomery, Kartentische aufgestellt hatte. Auf jedem Tisch stand ein mit Papierrüschen verzierter Pappteller voller Salzmandeln und Pfefferminzbonbons, außerdem lagen vier Bridgeblöcke und vier winzige Bleistifte bereit.

Als Mrs. Bridge über England befragt wurde, antwortete sie, es sei sehr schön, und die Leute dort seien sehr nett, wenn auch etwas reserviert. Die Küche sei nicht so gut wie die französische, weil die Engländer alles in Wasser kochten. Das Roastbeef und der Plumpudding seien freilich köstlich gewesen. London sei neblig, und der englische Akzent klinge merkwürdig, bis man sich daran gewöhnt habe.

»Haben wir nicht ein riesiges Glück, dass wir in Amerika leben!«, sagte jemand.

»Ja, wirklich!«

»Hast du drüben irgendwelche Kunstwerke gekauft?«

»Ach nein. Ich fürchte, ich hätte keines erkannt, auch wenn ich mit der Nase darauf gestoßen wäre. Drei Sans-Atout.«

»Ich habe versucht Ralph zu einer Reise zu überreden, aber ich nehme an, dass wir sie wegen der Sache in Polen jetzt verschieben müssen.«

»Ja, ich glaube, dass man nirgends mehr sicher ist. Offen gesagt, ist einem nicht klar, warum wir so viele Kriege haben.«

»Meine Kehle ist wie ausgetrocknet!«, sagte Madge. »Lois, hast du was dagegen, dass ich etwas Eiswasser auftreibe?«

»Bleib nur sitzen. Ich klingle nach Belinda.«

»Stimmt es, dass die italienischen Frauen fürchterlich in die Breite gehen?«

»Ja, wir haben einige gesehen, die unheimlich dick waren. Vermutlich liegt es daran, dass sie zu viel Makkaroni essen.«

Später am Nachmittag, als die Gesellschaft aufbrach,

sagte jemand zu Mrs. Bridge: »Ich beneide dich und Walter wirklich. Es muss eine fabelhafte Reise gewesen sein, obwohl sie so endete.«

»Ich hätte sie um nichts auf der Welt versäumen wollen«, sagte Mrs. Bridge und schaute sich lächelnd um, »und ich bin schrecklich glücklich darüber. Trotzdem waren wir heilfroh, als wir unseren Bahnhof erblickten. Ich glaube, wie weit man auch fortreist, zu Hause ist es doch am schönsten.« Sie konnte sehen, dass alle ihr zustimmten, und ihre Worte waren ja gewiss auch wahr; trotzdem wurde sie plötzlich unsicher und einen Augenblick lang von rätselhafter Panik ergriffen.

81

FORTSCHRITT, WAHNSINN, NIEDERLAGE

Die einzige ihrer Freundinnen, die sie vielleicht verstehen würde, war Grace Barron, und deshalb rief Mrs. Bridge einige Tage nach dem Diner bei ihr an. Das Mädchen kam an den Apparat und sagte, Mrs. Barron liege im Bett. Mrs. Bridge erkundigte sich, ob sie krank sei. Das Mädchen schien es nicht zu wissen und sagte nur, sie habe sich gegen Mittag hingelegt. Das klang so merkwürdig, dass Mrs. Bridge sich entschloss, hinzufahren und nachzusehen, was los sei.

Grace saß im Bett, hatte ihr geliebtes Sweatshirt an und eine Baseballmütze auf und las einen dicken russischen Roman. Sie legte eine Haarnadel in das Buch, schlug es zu und sagte: »Ich verliere den Verstand.«

»Das ist mir aber neu«, sagte Mrs. Bridge lächelnd.

»Ach, hör auf«, sagte Grace unglücklich. »Lass den Spaß, India. Wenigstens dieses eine Mal, bitte.«

»Aber es *ist* eine schockierende Bemerkung.«

»Das Leben kann schockierend sein.« Sie nahm ihre Baseballmütze ab, drehte sie in ihren Händen herum und runzelte die Stirn. »Ich will ja nichts anderes, als eine Persönlichkeit sein. Das will ich, ja das!« Mrs. Bridge wusste nicht, was sie darauf sagen sollte, und Grace fuhr fort: »Virgil behauptet, dass etwas mit mir nicht in Ordnung sei. Er behauptet, dass er keine andere Frau in seinem Leben kennengelernt habe, die auf den Gedanken käme, in einem Sweatshirt in die Stadt zu gehen.«

»Natürlich fällst du auf. Mir ist das egal, und ich sehe auch nicht ein, was das andere Leute angeht, und bestimmt verstößt es gegen kein Gesetz.«

»Aber ich falle auf.«

»Ja«, sagte Mrs. Bridge unsicher, »du bist, wie Virgil sagt, die Einzige aus dieser Gegend, die sich so anzieht, als ginge sie zur Arbeit im Nordend.«

Grace nickte. »Das stimmt. Ja, das stimmt.«

Beide versanken in Schweigen.

»Glaubst du, dass wir in den Krieg hineingezogen werden?«, sagte Grace nach einer Weile.

»Ich weiß nicht«, erwiderte Mrs. Bridge. »Ich verstehe einfach nicht, was los ist. Ich will auch nicht daran denken. Es ist so sinnlos.«

Sie versanken wieder in Schweigen.

»Kannst du mir nicht sagen, was passiert ist, Grace? Es sieht dir gar nicht ähnlich, im Bett zu liegen.«

»Die Waschmaschine ist schuld daran«, antwortete sie, ohne zu lächeln, und erklärte, dass sie und die Maschine nie gut miteinander ausgekommen seien. »Wir haben uns immer gegenseitig gehasst«, sagte sie – und heute habe die Maschine sie herausgefordert, habe gestoßen und gezittert und die Wäsche zerrissen, und da sei sie so rabiat geworden, dass sie die Maschine bei einem Fuß ergriffen und umgeschmissen habe, und das Wasser habe das ganze Souterrain überschwemmt. Das Mädchen, das in der Küche gerade das Mittagessen vorbereitete, habe ihr Schreien gehört und den Arzt gerufen.

Mrs. Bridge verharrte in nachdenklichem Schweigen, denn hier war ein Mensch, der der Zukunft noch weniger zuversichtlich entgegensah als sie. Etwas Böses, etwas Unheilvolles war am Werke. Worin es bestand, konnte sie nicht ergründen, obwohl sie von seinem schwärenden Vorhandensein schon seit vielen Jahren wusste. Bis jetzt, bis zu dieser Offenbarung seiner Existenz, hatte sie sich weder vorgestellt, dass es mehr als eine eingebildete Krankheit sein, noch, dass es außer ihr andere Opfer geben könnte. Aber ihre Freundin war krank und leidend, und auch Mrs. Bridge litt daran. Wenn sie zurückdachte, so konnte sie sich an die Augenblicke erinnern, da dieses anonyme Übel ausgebrochen war und als einzige Spur einen bitteren Geschmack in ihrem Munde zurückgelassen hatte und ein wildes, ungestümes Aufbegehren.

Eines Morgens hatte sie Grace zufällig in der Stadt getroffen. Grace wollte sich in einem Spielwarengeschäft umsehen, und so gingen sie denn – Mrs. Bridge halb amüsiert, halb verdutzt über diese Laune – zusammen hinein und machten hier und da halt. Vieles hatte sich geändert, seit sie Spielsachen für Ruth, Carolyn und Douglas gekauft hatte. Alles war jetzt ausgetüftelter und mechanischer. Man hatte den Eindruck, dass die Kinder nicht mehr mit einem Spielzeug spielten, sondern es funktionieren ließen. Douglas hatte stundenlang – er ruinierte dabei seine Knickerbocker – ein Feuerwehrauto oder einen Kippwagen geschoben und die dazu passenden Geräusche gemacht. Bei dem neuen Modell bediente man nur einen Hebel, und das Feuerwehrauto fuhr von selbst, die Sirenen heulten und die Lichter blitzten auf, bis man es wieder fangen konnte und abstellte. Und Grace hatte es eingefangen und zitterte so, dass sie den Hebel kaum zurückschieben konnte.

Sie hatten auch eine Puppe gesehen, deren Röckchen über den Kopf geschlagen war, um die Elektronen in ihrem Bauch zu zeigen. An ihrem Handgelenk hing eine Gebrauchsanweisung, die sie beide lasen, und Mrs. Bridge setzte die Puppe in Gang. Die Puppe rollte mit den Augen, ließ den Unterkiefer sinken, und aus dem Lautsprecher in ihrem Bauch ertönte ein Kinderlied; als es zu Ende war, setzte sich die Puppe hin, und eine dünne, farblose Flüssigkeit sickerte unter ihr hervor und rieselte über den Ladentisch.

»Kannst du mir helfen?«, fragte Grace jetzt, aber Mrs. Bridge war zu niedergeschlagen, um etwas zu sagen.

82
RAUBÜBERFALL BEI DEN HEYWOOD DUNCANS

Mrs. Bridge traf Grace das nächste Mal auf einer Gesellschaft bei den Heywood Duncans. Kurz nach zehn, während die beiden zusammen plauderten und Mrs. Bridge gerade noch einen Cracker mit Sardellen nehmen wollte, erschienen vier Männer in der Tür, die nicht wie Gäste aussahen. Sie trugen dunkle Hornbrillen, die auf Plastik-Nasen saßen, und hatten Revolver in der Hand. Einer von ihnen sagte: »So, alle Hände hoch!« Ein anderer sprang auf den Flügel und richtete seinen Revolver auf verschiedene Leute. Erst hielt jeder es für einen Scherz – einen der typischen Streiche von Noel Johnson. Aber es war kein Scherz, denn die Räuber befahlen sämtlichen Gästen, sich mit dem Gesicht zur Wand in eine Reihe zu stellen und die Hände über dem Kopf zu halten. Dann schritten zwei Männer die Reihe entlang, zogen den Herren die Portefeuilles aus den Taschen und nahmen den Damen Armbänder, Halsketten und Ringe ab. Ein anderer Mann ging nach oben und kam, die Arme voller Handtaschen und Pelzmäntel, wieder herunter. Ehe die Räuber zu Mrs. Bridge gelangten, die gehorsam mit hoch erhobenen Händen dastand, erschraken sie durch irgendetwas, und der Mann auf dem Flügel – Mrs. Bridge beschrieb ihn der Polizei später als einen, der keinen Schlips trug – rief mit drohender Stimme: »Wer hat die Schlüssel zu dem blauen Cadillac vor der Tür?«

Darauf schrie Mrs. Porter: »Ralph, verrate es ihnen nicht!«

Die Banditen nahmen jedoch Mr. Porter die Schlüssel

weg, und nachdem sie allen befohlen hatten, sich in der nächsten halben Stunde nicht zu rühren, rannten sie durch die Seitentür hinaus. Heywood Duncan rief sofort die Polizei an, während Dr. Foster, der sich ganz unerwartet eingefunden hatte und wie die anderen ausgeraubt worden war, sich matt in eine Ecke setzte und jeden beschwor, die Ruhe zu bewahren. Die Banditen, sagte er, kämen bestimmt nicht davon.

Die Banditen kamen aber davon, und die Zeitung brachte einen Bericht über den Überfall auf der ersten Seite und Bilder dazu auf Seite acht, einschließlich einer Großaufnahme des zerkratzten Flügels. Mrs. Bridge, die den Bericht am nächsten Morgen, als ihr Mann schon zum Büro gegangen war, las, war erstaunt zu erfahren, dass Stuart Montgomery nur zwei Dollar vierzehn bei sich hatte und Mrs. Johnsons großer Diamant in Wirklichkeit ein Zirkon war.

83

KEINE FRAGEN

Mrs. Bridge wurde, als ob ein Raubüberfall nicht reichte, in einen anderen verstrickt – keinen eigentlichen Raubüberfall, und sie wurde auch nur knapp zehn Minuten festgehalten, aber es war trotzdem entsetzlich. Sie sah sich in einem Warenhaus Brokat an, weil sie eventuell die Esszimmerstühle neu beziehen lassen wollte, als, ohne dass sie es merkte, jemand die nur zwei Meter entfernte Kasse plünderte. Der Diebstahl wurde einige

Minuten später entdeckt und Mrs. Bridge mit mehreren anderen Frauen in das Büro des Geschäftsführers getrieben. Als sie an die Reihe kam, verhört zu werden, saß sie vor dem Schreibtisch, zupfte ihre Pelzstola zurecht und sagte: »Ich hoffe sehr, dass Sie nicht mich für die Schuldige halten.«

Der Geschäftsführer hob bei dieser Vorstellung bestürzt beide Hände. Er bat sie um ihren Führerschein, und als sie ihn aus ihrer Handtasche zog, reichte er ihn dem Polizeiinspektor, der sich gegen den Rand des Schreibtisches lehnte und seinen Filzhut in den Nacken geschoben hatte. Mrs. Bridge wusste sofort, dass er ein Polizist war. Sie erwartete, dass er sich den Führerschein aufmerksam ansehen und ihr viele Fragen stellen werde, und war daher sowohl erleichtert als auch etwas perplex, dass er nur einen flüchtigen Blick auf den Führerschein warf, ehe er ihn ihr zurückgab, und sie überhaupt nichts fragte.

»Ich hoffe sehr, dass Sie den Täter fangen werden«, sagte sie.

Der Inspektor, der eine Matrone vom Landklub auf den ersten Blick erkannte, nickte höflich.

Der Geschäftsführer hielt ihr die Tür auf.

84

BEGLEITE MICH NACH HAUSE

In Kansas City schien das Verbrechertum gleich einer Seuche um sich zu greifen.

Wie die letzte Panikstimmung eigentlich aufgekommen war, wusste keiner, obwohl mehrere Frauen, darunter eine recht gute Freundin von Madge Arlen, behaupteten, den Namen einer Person zu kennen, die unweit vom Ward Parkway überfallen worden sei. Einige blieben dabei, dass es in der Nähe der Plaza geschehen sei, andere meinten, weiter südlich, aber alle waren sich einig darüber, dass es spätabends passierte. Es hieß, dass eine ehrbare Frau allein heimgefahren sei, und als sie an einer Straßenkreuzung gehalten habe, sei ein Mann hinter einem Gebüsch – nach Madge einer Spiräe – hervorgesprungen und habe die Wagentür aufgerissen. Ob der Überfall erfolgreich vollzogen worden war oder nicht, verschwieg die Geschichte; das Wichtige war, dass es sich um einen Mann handelte, der hinter einem Gebüsch hervorgesprungen war und die Tür aufgerissen hatte. Die Sache wurde weder in der Zeitung erwähnt noch im *Tattler*, der niemals Unangenehmes brachte, und das genaue Datum des Überfalls ließ sich nicht feststellen, nur, dass er in einer dunklen Nacht, vor kurzer Zeit stattgefunden hatte.

Als die Geschichte in der Villengegend die Runde machte, fuhren die Damen nach Sonnenuntergang nur noch höchst ungern irgendwohin; wenn sie es trotzdem taten, dann schlossen sie sich in ihren Wagen ein und fuhren ungemein vorsichtig. Und es entwickelte sich die Sitte, dass nach einer Gesellschaft, bei der ›Büro-Witwen‹ waren, der Gastgeber sein Auto aus der Garage holte, um die unbegleiteten Damen nach Hause zu eskortieren. So konnte man spätabends gelegentlich eine Prozession von Wagen sehen, die sich durch die Villengegend wand.

Auf diese Weise gelangte Mrs. Bridge an den Abenden nach Hause, an denen ihr Mann nicht früh genug vom Büro fortkam, um noch auszugehen, oder wenn er zu müde dazu war. Vor ihrer Auffahrt hielt dann die Prozession, die Motoren surrten leise und jeder beobachtete, wie sie in die Garage fuhr und zu Fuß über die Auffahrt zurückkehrte, sodass sie stets sichtbar blieb, bis sie die Haustür erreichte. Nachdem sie aufgeschlossen hatte, trat sie ein, schaltete die Flurlampen an und rief, wenn sie seinen Wagen in der Garage entdeckt hatte, ihrem Mann zu: »Ich bin wieder da!« Wenn er nicht antwortete, nahm sie natürlich an, dass er entweder schon schlief oder irgendetwas zu tun hatte. Jedenfalls schaltete sie die Lampen mehrmals aus und an, um ihren draußen wartenden Freunden zu zeigen, dass sie in Sicherheit war, woraufhin die Karawane weiterfuhr.

85

KEIN CHAUFFEUR

Die Vorstellung, einen Chauffeur zu haben, gefiel Mr. Bridge. Der Verkehr nahm ständig zu, und da er sowieso nicht gern selbst fuhr, meinte er, dass sich die Ausgabe lohnen würde. So rief Mrs. Bridge, nachdem sie die Sache durchgesprochen hatten, ein Arbeitsvermittlungsbüro an, und am nächsten Abend stellte sich ein großer, freundlicher Farbiger vor. Beide waren von seinen guten Manieren beeindruckt. Er komme aus New Orleans, erzählte er ihnen, und irgendwie empfanden sie das als ein Plus. Er war würdevoll und höflich. Je länger sie mit ihm redeten, desto mehr waren sie von ihm angetan; also wurde er engagiert.

Hinten im Chrysler, seine Aktenmappe auf dem Schoß, saß Mr. Bridge, während er zum Büro gefahren wurde, aufrecht und verkrampft, denn er erwartete jeden Augenblick einen Unfall. Es war weniger anstrengend, selbst gegen den Verkehr anzukämpfen, aber da er den Chauffeur nun einmal hatte, konnte er ihn nicht grundlos entlassen. Außerdem hatte er sich die Sache in den Kopf gesetzt und wollte sie erfolgreich durchführen. Vor dem Büro stieg er höchst erleichtert aus und sagte dem Mann, wann er ihn wieder abholen solle. Den Rest des Tages fuhr der Chauffeur Mrs. Bridge in ihrem Lincoln herum oder er vertrödelte, wenn sie ihn nicht brauchte, seine Zeit im Souterrain.

Im Laufe der dritten Woche kamen mysteriöse Telefonanrufe für diesen Jules. Mit schleppender Stimme erkundigte man sich nach ihm, wenn er gerade Ausgang hatte: »Wissen Sie nicht, wo er steckt?« Oder sie sagten: »Ja, Ma'am, es ist schrecklich wichtig.« Wenn dann Mrs. Bridge unwillig zur Souterraintreppe ging und hinunterrief: »Jules? Jules? Da ist jemand am Telefon, der dich sprechen möchte«, antwortete er nicht, und ihre Geduld wurde auf eine harte Probe gestellt. Schließlich erfuhren sie, dass Jules sich einen gelben Satinsessel für seine Wohnung gekauft hatte, aber keine Neigung zeigte, ihn zu bezahlen, und es waren die Gläubiger, die anriefen. Nach einigen weiteren Wochen wurde der Versuch gemacht, Mr. Bridge für den Sessel aufkommen zu lassen. Ein ernsthaftes Gespräch mit Jules blieb ergebnislos; also wurde er entlassen.

Danach stellte sich ein Japaner namens Niki vor, und sie engagierten ihn, da er ihnen mit gefalteten Händen versicherte, dass er alles, was er kaufe, bar bezahle. Mr. Bridge fühlte sich bei ihm sicherer als bei Jules, aber Mrs. Bridge empfand das Gegenteil. Sie war entsetzt darüber, wie er rückwärts aus der Auffahrt raste. Sie bat ihn, langsamer zu fahren und besser aufzupassen, wohin er steuere. Er grinste und sagte ja, änderte aber seine Fahrweise nicht. Als sie ihn deswegen streng tadelte, sah er so betrübt aus, dass sie sich schämte. Es kam tatsächlich nie zu einem Zusammenstoß, aber manchmal nur um ein Haar nicht; am schlimmsten war es, als er über einen Haufen brennender Blätter sauste und fast einen Jungen überfuhr, der einen Sack um den Hals trug und Prospekte in Hauseingänge warf. Das war nur so knapp noch einmal gutgegangen, dass Mrs. Bridge sich weigerte, weiter mit Niki zu fahren, und so blieb ihnen nichts anderes übrig, als ihn zu entlassen.

Nach Niki kam ein anderer Farbiger, aber er hatte immer eine leichte Whiskyfahne, und als Harriet nach ihrer Meinung gefragt wurde, presste sie vielsagend die Lippen aufeinander und schüttelte den Kopf. Nach diesem Mann kam ein anderer Orientale, der innerhalb des ersten Monats fünfmal nicht erschien. So mussten sie schließlich die Idee fallen lassen. Wenn Mrs. Bridge dann mit ihren Freundinnen, von denen einige einen Chauffeur hatten und andere daran dachten, einen zu engagieren, darüber sprach, pflegte sie zu sagen: »Es hat gewiss seine Vorteile, aber natürlich auch seine Nachteile.«

86
RECHENKÜNSTE

Der größte Vorteil war selbstverständlich, soweit es Mrs. Bridge betraf, dass bei etwaigen Schwierigkeiten ein Mann da war, der sie beheben konnte. Gelegentlich passierte etwas Unangenehmes, während sie im Wagen unterwegs war, und dann saß sie in der Patsche, denn sie wusste nicht, ob sie ihren Mann anrufen und ihn möglicherweise aus seiner Arbeit reißen oder ob sie versuchen sollte, die Lage allein zu meistern.

Abgesehen von den mechanischen Schwierigkeiten, blieb das Parken ein Problem; es hatte sie erstaunt und beeindruckt, wie ihre Chauffeure den Lincoln parken konnten, und da sie jetzt wieder auf sich selbst gestellt war, wurde sie sich ihrer eigenen Unzulänglichkeit mehr denn je bewusst. Douglas verschlimmerte unabsichtlich die Situation. Einige Tage, nachdem er in der Schule mit Geometrie begonnen hatte, fing er an, alles auszumessen. In seiner Tasche befanden sich ein metallenes Zentimetermaß, ein Kompass und ein Notizblock, und er berechnete leidenschaftlich Dinge wie die Kubikmeteranzahl des Dachbodens, den Durchmesser des Mahagonitisches im Esszimmer, wenn dieser nicht oval, sondern rund wäre, und den Winkel, den Radio, Sofa und Kamin bildeten. Unter anderem maß er den Kamin, die Gartenveranda, den Ofen und den Wäschekorb aus, und eines Abends verkündete er pedantisch, dass die Speisekammer fast genau sechs Kubikdezimeter kleiner sei als der Lincoln. Als Mrs. Bridge das nächste Mal zu parken versuchte, musste sie an seine Berechnungen denken. Sie drehte das Steuer mit beiden Händen auf eine Seite, fuhr ein paar Meter zurück, drehte das Steuer zur anderen Seite, fuhr wieder zurück und so weiter. Sie rang nach Atem bei ihrer Anstrengung, den Riesenwagen richtig zu manövrieren, und es nützte ihr gar nichts zu wissen, dass es leichter gewesen wäre, die Speisekammer zu parken.

87

PAQUITA DE LAS TORRES

Douglas dagegen fuhr gern, und sobald er seinen Führerschein hatte, bat er seine Mutter, ihm den Wagen zu leihen. Sie überließ ihm den Lincoln mit Freuden und ermahnte ihn nur, vorsichtig zu sein. Wenn sie einkaufen musste, während er gerade den Lincoln hatte, fand sie es nicht weiter schlimm, den Bus zu nehmen, und falls das Wetter schlecht war, konnte sie eine ihrer Freundinnen anrufen. Oft überlegte sie sich, wohin Douglas wohl fahren mochte und was er triebe, aber sie machte sich keine besonderen Sorgen um ihn, denn er entwickelte sich recht konservativ, was sie mit Dank erfüllte, und außerdem schien er seinen Verstand jetzt besser zu gebrauchen, als er es in seiner Kindheit getan hatte. Er zeigte sogar verhältnismäßig viel Interesse für seine Schulaufgaben. Kurzum, er wurde ein nüchterner, selbstständiger Jüngling, vielleicht etwas zu geheimnistuerisch, sonst aber erfreulich normal.

Umso mehr geriet sie darum außer Fassung, als sie ihn

auf der Plaza mit einem unvorstellbar wild aussehenden Mädchen traf. Er hatte sich den Wagen geliehen, um zum Bowling zu fahren, und Mrs. Bridge hatte sich später entschlossen, ein paar Cocktailservietten zu kaufen, sodass sie unerwartet aufeinanderstießen. Das Mädchen sah wie eine Zigeunerin aus, hatte fettiges, ungekämmtes schwarzes Haar, behaarte braune Arme mit klirrenden Armreifen, und die glänzenden Augen mit gefärbten Brauen und Wimpern verrieten größte Erfahrung. Sie trug eine durchsichtige Bluse aus ockerfarbener Seide und einen engen weißen Rock, und Mrs. Bridge brauchte nicht zweimal hinzuschauen, um festzustellen, dass das praktisch alles war, was sie anhatte.

»Guten Tag, Paquita«, sagte sie und lächelte neutral, nachdem Douglas seine Begleiterin mürrisch murmelnd vorgestellt hatte. Paquita sagte kein Wort, und Mrs. Bridge fragte sich, ob sie überhaupt Englisch verstehe. Die behaarten Arme und der ranzige Geruch wurden ihr fast zu viel. »Ich hoffe, ihr zwei amüsiert euch gut«, sagte sie, hörte einen Armreifen klirren und sah, dass Douglas und Paquita einen langen, bedeutungsvollen Blick wechselten.

»Daddy wird ausnahmsweise heute Abend früh zu Hause sein. Harriet hat also das Essen um Punkt sechs fertig. Komm bitte nicht zu spät. Es war sehr nett, Sie kennenzulernen, Paquita.« Obwohl sie nicht ganz sicher war, hatte sie den Eindruck, dass Paquita, als sie ihnen den Rücken kehrte, auf das Trottoir spuckte.

Als sie mit den Cocktailservietten im Bus nach Hause fuhr, versuchte sie, aus der Sache schlau zu werden. Warum ging Douglas mit jemandem, der offensichtlich von einer anderen Schule kam, Bowling spielen, wenn es im Südwestend so viele nette Mädchen gab? Warum ging er überhaupt mit diesem Mädchen aus? Was konnten sie nur gemeinsam haben? Wo hatte er sie wohl kennengelernt?

»Du hältst mich sicher für das reinste Ekel«, sagte sie abends scherzend und doch sehr ernst, als sie mit Douglas in das Esszimmer ging. »Warum erzählst du uns nicht, wenn du einer Neuen schöne Augen machst? Vater und ich möchten deine Freunde gern kennenlernen.«

Douglas ging, nachdem er ihr wie gewöhnlich den Stuhl herangerückt hatte, um den Tisch herum und setzte sich wortlos hin.

»Paquita klirrt ein bisschen viel.«

»Sie hat Armreifen gern«, sagte er schneidend.

Mr. Bridge kam herein und gab Douglas, als er hinter seinem Stuhl vorbeiging, eine kameradschaftliche Kopfnuss.

»Du scheinst heute einen guten Tag gehabt zu haben«, sagte Douglas grinsend. »Hast du wieder eine Million Dollar gemacht oder so etwas?«

Mr. Bridge lachte, nahm das Tranchiermesser, musterte den Braten und sagte: »Wie ich höre, entwickelst du dich zu einem ausgezeichneten Basketballspieler.«

»Wer hat dir das gesagt?«

»Das spielt keine Rolle.«

»Ich weiß nicht recht, ob ich es schaffe«, sagte Douglas und bekam einen roten Kopf dabei. Er war Offensivspieler in der Kirchenmannschaft und versuchte, sich einen Platz in der Schulmannschaft zu erobern, was ihm bisher noch nicht gelungen war.

»Vielleicht solltest du dich bei der Tochter des Trainers einschmeicheln«, sagte Mr. Bridge, während er den Braten aufschnitt.

Douglas stöhnte gekünstelt. »Ich weiß gar nicht, ob er überhaupt eine Tochter hat. Und außerdem ist das keine Art, in die Mannschaft zu kommen.«

»Wie willst du es denn anstellen?«

»Ach, man muss eben so spielen, wie es dem Trainer gefällt. Ich meine, er hat glattes Dribbeln und andere solche eigentlich unwichtigen Mätzchen gern. Sicher habe ich dir schon erzählt, dass unsere Kirchenmannschaft der zweiten Mannschaft von Südwestend eins ausgewischt hat.«

»Ja. Gib mir bitte Mutters Teller.«

»Na, ist es also nicht logisch, dass wir, wenn wir die zweite Mannschaft schlagen können, mindestens ebenso gut sind wie die erste? Ich meine, dieser Trainer hat seine Favoriten, verstehst du? Und wenn man nicht zu seinen Favoriten gehört, hat man eben keine Chance.«

Mr. Bridge warf ihm einen Blick zu und sagte ruhig: »Ich weiß, dass du nur Spaß machst, also ist es mir einerlei. Aber lass dich nicht dabei ertappen, dass du im Ernst meckerst. Die Million Dollar, auf die du angespielt hast, hätte ich, wenn ich sie tatsächlich verdient hätte, nicht als Favorit eines Richters verdient. In diesem Land gilt der Grundsatz, dass je fleißiger und intelligenter ein Mensch seine Arbeit tut, desto größer sein Anspruch auf Gewinn ist. Ich hoffe, dass sich das nie ändern wird.«

»Ja, ja«, murmelte Douglas und versuchte das Gespräch zu beenden, ehe es in eine Moralpredigt ausartete.

»Denk daran!«

»Ja.«

In diesem Augenblick klingelte das Telefon. Harriet kam herein und sagte, dass jemand Mr. Bridge zu sprechen wünsche. Er hatte kaum das Zimmer verlassen, als Mrs. Bridge sagte: »Neulich habe ich Patty Duncan getroffen. Sie hat sich nach dir erkundigt.«

»Sag ihr, dass ich noch am Leben bin.«

»Sie ist so ein nettes Mädchen. Und es wird behauptet, dass sie es als Pianistin weit bringen wird.«

»O.K.«, sagte Douglas, der von beiden Tischseiten angegriffen wurde. »Verflixt und zugenäht – ich meine, darf ich denn nicht mein eigenes Leben leben?«

Bis zum Ende des Essens spielte sie nicht mehr auf die Begegnung am Nachmittag an, die sie aber so beschäftigte, dass sie aufblieb und wartete, bis er spätabends nach Hause kam.

»Warst du mit Paquita aus?«, fragte sie und schaute ihn dabei ernst an.

Stumm und mit abgewandtem Gesicht zog Douglas seine Lederjacke aus.

»Wohnt sie hier in der Gegend?«, fragte Mrs. Bridge, folgte ihm zum Wandschrank und zupfte einen Faden von seinem Pullover.

Er hängte die Jacke auf und ging in das Wohnzimmer, wo er einen Kamm aus seiner hinteren Hosentasche holte, sich vor dem Spiegel etwas vorbeugte, um sich betrachten zu können – er war jetzt fast einen Meter achtzig groß und wuchs immer noch, bald würde er größer als sein Vater sein –, und sein langes rotes Haar nach hinten kämmte, eine Frisur, die er sich seit Kurzem zugelegt hatte. Sein Haar wollte sich nicht anlegen, es sträubte sich in verschiedenen Richtungen, und je mehr er kämmte, desto widerspenstiger sah es aus, aber er gab nicht nach und das Haar legte sich nicht an.

»Du bist genau wie dein Vater«, sagte sie, während sie ihn beobachtete, und aus ihrer Stimme klang nicht nur Liebe, sondern auch Besorgnis. Douglas blickte finster drein, kämmte sich und drückte das Haar mit den Handflächen an. Sobald er jedoch die Hände entfernte, stand es ihm wieder zu Berge.

»Douglas«, sagte sie. Sie war hinter ihn getreten und betrachtete sein Gesicht im Spiegel. Er steckte den Kamm in die Tasche, beugte sich vor und warf einen gehässigen Blick in den Spiegel.

»Was ist denn?«, fragte er grob.

»Ach, ich weiß nicht.«

»Na, dann gute Nacht«, sagte er und wandte sich zur Treppe, aber sie streckte die Hand aus und ergriff seinen Arm.

»Douglas, warum treibst du dich mit dieser Person herum?«

Daraufhin riss er sich los, ging zum Wandschrank, nahm seine Jacke heraus und verließ das Haus. Sie blieb, eine Hand auf dem Treppengeländer, zurück, und ihr war elend vor Kummer, nicht so sehr wegen des Mädchens, denn sie wusste, dass er Paquita entwachsen würde, sondern weil sie seine Freundschaft nicht verlieren wollte. Sie hatte seine Liebe verloren, warum, das wusste sie nicht, wie sie auch Ruths Liebe verspielt hatte, und die Vorstellung, ihren Sohn ganz zu verlieren, war mehr, als sie ertragen konnte.

88

ÜBERNATÜRLICHE HELLSICHT

Am nächsten Tag lieh er sich den Lincoln, um Paquita zu einem Basketballturnier im städtischen Stadion zu begleiten. Auf dem Weg zum nördlichen Stadtrand, wo sie mit ihrer Schwester, einer Revuetänzerin, wohnte, kam er an einem Motel vorbei. Er hielt nicht und verminderte auch sein Tempo nicht, aber seine Aufmerksamkeit wurde von einem ungewöhnlich üppigen Frauenzimmer abgelenkt, sodass er nicht sah, wie die Verkehrslichter die Farbe wechselten, weil er sich in diesem Augenblick gerade umschaute. Er fuhr in den Wagen vor ihm hinein. Keiner wurde verletzt, alle Beteiligten waren nur etwas benommen, und Douglas selbst kam mit einer Beule auf der Stirn davon. Die Stoßstange des Lincoln war verbogen, ein Rad schepperte.

Als er zu Hause gefragt wurde, wie der Unfall passiert sei, erwiderte er prompt, dass es durch eine Frau gekommen sei.

»Oho!«, sagte Mr. Bridge, der die Meinung vertrat, dass alle Verkehrsprobleme an dem Tag behoben wären, an dem die Frauen Fahrverbot bekämen. »Was habe ich seit Jahren gepredigt?« Er stellte seinem Sohn keine weiteren Fragen, nahm nur den Zettel an sich, auf dem sich Douglas die Nummer des anderen Wagens notiert hatte, und sagte, er werde die Versicherung benachrichtigen.

Verständigerweise behielt Douglas weitere Auskünfte für sich und meinte, dass er sich klug aus der Affäre gezogen habe, bis er zufällig dem Blick seiner Mutter begegnete. Obwohl sie kein Wort gesprochen hatte, gewahrte er, dass sie, Gott weiß wie, die volle Wahrheit ahnte, und sagte sich, dass sie in Dingen, die auch nur das Geringste mit Sexualität zu tun hatten, übernatürliche Hellsicht besitze.

89

AUSGEFRANSTE MANSCHETTEN

Gewöhnlich sah Mrs. Bridge die Wäsche durch, die Ingrid jeden Mittwoch in einem quietschenden Korb vom Souterrain heraufbrachte, aber wenn sie Einkäufe machte oder auswärts aß, fiel diese Aufgabe Harriet zu, die nie besonders auf fehlende Knöpfe oder ausgeleierte Gummibänder achtete. So entdeckte Mrs. Bridge eines Tages, dass Douglas ein Hemd anhatte, dessen Manschetten sichtlich ausgefranst waren.

»Um Himmels willen!«, rief sie aus und ergriff seinen Ärmel. »Hat ein Hund daran geknabbert?«

Er betrachtete die Fäden, als habe er sie noch nie gesehen, was auch der Fall war.

»Du kannst doch unmöglich dieses Hemd tragen?«

Da er es bereits trug, fand er die Frage lächerlich, sagte aber nur: »Ich finde, es sieht noch ganz ordentlich aus.«

»Guck dir nur die Manschetten an! Jeder muss ja denken, dass wir auf dem Weg zum Armenhaus sind.«

»Ist es denn eine Schande, arm zu sein?«

»Nein!«, schrie sie. »Aber wir sind *nicht* arm!«

90
SEXUELLE AUFKLÄRUNG

Danach sah sie die Wäsche sehr gründlich durch, betrachtete Stück für Stück, ob etwas zu reparieren sei, und teilte sie in drei Stapel: einen für das eheliche Schlafzimmer, einen für Ruth und Carolyns Zimmer, in dem jetzt Carolyn allein wohnte, und einen für Douglas' Zimmer. Sie trug diese Stapel der Reihe nach in das jeweilige Zimmer, teilte sie weiter auf, in Taschentücher, Unterwäsche, Blusen, Hemden und so weiter, und legte sie ordentlich in die dafür bestimmten Fächer und Schubladen.

Eines Nachmittags trug sie wie gewöhnlich Douglas' Wäsche in sein Zimmer und legte sie wie immer auf sein Bett, um sie zu sortieren. Sie tat die frisch gewaschenen Hemden auf den Stapel, der in seiner Kommode lag, und wollte schon die anderen Sachen verwahren, als ihr einfiel, dass er höchstwahrscheinlich immer wieder dieselben Hemden anzog und die unten in der Schublade liegenden vermutlich nie getragen wurden. In der Absicht, die Reihenfolge zu ändern, holte sie alle Hemden heraus und entdeckte unter dem letzten eine Zeitschrift. Obwohl sie solche Blätter noch nie gesehen hatte, wusste sie instinktiv, um was es sich handelte.

Mrs. Bridge sank auf den Bettrand und starrte niedergeschlagen auf die Wand, während sie die Zeitschrift ungeöffnet in den Händen hielt. Sie konnte Harriet beim Schälen grüner Äpfel für den Obstkuchen Choräle singen hören, und die Inbrunst jener guten, schrillen, christlichen Töne erhöhte nur ihr Gefühl der Einsamkeit und Verlassenheit. Sie schloss die Augen und schüttelte ungläubig den Kopf. Das Letzte, wozu sie Lust hatte, war, sich diese Zeitschrift anzusehen, aber es musste sein. Sie schlug die erste Seite auf: eine nackte Frau. Das reichte. Sie blätterte nicht weiter. Noch nie in ihrem Leben hatte sie sich mit einer solchen Situation auseinandersetzen müssen, und sie wusste nicht, was sie tun sollte. Bisher hatte sie geglaubt, dass derartige Zeitschriften gesetzlich verboten und nicht öffentlich erhältlich seien. Sie überlegte sich, worin sie versagt hätte. Bei Douglas wie auch bei Ruth und Carolyn hatte sie gefährliche Themen geschickt umgangen. Nie hatte sie auf irgendeine Weise seine Neugier erregt – im Gegenteil. Worin hatte sie also versagt? Sie hatte ihm, ohne es aussprechen zu müssen, die Erkenntnis vermittelt, dass es zwei Arten von Menschen auf der Welt gebe, und wusste, dass es sich wirklich so verhielt, weil sie das von ihren Eltern gelernt hatte.

Sie wartete ständig darauf, dass Douglas etwas über die Zeitschrift sagte – sie hatte sie im Heizungskessel verbrannt –, aber er ließ sich, falls er sie vermisst hatte, nichts anmerken. Wochen vergingen. Sie wollte ihn nicht drängen. Sie wollte, dass er von selbst zu ihr käme und freiwillig beichtete. Carolyn war jetzt im ersten Semester auf der Universität Lawrence, ungefähr sechzig Kilometer von Kansas City entfernt. Sie kam oft zum Wochenende nach Hause, war aber an Werktagen nicht da, sodass Mrs. Bridge und Douglas manchen Abend allein aßen. Diese Abendessen verliefen schweigsam, und keiner von ihnen fühlte sich wohl dabei; sie vermieden es, sich anzusehen. Sie wartete geduldig auf den Augenblick, da er ein Zeichen von sich geben – ein langer Blick hätte schon genügt – und sie wissen würde, dass er mit ihr sprechen wollte. Doch die Zeit verstrich, und da er keine Anstalten dazu machte, fixierte sie ihn. Diese stummen Aufforderungen hatten eine sonderbare Wirkung auf Douglas. Wurde er sich ihres betrübten, flehenden Blickes bewusst, dann verließ er das Haus. Sie dachte, dass es ihm nahegehe und er wegen des Kummers, den er ihr bereitete, ein schlechtes Gewissen habe, und schaute ihn deshalb noch eindringlicher an, wenn sie allein waren. Aber noch mehr Zeit verstrich, und aus irgendeinem Grunde kam er nicht zu ihr.

Darum ging sie eines Abends in sein Zimmer hinauf und klopfte mit dem Fingernagel an seine Tür. Ohne es zu sehen, wusste sie, dass er an seinem Schreibtisch saß und die Tür anstarrte. Sie hatte recht, denn nach einigem Warten hörte sie seinen Stuhl knarren und dann seine Schritte auf dem Teppich. Er riss die Tür auf, und sie lächelte ihn elend an, schob sich an ihm vorbei in das Zimmer, trat an seinen Tisch und legte wortlos auf das Löschblatt eine Broschüre in grauem Umschlag und mit vergilbten Seiten, die sie aus einem Koffer im Dachboden geholt hatte. Die Broschüre roch muffig wie zerdrückte Mottenflügel und erzählte in sorgfältiger Typografie eine kleine Geschichte von der Vermählung eines Spermas mit einem Ei. Das Titelbild zeigte, unter einem eingeklebten dünnen Schutzblatt, zwei kreisrunde Aufnahmen von Laboratoriumspräparaten.

Er war ihr durch das Zimmer gefolgt und stand nun, die Hände auf dem Rücken geballt, auf der anderen Seite des Schreibtisches. Als sie sah, wie gespannt er war, dachte sie, dass alles in Ordnung wäre, wenn sie ihm nur durchs Haar fahren könnte, wie sie es immer getan hatte, als er ein kleiner Junge war. Ruhig und schüchtern versuchte sie, sich ihm zu nähern.

Als er merkte, dass sie hinter ihm her war, bewegte er sich auch, damit der Schreibtisch zwischen ihnen bliebe.

91
WORTE DER WEISHEIT

Einige Tage später erblickte Douglas, als er aus der Schule kam, unter der Haarbürste auf seiner Kommode ein aus einer Zeitschrift herausgerissenes Blatt. Auf der einen Seite war eine Autoreklame, auf der anderen Seite das Bild eines älteren Chinesen, der der ›Alte Weise‹ genannt wurde. Darunter standen einige Maximen:

Faules oder morsches Holz lässt sich nicht schnitzen.

Wenn du nicht für das Morgen sorgst, machst du dir Sorgen ums Heute.

Das Leben ist ein Spiegel, der wiedergibt, was er empfängt.

Mut im kritischen Augenblick ist der halbe Sieg.

Worte zeugen vom Verstand eines Menschen, Taten von seiner Bedeutung.

Der Amboss überdauert den Hammer. Zufriedenheit ist ein unerschöpflicher Schatz.

Eine Handvoll gesunder Menschenverstand ist genauso viel wert wie ein Sack voll Wissen.

Douglas las die Maximen schneller und schneller

durch. Als er fertig war und nicht genau wusste, was er damit anfangen sollte, legte er das Blatt, das seine Mutter vielleicht einmal zurückhaben wollte, in eine Schreibtischschublade und kümmerte sich nicht mehr darum. In den folgenden Tagen trafen sich ihre Blicke gelegentlich, und sie schauten sich ausdruckslos in die Augen.

Douglas wusste, dass seine Mutter auf einen Kommentar wartete, und sie wusste, dass er die Maximen gelesen hatte.

92

WIRKLICH SEHR LUSTIG

Ruth schrieb nicht so oft, wie Mrs. Bridge erwartet hatte; auch ließ sich aus ihren Briefen nicht ersehen, was für ein Leben sie eigentlich in New York führte; sie schien jedoch gut vorwärtszukommen, und ihre Nachrichten klangen nicht unglücklich. Sie schrieb, dass sie in eine Wohnung am Hudson gezogen sei, dass sie jetzt für ein Modeheft arbeite, und dass sie auf eine baldige Beförderung hoffe. Im April wurde sie wirklich befördert, war nun ›Hilfsredakteurin‹, und was das auch immer sein mochte, es klang jedenfalls bedeutend, und Mrs. Bridge war so stolz darauf, dass sie ihren Freundinnen von Ruths Erfolg erzählte. Im gleichen Monat überraschte und erfreute Ruth sie alle, als sie zu einem Besuch nach Hause flog. Sie hatte sich sehr verändert; sie war ausgesprochen snobistisch geworden.

Carolyn kam an diesem Wochenende von der Universität heim, und Mrs. Bridge war ganz verblüfft über die Verschiedenartigkeit der beiden Mädchen. Es war kaum zu glauben, dass es sich um Schwestern handelte – Ruth dunkel und schlank, ja eigentlich zu dünn, die herumbummelte, eine Zigarette nach der anderen rauchte und mit ihrem Vater Cocktails trank, als sei sie seit Jahren daran gewöhnt; Carolyn, aktiv und blond und entschlossen und recht derb in den flachen Golfschuhen, die sie jetzt trug, denn sie hatte auf der Universität mit Golf angefangen und entwickelte sich zu einer ausgezeichneten Spielerin.

Ruth war zweifellos reifer, und Mrs. Bridge stellte etwas Merkwürdiges fest: Ruth und Douglas hatten sich sehr gern. Es war kein Grund vorhanden, warum sie sich nicht gern haben sollten – natürlich sollten sie es –, aber sie kam nie über ein Gefühl der Verwunderung hinweg, wenn sie die beiden zusammen lachen hörte oder beobachtete, wie sie am Frühstückstisch ernst miteinander redeten, kannenweise Kaffee tranken und über Gott weiß was diskutierten. Sie schienen eine neue Beziehung zueinander gefunden zu haben. Sie waren nicht mehr nur Bruder und Schwester, was Mrs. Bridge faszinierte, aber auch recht traurig machte.

Sie und Ruth waren nicht viel allein, und viel zu schnell, so kam es ihr vor, stand Ruth wieder am Telefon und buchte ihren Rückflug nach New York. An ihrem letzten Abend in Kansas City blieben sie beide im Esszimmer, nachdem Douglas und Mr. Bridge aufgestanden waren. Sie hatten nur wenige Minuten für sich, denn ein junger Mann namens Callaway Rugg wollte Ruth zu einer

Cyrano-Aufführung im Kleinen Theater abholen, aber während sie am Tisch plauderten, erwähnte Ruth, dass einer der Männer in ihrem New Yorker Büro homosexuell sei.

»Was meinst du denn damit, Ruth?«, fragte Mrs. Bridge trocken.

»Ach, er ist so lustig, Mami. Schwul, verstehst du?«

»Ich fürchte nein«, sagte Mrs. Bridge.

Ruth wusste nicht, ob ihre Mutter es ernst meinte oder nicht. Die Vorstellung, dass sie tatsächlich nicht Bescheid wisse, war allzu unfasslich, aber als Ruth zurückschaute und an das dachte, was Douglas ihr über kürzlich geschehene Dinge erzählt hatte, und nach einem langen forschenden Blick in die mütterlichen Augen, erkannte sie doch, dass ihre Mutter die Wahrheit sprach. Diese Erkenntnis schockierte sie so, dass sie kühl sagte: »Na, dann wird es aber Zeit, dass du es herausbekommst.« Und da sie sich grausam vorkam und nervös und bestürzt war, fuhr sie im gleichen Ton fort: »Ich habe ihn sehr gern, Mami. Einmal hat er mir ein Dutzend langstieliger Rosen geschickt.«

Vom Flur her hörte man die Haustürschelle. Sofort sprang Ruth auf, um schnell zu öffnen, und ließ Mrs. Bridge so einsam zurück, wie sie es kaum einmal in ihrem Leben gewesen war, so allein, wie ihr Mann sie an jenem Tag in der Rue Auber gelassen hatte.

93
LOKALMATADOR

Nur selten hatte jemand aus dem Villenviertel sich über die Grenzen von Kansas City hinaus einen Namen gemacht, aber einigen war es immerhin gelungen. Ein Mädchen namens Catlett, dessen Mutter Mrs. Bridge flüchtig kannte, war in den Sommerferien auf die Bahamas gefahren und kam triumphierend als die Verlobte eines Senators zurück. Dann gab es Zwillinge, die in einer Zahnpastawerbung auftraten, und gelegentlich wurde einer der älteren Herren erwähnt. Aber unter den jungen Leuten war Callaway Rugg der Berühmteste. Er war einige Jahre älter als Ruth, kannte sie jedoch schon von der Highschool her und hatte oft mit ihr lange Fahrten durch die Umgebung gemacht. Er sprach gern von der Kürze des menschlichen Daseins und wie wichtig es sei, so zu leben, wie man leben wolle. Er selbst wusste nicht, wie er leben wollte, aber nachdem er mehrere Rollen in einer Vorortscheune gespielt hatte, wurde er von einem Talentsucher ›entdeckt‹ und nach Hollywood geschickt, wo man in den ersten vierzehn Tagen dachte, dass er ein Löwenbändiger wäre. Nachdem dieser Irrtum aufgeklärt worden war, bekam er eine Filmrolle. Der *Tattler* sprach von ›Unserem Carleton Reynolds aus Kansas City‹, denn so taufte ihn Hollywood. Erstaunlicherweise, das dachte jedenfalls Mrs. Bridge, verstärkte die Tatsache, dass er ein Sohn Kansas Citys war, den Zulauf zum Kino nicht wesentlich. Sie hatte sich den Film angesehen. Rugg war nur in einer Szene aufgetreten: zu mitternächtlicher Stunde fiel er, die Hände auf dem Rücken gefesselt, einen Sack über den Kopf gestülpt, beim zwölften Schlag aus einer Standuhr.

»Natürlich hatte er nur eine kleine Rolle«, sagte sie zu Madge Arlen, als sie darüber sprachen, »aber ich glaube, er ist recht begabt.«

Hollywood musste ihre Meinung nicht geteilt haben, denn später hörte man, dass Rugg auf der Plaza Enzyklopädien verkaufte.

94

BRIEFWECHSEL

Der neue *Tattler* erschien einige Tage nach Ruths Abreise, und Mrs. Bridge schickte ihr einen Ausschnitt nach New York: »Ihre Ferien verbrachte im charmanten Haus ihrer Eltern, Mr. und Mrs. Bridge vom Crescent Heights Drive, die bezaubernde ältere Tochter Ruth. Dutzende ihrer Bewunderer hoffen, dass die faszinierende Nachwuchs-Redakteurin nicht ewig in Manhattan bleibt.«

Mrs. Bridge schrieb, dass Carolyn jeden Nachmittag Golf spiele und schon einen Jungen aus der Universitätsmannschaft geschlagen habe, dass das Wetter in Kansas City um diese Jahreszeit besonders angenehm sei, dass ein Mann namens Genaro gleich nach ihrer Abreise angerufen, aber nichts hinterlassen habe, dass die Stadtverwaltung die Straße vor dem Klubhaus der Jugendliga endlich verbreitere, und dass Ruths Besuch schrecklich kurz gewesen sei. Und da Ruth eine

Bemerkung über die Unterschlagungen in New York gemacht hatte: »Ist es nicht fürchterlich, dass so viele Unterschlagungen vorkommen? Hier passieren sie auch. Man muss sich wirklich über die Menschen wundern.«

Sie erwähnte auch die letzten gesellschaftlichen Ereignisse und was für die nächsten Tage auf ihrem Kalender vermerkt war: »Am Mittwochabend geben die Arlens eine Cocktailparty für Anne, das klingt ganz verlockend. Donnerstag gehen Madge und ich zu einem Folk-Sänger, der auch Zither spielt, und am Freitag ist etwas in der Kirche los (ein Mohammedaner hält einen Vortrag!), aber ich weiß noch nicht, ob ich es schaffen werde. Ich hatte entsetzliche Kopfschmerzen, und die Ärzte können nicht schlau daraus werden. Dr. Stapp sagte, dass sie rein psychologisch bedingt seien, aber das ist ja Unsinn. Dr. McIntyre (er ist so nett!) meint, dass es eine Allergie sein könnte, und ich hoffe nur, dass sie sich baldigst zusammensetzen und über die Diagnose einig werden.«

Ruth beantwortete diesen Brief eines Nachts, als sie mit einem Mann namens Dowdey, den sie vor einer Woche kennengelernt hatte, im Bett lag. Sie entriss ihm das Kissen, schob es sich in den Rücken, damit sie bequemer saß, und begann, den Briefblock auf den Knien:

»Das Wetter in New York war herrlich, aber sonst gibt es nicht viel Neues. Ich kann meinen Chef nicht ausstehen, denn er ist ein richtiggehender Tyrann, aber alle anderen sind sehr nett, und wir probieren ein neues Format aus, das mir besser gefällt. Ein Mann im Büro, der im Nebenzimmer arbeitet« – sie ließ den Block los und kniff Dowdey – »ist reizend zu mir gewesen, obwohl ich ihn noch nicht gut kenne. In letzter Zeit bin ich nicht oft ausgegangen. Meistens fahre ich nach der Arbeit gleich nach Hause und gehe früh ins Bett. Es war wunderbar, euch alle in Kansas City wiederzusehen.« Sie machte eine Pause, klopfte mit dem Füller gegen ihre Zähne und fügte schließlich hinzu, dass sie hoffentlich bald wieder zu Besuch nach Kansas City kommen würde.

Dowdey, der sich herumgedreht hatte und sich auf einen Ellbogen stützte, las den Brief; sein Kinn legte er dabei auf Ruths Schulter.

»Genauso, wie ich bald mal wieder nach Hause möchte«, sagte er und begann ihren Hals zu küssen.

»Sei still«, sagte sie. »Und hör auf. Du störst mich!«

»Komm, leg dich hin, du kannst deiner lieben Mami auch morgen früh schreiben.«

»Lass mich«, sagte Ruth. »Lass mich in Ruh.«

»Sieht deine Mami dir ähnlich?«, fragte er und schlang seine Arme um ihre Hüften.

»Sie ist die Mutter meiner Schwester!«

Und als werde ihr, als sie diese Worte hörte, bewusst, was sie gesagt hatte, berührte Ruth ihren Liebhaber zärtlich und schaute in seine haselbraunen Augen. Sie streichelte die Furchen seines verwitterten Gesichtes; er wurde ernst, war voller Erwartung.

»Ich bin gleich fertig«, sagte sie. Ein paar Minuten saß sie da, die Knie bis zum Kinn hochgezogen, und starrte über den Fluss auf die Häuser am westlichen Ufer; sie sah ihr Zuhause vor sich, nicht so, wie es jetzt war, sondern zu einer Zeit, die zehn Jahre zurücklag, als sie nie daran gedacht hätte zu behaupten, ihre Mutter sei nicht ihre Mutter: als sie so groß gewesen war wie die neu gepflanzte Stechpalme im Garten und ihr Bruder noch ein Baby. Sie überlegte sich, warum sie in New York war, warum sie sich gleich diesem Mann hingeben würde, den sie nicht liebte.

»Ich glaube nicht, dass es ihre Schuld ist«, flüsterte Ruth, den Kopf auf den Knien, und als Dowdey fragte, was sie gesagt habe, gab sie keine Antwort. Dann seufzte sie und schrieb ihren Brief weiter; sie dankte ihrer Mutter für die Schachtel Haferflockenplätzchen, die Harriet gebacken hatte, und sagte, sie seien herrlich gewesen, obwohl sie zerbrochen und zerkrümelt angekommen waren und Ruth sie für die Tauben auf das Fensterbrett gestreut hatte. Nachdem sie ihren Brief wie gewöhnlich mit ›Dir viel Liebes, Deine Ruth‹ beendet hatte, befahl sie Dowdey, die Zunge herauszustrecken und am Kuvert zu lecken.

»Ist das alles?«, fragte er grinsend, als sie sich über ihn beugte, um den Brief auf den Nachttisch zu stellen.

»Das hängt davon ab, was du meinst«, sagte Ruth. Sie knipste das Licht aus. Als er sie umfasste, schaute sie über den dunklen Fluss und dachte an Zuhause.

95

TIEFGEKÜHLTE FRÜCHTE

Da Ruth ganz fort war und Carolyn nur gelegentlich über das Wochenende nach Hause kam, da Mr. Bridge auch weiterhin viele Stunden im Büro verbrachte und Douglas nur zu den Mahlzeiten erschien, fand Mrs. Bridge, dass die Tage überhaupt nicht mehr aufhören wollten; sie konnte sich nicht erinnern, dass ihr seit den endlosen Stunden der Kindheit ein Tag so lang vorgekommen war, und suchte nun traurig und verzweifelt irgendeine Beschäftigung, um die Zeit totzuschlagen. An manchen Vormittagen blieb sie hellwach bis zum Mittag im Bett liegen, weil sie Angst hatte aufzustehen, da es nichts zu tun gab. Sie wusste, dass Harriet die Bestellung beim Kolonialwarenhändler erledigen, dass Harriet alles erledigen würde. Irgendwie führte Harriet den Haushalt, und Mrs. Bridge hatte das bedrückende Gefühl der Gewissheit, dass sie eine Woche lang wegfahren könnte, ohne dass sich jemand besonders darüber aufregen würde. Beim Frühstück – oder beim Lunch, wie sie es auch nennen konnte – sah sie sich apathisch die Zeitung an, seufzte über die Ereignisse in Europa, aß lethargisch, was Harriet ihr vorgesetzt hatte – Toast und Orangensaft, eine Frikadelle, Zimtbrötchen, Obstsalat, ein Speck-und-Tomaten-Sandwich oder ein Sorbet. Was es auch sein mochte, Mrs. Bridge aß davon, obgleich es gar keinen Geschmack zu haben schien. Der Sommer war wieder einmal gekommen, ein anderer Sommer, ein anderes Jahr.

An einem warmen windigen Junimorgen konnte sie kaum die Augen aufmachen; sie lag im stickigen Schlafzimmer, lauschte dem Wind in den Bäumen, den Stechpalmenzweigen, die gegen das Haus kratzten und überlegte sich, ob sie bald sterben werde. Sie fühlte sich nicht krank, hatte jedoch kein Vertrauen mehr zu ihrem Leben. Warum sollte ihr Herz weiterschlagen? Wofür sollte sie weiterleben? Plötzlich wurde sie heiter, denn ihr fiel ein, dass ihr Mann gesagt hatte, sie solle den Lincoln wachsen und polieren lassen. Er hatte es ihr sogar schon vor drei Wochen gesagt, aber sie war bisher nicht dazu gekommen. Jetzt hatte sie jedenfalls etwas zu tun. Sie wollte es selber machen, wollte in die Stadt fahren, in einem Geschäft für Autoersatzteile eine Büchse Wachs, etwas Politur und einen Hirschlederlappen oder was der Verkäufer ihr sonst empfehlen würde besorgen und den ganzen Tag den Lincoln putzen. Seit Jahren hatte sie, abgesehen von dem bisschen Gartenarbeit, nichts Richtiges mehr getan; es wäre sicher erfrischend. Dann aber, immer noch im Bett, wurde sie unsicher und vernünftiger. Sie hatte noch nie versucht, ein Auto zu polieren, sie verstand nichts davon, absolut gar nichts, und was sollte sie ihrem Mann nur sagen, wenn sie den Lack am Wagen ruinierte? Er würde erstaunt und wütend sein, weil es so sinnlos war; er würde sich zwar beherrschen, aber trotzdem höchst aufgebracht sein und wissen wollen, warum sie es getan habe. Konnte sie ihm erklären, dass ihr müßiges Leben – jenes erlesene Nichtstun, das er verursacht hatte, indem er ihr alles gab – sie wahnsinnig machte?

Allerdings könnte sie, fiel ihr ein, als sie aufstand und eine Hand gegen die Stirn legte, um nicht ohnmächtig zu werden, wenigstens zur Plaza fahren und herumschlendern, während der Lincoln poliert wurde. Sie könnte zu Bancroft gehen; vielleicht hatte das Warenhaus irgendwelche neuen Artikel bekommen. Sie könnte ein spätes Mittagessen im Teesalon zu sich nehmen. Gewiss würde ihr dabei etwas anderes einfallen und der Tag dann bald vorüber sein.

Nachdem sie aufgestanden war, fühlte sie sich munterer, und während sie sich anzog, dachte sie daran, Grace Barron anzurufen. Vielleicht könnten sie den Tag gemeinsam verbringen. Bei Barrons antwortete niemand. Nach einigen Minuten versuchte sie es nochmals ohne Erfolg, dann wählte sie Madge Arlens Nummer. Die Leitung war besetzt. Sie wusste aus Erfahrung, dass Madge stundenlange Telefongespräche führte, aber inzwischen klang ihr der Plaza-Plan mit oder ohne Gesellschaft so verlockend, dass sie sich hastig zum Ausgehen fertig machte und sich ärgerte, dass sie den ganzen Vormittag vertrödelt hatte. Es war viertel vor eins, als Mrs. Bridge nach unten kam, wo Harriet die Diele reinmachte. Mrs. Bridge bedeutete ihr, den Staubsauger abzustellen, und als das Surren verstummte, sagte sie, während sie schnell in ihre Handtasche sah, ob sie auch nichts vergessen habe: »Ich muss wegen des Wagens zur Plaza. Er muss poliert werden. Wenn jemand anrufen sollte, sag bitte, ich sei gegen fünf Uhr wieder zu Hause.«

Harriet erwiderte, Mr. Bridge habe den Wagen schon am letzten Samstag wachsen und polieren lassen.

Mrs. Bridge hielt inne und sah sie entgeistert an. »Wirklich? Komisch, dass er mir das nicht gesagt hat.«

Harriet schwieg.

»Bist du sicher?«, fragte Mrs. Bridge.

Harriet nickte.

»Na, dann braucht es ja wohl nicht nochmals zu geschehen«, sagte sie zögernd. »Merkwürdig. Gewiss hat er vergessen, es mir zu sagen.« Sie merkte, dass Harriet sie ausdruckslos, aber eindringlich ansah, und war bestürzt, ließ die Autoschlüssel wieder in ihre Handtasche fallen und setzte langsam ihren Hut ab. Seit Samstag war sie mehrmals mit dem Lincoln gefahren und hatte seltsamerweise den Unterschied nicht bemerkt.

Harriet schaltete den Staubsauger wieder an. Nachdem sie sich ein bequemeres Kleid angezogen hatte, ging Mrs. Bridge in die Küche, machte sich ein Sandwich zurecht, setzte sich in das Frühstückszimmer und beobachtete wohl eine Stunde lang die Spatzen im Garten. Endlich gelang es ihr, Madge Arlen zu erreichen.

»Mein Gott, bin ich froh, dass du anrufst!«, rief ihre Freundin aus. »Ich werde verrückt, weil ich absolut nicht weiß, was ich tun soll.«

»Komm doch gleich herüber«, sagte Mrs. Bridge. »Geht es dir auch so?«

»Das kann man wohl behaupten!«

Und nun begann der Tag sich zu gestalten, und Mrs. Bridge war nicht mehr so bestürzt. Sie hatte festgestellt, dass sie nicht allein dastand, und wenn es anderen genauso erging wie ihr, war kein Grund vorhanden, niedergeschlagen zu sein. Die Stunden lagen nicht länger drohend vor ihr; es war bloß ein warmer Junitag. Einige Minuten später erschien Madge Arlen an der Haustür, in einem lose fallenden lavendelblauen Hemd, chartreusegrünen Hosen und Schuhen mit Keilabsätzen aus Kork, in denen sie fast einen Meter achtzig groß war. Sie rauchte eine englische Zigarette; sie zog die englischen vor, aber die waren jetzt schwer zu bekommen. Harriet kochte Kaffee, denn Madge Arlen trank den lieben langen Tag Kaffee, und sie setzten sich zum Plaudern auf die Veranda. Die Briten führten gerade die Evakuierung von Dünkirchen durch, und eine Zeit lang sprachen Mrs. Bridge und Madge Arlen über den Krieg.

»So viele junge Leute melden sich freiwillig«, sagte Mrs. Bridge. »Das ändert manches. Ich merke den Unterschied überall. Piggly Wiggly liefert Gott sei Dank immer noch ins Haus, aber es geht sehr viel langsamer als früher, und ich traute meinen Augen kaum, als ich neulich sah, dass jetzt ein Mädchen den Lieferwagen fährt.«

»Warte nur, bis der Kongress die Dienstpflicht beschließt. Mein Gott, dann werden wir erst den Unterschied merken!«

»Oh, hoffentlich nicht! Bestimmt ist der Krieg doch bald zu Ende, und ich bin überzeugt, dass wir uns, wenn irgend möglich, da heraushalten.«

Dann sprachen sie über Bekannte. Grace Barrons Sohn David hatte schon seit mehreren Jahren Geigenstunden und wollte eine musikalische Karriere einschlagen. Sein Vater war dagegen, und die Barrons standen, wie jeder wusste, nicht gut miteinander. Madge erwähnte, dass die Situation sich verschlimmert habe.

»Ich könnte mir vorstellen, dass es höchst interessant ist, Berufsmusiker zu sein«, sagte Mrs. Bridge. »Aber ich überlege mir, ob es praktisch ist. Du lieber Himmel, es ist ja schon vier Uhr! Ich weiß nicht, wie es mit deinem Appetit steht, Madge. Ich jedenfalls bin völlig ausgehungert.«

Sie gingen in die Küche, und Mrs. Bridge warf einen Blick in den Kühlschrank.

»Erdbeeren mit Schlagsahne?«, schlug sie vor. »Es sind allerdings tiefgekühlte. Sie haben natürlich nicht so viel Aroma wie frische, aber es ist eine große Zeitersparnis.«

96
BETRACHTUNGEN ÜBER MONTAIGNE

Mit dem *Tattler* ließ sich manche endlose Stunde totschlagen. Mrs. Bridge ›verschlang‹ ihn nicht, sondern las ihn gründlich und genau, von Bancrofts ganzseitiger Anzeige auf der Rückseite des Titelblattes bis zu Mr. Alexanders auffallender Blumenreklame hinten auf dem Umschlag.

Von allem, was im *Tattler* stand, machte die Philosophie auf Mrs. Bridge den tiefsten Eindruck. Zwischen Schnappschüssen von Bewohnern des Villenviertels, die sich in ihrem Lieblingsschwimmbad oder auf dem Golfplatz amüsierten, und Klatschgeschichten über prominente Bürger von Kansas City stellten die Herausgeber gewöhnlich ein paar Aphorismen – am liebsten heitere, zumindest erbauliche. Emerson und der heilige Franziskus lieferten häufig Beiträge, auch Oliver Wendell Homes war ein großer Favorit.

Mrs. Bridge, die sich für diese Maximen ausgesprochen interessierte, hatte sogar einmal daran gedacht, sie in ein hübsches Heft einzukleben und dies später ihren Kindern weiterzugeben. Obwohl sie nie Zeit dafür gefunden hatte, versuchte sie sich gewisse Zitate zu merken, wenn sich auch nie die richtige Gelegenheit ergeben wollte, diese Zitate anzubringen. Eine Zeile von Montaigne regte sie zum Nachdenken an.

»Ich habe stets eine eigentümliche Übereinstimmung zwischen über-himmlischen Gedanken und unter-irdischem Benehmen wahrgenommen.«

Sie hatte, wenn auch weniger scharf formuliert, etwas Ähnliches beobachtet, und es beschäftigte sie: sie erinnerte sich an den sonderbaren Fall von Dr. Foster, der eindeutig in einem Nachtlokal identifiziert worden war, und zwar nicht einmal – was damit hätte entschuldigt werden können, dass er Material für eine Predigt sammele – sondern mehrmals. Außerdem erwähnte er es nie.

Sie grübelte über Montaignes Weisheit nach und kam zu dem Schluss, dass, wenn über-himmlische Gedanken unvermeidlich mit unter-irdischem Benehmen verbunden seien, es wohl klüger wäre, von beidem abzusehen.

97

HANDSCHUHE

Sie freute sich immer auf die Samstage, weil sie dann im Wohlfahrtsamt abgelegte Kleider verteilte. Meistens ging sie mit Madge Arlen dorthin. Abwechselnd fuhren sie zur Arbeit, eine Woche in Arlens Chrysler, die andere im Lincoln, und wenn Mrs. Bridge an der Reihe war, fuhr sie bei der Garage vor, in der ihr Mann parkte. Sie hupte dann oder winkte, wenn gerade jemand zu sehen war, und kurz darauf kam ein Mechaniker namens Hal aus der Garage, der sich seinen weißen Kittel zuknöpfte und hinten im Lincoln zum Wohlfahrtsamt mitfuhr. Dort sprang er aus dem Wagen, öffnete Mrs. Bridge die Tür und brachte den Lincoln zur Garage zurück, denn in einer solchen Gegend ließ sie das Auto nicht gern auf der Straße stehen.

»Holen Sie uns doch bitte zwischen sechs und viertel nach sechs ab, Hal«, sagte sie gewöhnlich.

Er erwiderte immer: »Aber gern«, tippte an seine Schildmütze und verschwand mit dem Lincoln.

Das Wohlfahrtsamt war noch nicht für das Publikum geöffnet. Mrs. Bridge und Mrs. Arlen schritten zwischen den Theken hindurch, auf denen sich schmuddelige, ungewaschene Kleidungsstücke türmten, an den Jungen von der Erziehungsanstalt vorbei, die Kleidersäcke auf den Boden entleerten, und ins Hinterzimmer, das für die Damen vom Wohltätigkeitsverein reserviert war. Lois Montgomery war schon da, Mabel Ong und Rebecca Duncan und mehrere andere Damen auch. Sie tranken Kaffee und aßen Eclairs, was sie immer vor der Arbeit taten. Mrs. Bridge und Mrs. Arlen gesellten sich zu ihnen.

Nach einer Weile wurden die Türen geöffnet, und die ersten Armen kamen herein. Hinter den Theken standen Mrs. Bridge und ihre Freundinnen, um ihnen zu helfen. Alle Damen trugen Handschuhe.

98

SEITE AN SEITE MIT DR. FOSTER

Einige Monate lang arbeitete auch Grace Barron im Wohlfahrtsamt. Plötzlich aber, ohne eine Erklärung abzugeben, beteiligte sie sich nicht mehr. Mrs. Bridge war gekränkt; es entsprach Grace Barron gar nicht, rücksichtslos zu sein. Außerdem, überlegte Mrs. Bridge, hatte Grace sich immer um das Wohl der anderen gekümmert.

Allerdings hatte sie gewisse Eigentümlichkeiten, etwa die Art, wie sie sich Dr. Foster gegenüber benahm, den Mrs. Bridge nicht nur für einen der nettesten Männer hielt, die sie je getroffen hatte, sondern auch für einen der intelligentesten. Grace dagegen amüsierte sich aus unerfindlichen Gründen über ihn.

Mrs. Bridge bedauerte, dass sie ihr erzählt hatte, wie unglücklich sich Dr. Foster beim Segen am Palmsonntag versprochen hatte. »Mit gebeugten Augen und geschlossenen Köpfen …«, hatte er gesagt.

Natürlich war es bedauerlich, aber, wie sie sofort zu seiner Verteidigung anführte: »Es hätte jedem passieren können.«

Grace hatte vermutlich nicht hingehört; sie lachte hysterisch. »Ich ahnte ja, dass ich vorigen Sonntag hätte zur Kirche gehen sollen«, sagte sie und wischte sich die Tränen aus den Augen. »Ach, wie schade, dass ich das verpasst habe!«

Und dann kam der schreckliche Tag, an dem der Aufzug in das Erdgeschoss des Warenhauses sauste. Es war ein dunkler, regnerischer Nachmittag. Mrs. Bridge war in die Stadt gefahren und schlenderte durch das Erdgeschoss eines Warenhauses, um einen Scherzartikel als Trostpreis für ihren nächsten Bridgeabend zu suchen. Sie betrachtete einige Zelluloidspielsachen, als sie ein Geräusch wie von einem Schuss hörte, dann ein schrilles singendes Wimmern und Gepolter, und ehe sie sich's versah, schlug der Aufzug kaum zehn Schritte von ihr entfernt auf. Später stellte sich heraus, dass er nicht, wie jeder dachte, in die Tiefe gestürzt, sondern nur ungefähr zwei Meter abgesackt war. Trotzdem gab es einen großen

Krach, die meisten Fahrgäste ließen ihre Pakete fallen, und ein oder zwei wurden ohnmächtig. Mrs. Bridge hatte sich noch nicht von ihrer Verblüffung erholt und gaffte die Leute im Aufzug, denen es die Sprache verschlagen hatte und die benommen aus dem Käfig starrten, ziemlich blöde an, als jemand um Hilfe rief. Der Betreffende stand hinten im Aufzug und drängte sich plötzlich zwischen den anderen hindurch, gelangte in die vordere Reihe, packte das Gitter und rüttelte daran.

»Ach, Dr. Foster!«, sagte Mrs. Bridge, aber es herrschte ein derartiges Durcheinander und so viele Leute rannten herum, dass sie ihn aus den Augen verlor.

Er hatte sich nicht schwer verletzt, wie sie angenommen hatte, sondern sich nur den Knöchel verstaucht. Noch geraume Zeit danach ging er am Stock – tatsächlich länger, als sie je einen Menschen mit einem verstauchten Knöchel an einem Stock hatte gehen sehen –, und mehrere Wochen humpelte er herum und spielte sarkastisch auf seinen Unfall an. Mrs. Bridge war etwas enttäuscht über ihn, ohne genau zu wissen warum. Komisch war der Unfall freilich nicht im Geringsten, und sie war völlig vor den Kopf gestoßen, dass Grace in schallendes Gelächter ausbrach, als sie die Geschichte erfuhr.

Ihre ganze Haltung der Religion gegenüber war frivol, und Mrs. Bridge fand es ziemlich geschmacklos. Nach einer der Wohltätigkeitsversammlungen stand sie zufällig ganz in der Nähe, als Grace das Thema Religion anschnitt und behauptete, einem Gerücht zufolge habe sich Christus, nachdem er zum Tode verurteilt worden war, zu einem der Soldaten gewandt und gesagt: »Wann werde ich endlich lernen, mein großes Mundwerk zu bremsen?«

Mrs. Bridge lächelte höflich, was sie unweigerlich tat, wenn jemand einen Witz erzählte, und wenn sie auch nicht glaubte, dass Gott Grace auf der Stelle erschlagen werde, sah sie doch nicht ein, was dabei gewonnen werden könnte, wenn man das Unglück herausforderte.

Häufig machte sie den Versuch, Grace für religiöse Fragen zu interessieren oder sie wenigstens zu überreden, regelmäßig in die Kirche zu gehen, aber ihre Versuche blieben erfolglos. Höchst selten erblickte sie Grace sonntags nach dem Gottesdienst unter der Menschenmenge auf den Kirchenstufen.

Mitten auf dem Rasen vor der Kirche stand eine grüne Holztafel mit einer Glasplatte. Jeden Donnerstag kam der Küster mit einem Leinenkuvert voll weißer, etwa fünf Zentimeter großer Zelluloidbuchstaben heraus und setzte damit den Titel von Dr. Fosters nächster Predigt zusammen. Es freute Mrs. Bridge, den Cadillac der Barrons zwischen den anderen Wagen an einem Sonntag stehen zu sehen, an dem die Predigt den Titel trug: *Sollen wir zur Kirche gehen?*

Selbstverständlich glaubte keiner, dass Dr. Foster sich dagegen entscheiden würde, und doch ärgerte sich Mrs. Bridge, als Grace ihr zuflüsterte, dass sie es kaum erwarten könne, die Antwort zu erfahren. Nach wenigen Minuten erschien Dr. Foster und stieg auf die Kanzel. Er wurde von Jahr zu Jahr beleibter und würdevoller. Feierlich ernst schaute er auf die Gemeinde herab. In solchen Augenblicken fand Mrs. Bridge, dass er durch und durch wie ein Mann Gottes aussehe. Sie erinnerte sich, dass sie ihn eines Tages auf der Plaza erblickt hatte; er hatte sich im Spiegel eines Zigarettenautomaten gemustert, und sie fand, dass er noch nie so imposant ausgesehen habe. Nur bei Cocktailpartys schien er kleine Rülpser nicht unterdrücken zu können, nach denen er den Cocktail oder das Sandwich in seiner Hand streng anstarrte.

»Sollen wir zur Kirche gehen?«, fragte Dr. Foster seine Zuhörer. Er machte eine kurze Pause, damit jeder darüber nachdenken könne. »Sollen wir zur Kirche gehen?«, wiederholte er. Er räusperte sich, legte die Hände auf die Seiten des Lesepultes und hub an.

Der Untertitel der Predigt lautete: »Die unerforschten Speicher der Klippenbewohner.« Die Parabel bezog sich auf die Tatsache, dass die Mesa-Verde-Indianer in üppigen Jahren einen Teil ihrer Ernte in Klippenhäusern aufspeicherten und in Zeiten der Hungersnot das aufaßen, was sie gespart hatten.

Einige Minuten nach zwölf kam Dr. Foster zum Schluss seiner Predigt: »Wir, in diesem aufgeklärten Zeitalter, können manchen Nutzen aus der Weisheit jener alten Wilden ziehen. Sie lernten, ihren Überschuss für Zeiten bitterer Not aufzuspeichern, und genauso verhält es sich, wenn wir zur Kirche gehen ...«

Einige Minuten später stieg er von der Kanzel herab und schritt majestätisch durch die Schwingtüren. Das Letzte, was sie von ihm sahen, waren die Zipfel seines schwarzen und purpurnen Gewandes. Nach Mrs. Bridges Meinung hatte er ungemein beredt und ergreifend gesprochen, und es war sonderbar, dachte sie, dass Grace während der ganzen Predigt einen unaufmerksamen und niedergeschlagenen Eindruck gemacht hatte.

»Grace«, sagte Mrs. Bridge impulsiv und ergriff ihre

Hand, als sie sich später draußen eine Weile unterhielten, »bedrückt dich etwas?«

»Nein«, flüsterte sie mit zusammengekniffenen Augen. »Nein, nein, *nein!*«

»Doch!«, rief Mrs. Bridge aus. »Doch, ich weiß es!«

Aber in diesem Augenblick wurden sie von den Männern unterbrochen, und was vielleicht hätte enthüllt werden können, blieb ungesagt.

99
QUO VADIS, MADAME?

Am gleichen Abend beim Zubettgehen hielt Mrs. Bridge plötzlich inne, während die Fingerspitzen ihrer einen Hand leicht ihre Wange berührten. Sie saß in Morgenrock und Pantoffeln vor ihrem Toilettentisch und rieb sich gerade das Gesicht mit Cold Cream ein. Das Gefühl auf der Haut, das so unerwartet kam – denn sie hatte angestrengt darüber nachgedacht, wie sie sich am nächsten Tag beschäftigen sollte –, die plötzliche Kühle, erschreckte sie so, dass sie fast aufschrie.

Sie verteilte die Creme weiter auf ihr Gesicht, betrachtete sich forschend im Spiegel und fragte sich, wer sie sei, und wieso sie vor diesem Toilettentisch sitze und wer der Mann sei, der auf dem Bettrand hockte und sich die Schuhe auszog. Sie besah sich ihre Finger, die aus eigenem Antrieb in das Cremetöpfchen griffen. Rasch, lautlos schob sich eine weiße, süß duftende Maske über ihr Gesicht. Sie lächelte dankbar, gewahrte aber einige

Sekunden später, dass sie hinter dieser Maske nicht lächelte. Trotzdem blieb ihr, da sie einmal angefangen hatte, nichts anderes übrig, als sich weiter einzucremen.

100

JOSEPH CONRAD

Sie wurde von den Glockenschlägen der Standuhr im Flur geweckt. Es war erst drei oder vier Uhr morgens. Ihr Mann schlief, nicht tief, aber mit ernstem Gesicht, wie erschöpft. Sie erwachte mit der Erinnerung an einen Morgen vor vielen Jahren, da sie beim Abstauben des Bücherschrankes auf einen alten, rot-goldenen Band gestoßen war. Als sie ihn herausnahm, hatte sie auf dem Vorsatzblatt in karger, spitzer Handschrift den Namen Shannon Bridge entdeckt. Das war ein Onkel ihres Mannes – ein schweigsamer Mann, ohne Ehrgeiz, der eine Nachtklubtänzerin geheiratet hatte und später in Mexiko am Herzschlag gestorben war. Nach seinem Tod hatten sie einige Bücher und Seekarten geerbt. Sie hatte keine Ahnung, was auf den Seekarten dargestellt war, denn sie hatte sie nie auseinandergerollt, sondern nur auf den Dachboden gebracht und sie eines Tages, weil sie sowieso unnütz waren, weggegeben. Auch die Bücher hatte, soviel sie wusste, keiner gelesen, obwohl sie Douglas später einmal dabei beobachtete, dass er sie sich ansah. Jetzt aber, um vier Uhr morgens, lag sie hellwach da und dachte daran, dass sie einmal ein Buch von einem Bord genommen und die brüchigen, vergilbten Seiten umgeblättert hatte. Sie war eine ganze Weile neben dem Bücherschrank stehen geblieben, vertiefte sich immer mehr in das was sie las und war, immer noch lesend, in das Wohnzimmer gegangen, wo sie von dem Buch erst aufsah, als jemand sie rief, denn sie war auf eine unterstrichene Stelle gestoßen – zweifellos hatte Shannon Bridge das getan –, und dort hieß es, dass manche Menschen über die Jahre des Daseins gleiten, um sanft in ein ruhiges Grab zu sinken, ohne auch nur einen Augenblick etwas vom Leben zu wissen, ohne je zu erkennen, was es enthalten mag. Diese Stelle hatte sie ein zweites Mal gelesen und darüber nachgedacht und sie dann wiederum aufgeschlagen und noch einmal darüber nachgesonnen, als sie unterbrochen wurde.

Jetzt erinnerte Mrs. Bridge sich auch, dass sie aufgestanden war und gesagt hatte: »Ja, ich komme schon!« Das Buch hatte sie auf den Kaminsims gelegt, in der Absicht, es weiterzulesen. Sie überlegte, was damals wohl dazwischen gekommen, wohin sie gegangen und warum sie nie mehr zu dem Buch zurückgekehrt war.

101

PSYCHOTHERAPIE

Mabel Ong ging zur Psychoanalyse. Mrs. Bridge war erstaunt, als sie es erfuhr, denn sie hatte Mabel mit ihren Schneiderkostümen und ihrer gebieterischen männlichen Art immer für das Musterbeispiel an Zuversicht gehalten. Nicht lange nach Dr. Fosters beredter Predigt über die Beteiligung am Gottesdienst saß Mrs. Bridge bei einem Diner im Klub neben ihr und war am Ende des Essens überzeugt, dass auch sie sich analysieren lassen müsste. Sie hatte tatsächlich schon vor ihrem Gespräch mit Mabel daran gedacht. Sie kam sich immer überflüssiger vor. Ruth hatte sie verlassen, völlig verlassen – selbst ihre Briefe sagten so wenig –, Carolyn hatte sie schon fast verlassen, und Douglas wurde, obwohl er noch zu Hause war, immer unabhängiger und seinem Vater von Jahr zu Jahr ähnlicher. Bald würde auch er sie verlassen. Was sollte sie dann tun? Es war schon lange her, dachte sie, dass ihr Mann sie wirklich gebraucht hatte. Er akzeptierte sie, und er liebte sie, daran hatte sie nie gezweifelt, aber Liebe war für ihn eine unbewusste Gewohnheit, während sie sich wünschte, er möge darüber nachdenken und ihr davon erzählen. Die Versprechen der Vergangenheit hatten sich erfüllt; sie hatte drei prächtige Kinder und einen wunderbar erfolgreichen Mann. Aber Mrs. Bridge fühlte sich müde und krank. Sie brauchte Hilfe.

Sie vermutete, dass ihr Mann sich mit ihrer Idee, zur Analyse zu gehen, nicht befreunden werde, und legte sich darum die Unterhaltung wochenlang zurecht, bevor sie davon sprach. Sie wollte unumwunden, bestimmt und fast endgültig erklären, dass sie sofort am nächsten Morgen in die Stadt fahren werde, um eine Reihe von Behandlungen zu verabreden. Damit sollte die Sache erledigt sein – er müsste die Lage verstehen. Vielleicht würde er sich erkundigen, wie viel es koste, und ihr war dabei nicht ganz wohl zumute, denn sie hatte den Verdacht, dass es sehr teuer wäre, und vermied es infolgedessen ängstlich, Mabel nach dem Preis zu fragen. Aber schließlich und endlich wusste sie trotz seiner Klagen – und er wusste, dass sie es wusste –, dass sie einen Haufen Geld besaßen.

Sie versuchte, sich alle seine Einwände vorzuhalten, aber eigentlich konnte er nichts dagegen sagen. Er müsste wohl oder übel zustimmen. Seit Jahren hatte sie ihn um nichts gebeten, nicht um das Geringste; ja, von Zeit zu Zeit erkundigte er sich sogar, ob sie sich denn gar nichts wünsche – etwas für den Haushalt oder etwas für sich selbst. Nein, gar nichts. Es war schwer, Dinge zu finden, die sie hätte kaufen mögen. Sie hatte zwar das Geld, aber auch bereits alles gekauft, was sie gebrauchen konnte, ging darum oft den ganzen Tag von Laden zu Laden und kam heim, ohne sich etwas gekauft zu haben, abgesehen von dem Lunch und vielleicht einigen Törtchen am Nachmittag.

Nachdem sie jeden Einwand, den er in Anbetracht der Ausgabe erheben könnte, abgetan hatte, meinte sie, dass sie ihm jetzt nur noch ihr Vorhaben mitzuteilen brauche. Sie schob es immer wieder auf. Sie probte die Szene viele Male, und immer verlief alles zufriedenstellend. Die Schwierigkeit bestand darin, dass sie eine Gelegenheit finden musste, um davon anzufangen. Nachdem mehrere Wochen verstrichen waren, wusste sie aber eines Abends nach dem Essen, als sie es sich im Wohnzimmer bequem machten, sie mit einer Strickarbeit und er mit den Börsenberichten der Zeitung, dass es so weit war. Sie brachte angeblich ihre Strickerei in Ordnung, war aber in Wirklichkeit dabei, ihre Gedanken zu ordnen. Er kam immer gleich auf den Kern der Sache und verschwendete keine Zeit mit Einleitungen, darauf musste sie sich gefasst machen. Da senkte er die Zeitung, und sie bekam einen tödlichen Schreck, dass er vielleicht ihre Gedanken gelesen habe. Das konnte er oft, und das war auch der Hauptgrund, warum es ihr ungeheuer schwer fiel, ihre Ideen zu verteidigen. Er starrte in die Zeitung:

»Hör dir das nur an: Die Zentrale Handelskammer hat die Staatliche beauftragt, Nachforschungen über den Verkauf von achthunderttausend Aktien der Chesapeake und Ohio Railway einzuleiten, die vorige Woche an Murchison und Richardson gegangen sind.« Er sah sie über die Zeitung hinweg an, als sei sie dafür verantwortlich.

»So!«, sagte Mrs. Bridge in einem Ton, den sie für passend hielt. Es wäre unklug gewesen, ihn jetzt zu reizen, aber solange er nicht deutlich machte, auf welcher Seite er stand, konnte sie nichts Bestimmtes sagen. Ihr Gesichtsausdruck blieb aufmerksam und neutral erwartungsvoll, als wolle sie mehr darüber hören.

»Was bilden sich diese Leute eigentlich ein?«, fragte er scharf.

»Es ist wirklich unrecht«, antwortete sie, noch immer nicht sicher, ob die Zentrale Handelskammer oder Chesapeake und Ohio oder Murchison und Richardson die Schurken waren. Oder ob er sich einfach darüber ärgerte, dass die Zeitung es überhaupt gebracht hatte.

Mr. Bridge hatte die Brille abgesetzt und starrte sie an.

»Ich verstehe natürlich nichts davon«, fügte sie hastig hinzu.

Er setzte seine Lektüre fort. Einige Minuten später sagte er: »Vereinigte Chemische Werke: vier Prozent gestiegen! Du lieber Gott! Was geht hier vor?« Danach schwieg er geraume Zeit, hustete einmal und glättete die

Zeitung. Mrs. Bridge stellte fest, dass es schon beinahe Zeit war, ins Bett zu gehen, und entschloss sich zu reden.

»Walter«, begann sie mit bebender Stimme und fuhr dann rasch fort, »ich habe es mir gründlich überlegt und sehe keinen anderen Ausweg. Ich muss mich analysieren lassen.«

Er blickte nicht auf. Minuten verstrichen. Schließlich murmelte er: »Australische Wolle ist fest.« Und dann, vom Klang seiner eigenen Stimme aufgeschreckt, sah er sie forschend an. Sie hielt seinem Blick starr und verzweifelt stand; es war unnötig, das, was sie gesagt hatte, zu wiederholen, denn er hörte immer alles, auch wenn er nicht antwortete.

»Was?«, fragte er. »Unsinn«, sagte er zerstreut und vertiefte sich wieder in die Zeitung.

102

ANANASBROT

Am nächsten Tag hatte Harriet Ausgang und Mrs. Bridge bereitete das Abendessen für sich und ihren Mann. Douglas hatte kurz nach Schulschluss angerufen und gesagt, dass er zu einem Klubtreffen gehe, danach mit ein paar Freunden irgendwo Hamburger essen und sich anschließend eine Sportveranstaltung im Stadion ansehen wolle.

»Und deine Schulaufgaben?«, fragte sie.

»Schulaufgaben«, erwiderte er in einem Ton, der seiner Meinung deutlich Ausdruck gab.

»Aber komm nicht zu spät nach Hause«, bat sie ihn. »Schließlich ist heute nicht Samstag.«

Er sagte, dass er früh nach Hause kommen wolle, was auf jede Tages- und Nachtzeit deuten konnte.

»Vergiss es nicht«, sagte sie. »Mit deinen letzten Noten kannst du dich wirklich nicht brüsten.«

»Ich komme schon durch«, sagte Douglas. »Heiliger Bimbam!«

»Pass nur auf, dass sie dich nicht aus der Schule herausbimbamen!«

Damit endete die Unterhaltung, und Mrs. Bridge begab sich in die Küche, um ein Eintopfgericht zu kochen, wie sie es schon viele, viele Male getan hatte. Sie ging langsam in der Küche herum. Sie hatte viel Zeit. Im Haus war es so still, dass sie daran zu denken begann, wie laut es gewesen war, als alle Kinder noch da waren, wie anders damals alles war, und plötzlich erinnerte sie sich an die Tage, da sie selbst zu kochen pflegte, und trat an den Schrank, in dem sich ihre alten Kochbücher befanden. Harriet schlug gelegentlich etwas darin nach, aber sonst lagen sie dort seit Jahren unberührt. Mrs. Bridge blätterte in ihnen herum, erblickte kaum mehr leserliche Anmerkungen in ihrer Handschrift. Ihr Mann hatte bei diesem gern mehr Pfeffer, bei jenem mochte er keine Lorbeerblätter – alles, was ihr Mann mochte und nicht mochte, war fachkundig an den Rand geschrieben, und während sie die Rezepte überflog, überlegte sie, wie seltsam vertraut ihr die verblassten Bleistiftanmerkungen geblieben waren. Sie brachten manche Begebenheit, manche süße und private Erinnerung zurück; sie brachten Jugend zurück.

Mrs. Bridge geriet in versonnene Begeisterung. Ein Blick auf die elektrische Uhr auf dem Ofenschaltbrett verriet ihr, dass sie wahrscheinlich noch Zeit hätte, ihr Menü umzustoßen. Sie dachte daran, ihrem Mann Spaghetti zu kochen, mit einer besonderen Soße, die er oft als beste auf der Welt bezeichnet hatte. Sie hatte sie seit Jahren nicht mehr gemacht. Harriet hatte nicht im Gefühl, wie lange sie ziehen musste, und wenn der Soße dieser besondere Geschmack fehlte, hatte es wenig Sinn, überhaupt Spaghetti zu essen. Eine schnelle Durchsicht des Kühlschrankes und der Küchenregale ergab, dass die richtigen Zutaten fehlten. Sie fand zwar Soße in einer Büchse und überlegte sich, ob sie damit etwas improvisieren sollte, aber es wäre nicht das Gleiche gewesen. Er hätte den Unterschied geschmeckt. Also doch wieder Eintopf, sagte sie sich mit Bedauern. Nächste Woche sollte es Spaghetti geben. Ein wenig traurig blätterte sie die Kochbücher weiter durch, und plötzlich hatte sie einen Einfall. Sie war auf ein Rezept für Ananasbrot gestoßen und wusste genau, dass die Zeit reichte und dass die Zutaten vorhanden waren – nicht nur die Ananas, auch die fein gehackten Nüsse und Rosinen, ja, ja, das konnte sie machen.

Sie trug das Brot, weil es noch warm war, in einer Serviette zum Tisch und Mr. Bridge, der sich bereits resigniert auf den Eintopf eingestellt hatte, warf jetzt einen verdutzt-interessierten Blick auf das, was sie brachte. Sein Gesicht begann zu strahlen. Er lächelte.

»Oho!«, sagte er und rieb sich die Hände. »Was haben wir denn da?«

Zu aufgeregt, um etwas zu sagen, legte sie das Brot vor ihn hin und eilte wieder in die Küche, um das Brotmesser zu holen.

»Hm! Hm!«, sagte er, als er das Messer nahm, leckte sich die Lippen und schloss einen Moment die Augen, um den Duft des kleinen, plumpen Laibes einzuatmen.

»Komm, schneid es doch an!«, bat sie gespannt und wartete neben seinem Stuhl.

Die erste Scheibe fiel wie eine Leiche herab, und sie sahen Blasen feuchten weißen Teiges um die Nüsse. Einen Augenblick war es still. Dann schlug Mrs. Bridge die Serviette wieder über dem Brot zusammen und trug es in die Küche. Als sie es weggeworfen hatte, band sie ihre kleine Rüschenschürze ab und wartete stumm, bis sie ihre Fassung wiedergewonnen hatte.

Einige Minuten später kam sie mit einem Bäckerbrot auf einem silbernen Tablett wieder in das Esszimmer. Sie lächelte und sagte: »Ich fürchte, es ist zu lange her.«

»Das macht nichts«, sagte Mr. Bridge, während er den Deckel vom Eintopfgericht abnahm, und am nächsten Tag brachte er ihr ein Dutzend Rosen mit.

103

CAROLYNS VERLOBUNG

Die Zeit verging schneller, als sie dachte; es überrumpelte sie fast, als Carolyn mitten in der Woche mit einem Verlobungsring erschien, den sie am Abend vorher von einem dünnen, zerzausten Jüngling mit vorstehenden

Zähnen, der Gil Davis hieß, bekommen hatte. Er hatte bereits sechs Semester Wirtschaftskunde studiert und arbeitete stundenweise im Büro des Dekans.

Mrs. Bridge betrachtete, um sich erst einmal von dem Schock zu erholen, Carolyns Ring. »Es ist ein Opal, nicht wahr?«, fragte sie.

»Gil hat nicht viel Geld«, erklärte Carolyn. »Er hat mir gesagt, dass er Diamanten absurd findet. Und weißt du, Mami, er hat sich alles, was er besitzt, erarbeitet.«

Das faszinierte Carolyn. Einen Jungen, der arm war, hatte sie nie kennengelernt. Sie hatte zwar auf der Highschool Jungen gekannt, die in den Sommerferien arbeiteten, und manche, die nach der Schule arbeiteten, um mehr Taschengeld zu haben, aber keiner von ihnen war gezwungen gewesen, für Essen und Kleidung zu arbeiten. »Das ist aber wunderbar!«, sagte Mrs. Bridge und drückte ihr die Hand. »Weiß Vater es schon?«

»Nein«, sagte Carolyn.

»Meinst du nicht, du solltest es ihm lieber sagen?«

»Warum rufst du ihn nicht an?«, schlug Carolyn vor.

»Es ist doch nicht meine Verlobung«, entgegnete Mrs. Bridge.

Mr. Bridge geriet außer sich, als er von der Verlobung seiner Tochter erfuhr. Er habe noch nie etwas von einem Gil Davis gehört, und für wen halte sich dieser Gil Davis denn? Und was Carolyn selbst betreffe, so wolle er nichts mehr von diesem lächerlichen Unsinn hören. Sie solle diesem Parvenü, wie er auch heißen möge, den Ring zurückgeben, und damit basta. Carolyn brach in Tränen aus und warf den Ring auf den Boden. Ihr Vater hatte noch nie in diesem Ton mit ihr gesprochen. Als sie zur

Universität zurückfuhr, hatte sie den Ring in der Tasche. Sie hatte versprochen, ihn zurückzugeben.

Gil Davis geriet, als er erfuhr, dass seine Werbung abgewiesen worden war, ebenfalls außer sich. Er war zwanzig Jahre alt und hatte noch nie in seinem Leben zu irgendwelchen Schwierigkeiten Anlass gegeben. Er betrachtete den Ring, er betrachtete Carolyn, rannte dann aus dem Büro des Dekans und rannte bis zur Bushaltestelle, wo er eine Fahrkarte nach Kansas City löste. Er schob die Sekretärin, die wissen wollte, was sein Anliegen sei, beiseite und betrat, ohne anzuklopfen, Mr. Bridges Privatbüro. Er verließ es um acht Uhr abends in Gesellschaft seines zukünftigen Schwiegervaters; sie aßen, beide erschöpft, zusammen Würstchen und Buchweizenkuchen an einer Imbissbude und hatten sich geeinigt, dass Gil Carolyn heiraten werde. So schob denn Gil Davis seinen Opalring zum zweiten Mal auf ihren Finger, und sie trug den Ring mit trotzigem Stolz.

»Ich weiß, dass ihr beide sehr glücklich sein werdet«, sagte Mrs. Bridge und umarmte Carolyn. »Ich bin so froh, dass sich alles zum Guten gewendet hat.«

Carolyn fragte: »Du magst ihn doch gern, Mami, nicht wahr?«

»Aber natürlich, Liebling! Er ist schrecklich nett. Nur ist er ganz anders als die Jungen, mit denen du sonst verkehrt hast.«

Gil David war sich dieser Tatsache bewusst; er verließ die Universität, denn er sah ein, dass er ein festes und beträchtliches Einkommen haben müsse, sobald er Carolyn heiratete. Er kehrte in seine Vaterstadt an der Grenze zwischen Südkansas und Oklahoma zurück und arbeitete dort bei seinem Onkel, der ein Kurzwarengeschäft besaß. Carolyn wollte, dass er in einer Flugzeugfabrik arbeitete, wo er Überstunden machen könnte, sah aber den Sinn seines Entschlusses ein, als er ihr sagte, dass sein Onkel daran dächte, sich zurückzuziehen.

Mrs. Bridges Freundinnen brannten auf Auskünfte über Carolyns Verlobung.

»Ist ihr Ring blau oder weiß?«

»Es ist ein wunderhübscher Opal«, erwiderte Mrs. Bridge und begegnete der ganzen Fragerei mit ihrem schönsten Lächeln.

»Was für ein netter Einfall!«

»Carolyn hat sich einen gewünscht«, parierte Mrs. Bridge.

»Wenn ich mich nicht irre, ist er nicht aus Kansas City.«

»Nein, aus Parallel«, erwiderte sie ernst und buchte ein Plus, indem sie nicht erklärte, wo Parallel lag.

»Das ist aber weit weg.«

»Sie werden uns bestimmt besuchen kommen.«

»Was tut sein Vater?«

Er war Klempner. Mrs. Bridge musste sich tausendmal mit diesem Umstand auseinandersetzen; man konnte einfach nicht darüber hinweggehen. Sie malte sich aus, wie sie auf diese Frage, die unweigerlich gestellt werden würde, ausweichend antworten wollte, dass er bei einer Installationsfirma tätig sei, und wusste doch in ihrem Herzen, dass sie die Wahrheit sagen musste. Es schien ihr, als hänge Carolyns Glück vom Eingeständnis dieser Tatsache ab und, wohl oder übel, davon, wie sie aufgenommen wurde.

Mrs. Bridge sagte deshalb – und ihre Kehle war so zugeschnürt, dass sie fürchtete, die Worte würden ihr im Hals stecken bleiben: »Mr. Davis ist Klempner.« Zu ihrer Überraschung stellte sie fest, dass sie fast wieder ein Plus buchte, denn sie hatte so unbefangen geredet, dass man beinahe hätte meinen können, jeder heirate heutzutage Klempnerssöhne.

»Und wie steht es mit seiner Einberufung?«

Gils Füße waren platt wie Bügelbretter und seine Zähne schlecht; er war als allgemein untauglich abgemustert worden. Es hatte keinen Sinn auf Einzelheiten einzugehen, auf solche Einzelheiten, wie sie Carolyn erzählt hatte, und darum erwiderte Mrs. Bridge, dass er aus medizinischen Gründen nicht angenommen worden sei. Sie glaube, er habe als Kind rheumatisches Fieber gehabt. Das klang jedenfalls plausibel und wurde hingenommen.

»Hast du nicht gesagt, dass er jetzt in Parallel ist?« Mrs. Bridge wusste, was nun kam. Sie nickte.

»Ich verstehe. Ich wusste nicht, dass er sein Studium schon beendet hat.«

»Nach dem, was mir Carolyn sagt, ist er der Meinung, dass vier Jahre Studium im Grunde nicht so viel wert sind wie ein gewisses Maß an praktischer Erfahrung.« Sie hatte es, wie sie wusste, ungeschickt ausgedrückt, und es war ein Rückzug, aber die Sache mit dem Klempner hatte sie aus dem Gleichgewicht gebracht.

104
EIN GESCHENK VON DOUGLAS

Die Hochzeitsgeschenke trafen ein. Tag für Tag trafen sie ein, und Carolyn bekam so viel Silber, dass sie einen Laden hätte aufmachen können. Sie riss die Päckchen begierig auf, und ihre blauen Augen glänzten stärker als die kostbarste Schüssel. Mrs. Bridge saß derweil mit Block und Füller an ihrem Schreibtisch und notierte pflichtbewusst, um was es sich handelte und von wem es kam. Carolyn musste diese Liste eigentlich später auswendig lernen, damit sie jedem persönlich und ausdrücklich danken konnte, sie müsste es eigentlich tun, aber würde sie es auch tun? Mrs. Bridge war nicht wohl zumute. Sie selbst hätte sich – wie lange es auch gedauert hätte, wie mühsam es auch gewesen wäre – die Herkunft jeden Geschenks eingeprägt. Sie konnte nur hoffen, dass Carolyn sich ebenso aufmerksam benehmen würde.

Einige sonderbare Geschenke waren dabei – ein grüner Bronzefrosch als Türgriff, eine eigentümliche Tischlampe in Pagodenform, zwei oder drei Romane und ein Band persischer Dichtung sowie ein lebenslängliches Abonnement von Kusine Lulubelle Watts aus Memphis, Tennessee auf eine Zeitschrift, von der keiner je gehört hatte. Ein Geschenk freilich war noch weniger angebracht. Es kam von Douglas. Es war ein Toaster.

Douglas hatte die Besorgung bis zur letzten Minute aufgeschoben, weil er es hasste, Geschenke zu machen oder zu erhalten. Er hatte seine Schwester gern, aber er sah nicht ein, dass eine Ausgabe von fünfzehn oder zwanzig Dollar ein Beweis sei für seinen Wunsch, sie möge glücklich werden. Trotz dieser Ansicht entschloss er sich am vorletzten Tag, einen Toaster zu kaufen, denn Carolyn hatte gesagt, dass ihr einer fehle. Er ging zu Fuß in die Stadt – »Keiner braucht den Lincoln«, sagte seine Mutter, aber er erwiderte, dass er lieber zu Fuß gehe – und sah sich, die Hände in den Taschen, die Toaster an, die ein Verkäufer ihm vorführte. Er bekam die raffiniertesten Toaster zu sehen, die man kaufen konnte, aber sie gefielen ihm nicht. Das Zifferblatt wurde eingestellt, die Zeiger wurden gedreht, die Hebel heruntergedrückt, die Maschine eingestöpselt, das versteckte Tablett für die Krümel herausgenommen – alles für ihn, aber nichts gefiel ihm. Schließlich verließ er das Geschäft, überquerte die Straße, ging zu Woolworth und kaufte einen primitiven Toaster, wie ihn seine Eltern am Anfang ihrer Ehe gehabt hatten.

Keiner kritisierte das Geschenk. Carolyn bedankte sich bei Douglas. Mrs. Bridge staunte, wie leicht der Röster zu bedienen sei, und es war auch wirklich kinderleicht. Keiner von ihnen erwähnte die vier fantastischen Toaster, die am gleichen Morgen abgeliefert worden waren.

Natürlich sei der Preis an sich nicht das Wichtigste, darüber waren sich alle einig, und jeder meinte, dass wirklich etwas unternommen werden sollte, um vernünftigere Hochzeitsgeschenke einzuführen; trotzdem würden die Leute wissen wollen, was Douglas seiner Schwester geschenkt habe, und entweder Mrs. Bridge oder Carolyn mussten ihnen das Geschenk zeigen. Es kostete eindeutig höchstens zwei Dollar. Mrs. Bridge war völlig entgeistert über ihren Sohn. Noch nie in ihrem Leben hatte sie so heftig den Wunsch verspürt, ihn tüchtig zu schütteln.

105
CAROLYN HEIRATET

Nach der Hochzeit und einer einzigen Flitterwoche in Excelsior Springs zog Carolyn nach Südkansas. Mr. Bridge hatte ihnen eine Hochzeitsreise auf die Bahamas angeboten, aber Gil hatte mit der Begründung abgelehnt, dass sie ihre Hochzeitsreise mit seinem selbst verdienten Geld bezahlen wollten, und das reichte eben nur für Excelsior Springs. Carolyn hatte auf die Bahamas fahren wollen, solange sie zurückdenken konnte. Das Hochzeitsgeschenk verwandelte sich in hundert teure, stabile Aktien.

Gil begann auch nachts zu arbeiten, um seinem Onkel zu beweisen, dass er sich ohne Weiteres zurückziehen und das Kurzwarengeschäft ihm übergeben könne. Carolyn war daher viel allein und langweilte sich, wurde gereizt und fuhr oft über Nacht nach Kansas City, nachdem sie einen Zettel mit einer Nachricht für Gil an die Tischdecke gesteckt hatte. Sie übernachtete dann in ihrem alten Zimmer, und wenn zufällig am Wochenende eine Gesellschaft stattfand, blieb sie bis zum Montag zu Hause. Parallel missfiel ihr von Anfang an, und sie wurde sich nicht klar darüber, ob sie es dort ihr Leben lang aushalten könnte.

»Der Golfplatz ist jämmerlich, Mami«, sagte sie eines Abends. »Es ist ein öffentlicher Platz mit neun Löchern – und wenn ich öffentlich sage, meine ich für *jeden*, jeder kann da spielen, auch wenn er bisher noch nie einen Golfschläger *gesehen* hat. Ich meine, wie kann Gil von mir erwarten, dass ich es dort zu etwas bringe? Ich ruiniere mir mein Spiel völlig auf dem Platz. Die Grüns – es gibt überhaupt keine Grüns. Mami, die sind hart wie Holz, und das Gras ist völlig versengt. Es macht wirklich keinen Spaß. Jeder kann da den Ball dreihundert Meter weit schlagen, so ungefähr jedenfalls – er rollt einfach immer weiter. Mein Gott, Mami, du solltest den Platz einmal sehen! Ich hatte keine Ahnung, dass er so schlimm wäre.«

Mrs. Bridge lag alles daran, dass Carolyn sich glücklich fühlte. »Ich könnte mir denken, dass das zur Abwechslung mal ganz nett ist«, sagte sie.

»Gil ist schon eine Type, Mami. Wirklich! Er ist ein Kleinstadtjunge, und das merkt man eben. Als ich versucht habe, dem Friseur zu sagen, wie er ihm das Haar schneiden soll, wurde er rasend. Ich wurde so wütend, dass ich drei Tage nicht mit ihm gesprochen habe.«

»Liebling, ich wollte, du würdest dich nicht mit ihm zanken.«

»Hör zu, Mami, mich kommandiert kein Mann so herum, wie Daddy dich herumkommandiert.«

106

ALICE

Bald darauf schienen Carolyn und ihr Mann sich ausgesöhnt zu haben. Mrs. Bridge war nicht ganz sicher, ob es lange anhalten werde, aber die beiden machten alle möglichen Pläne und suchten jetzt ein Haus in Parallel.

»Alles ist nur so teuer«, erzählte Carolyn. Sie waren in der Küche. Harriet hatte Ausgang, Mrs. Bridge buk

Haferflockenplätzchen, die sie Ruth schicken wollte, und Carolyn half ihr dabei. »Wir suchen etwas mit einem anständigen Garten«, fuhr sie fort, während sie einen Spachtel unter eine Reihe heißer Plätzchen schob und sie auf ein über dem Geschirrbrett ausgebreitetes Tuch transportierte. »Und Gil besteht auf einem trockenen Keller. Den sieht er sich immer zuerst an. Sobald der Makler die Tür aufgeschlossen hat, stürzt Gil in den Keller und lässt mich stehen. Er ist auf die Wahnsinnsidee gekommen, Salatschüsseln auf einer Drehbank zu machen. Ein Freund von ihm hat eine Drehbank. Er sagt, dass es seine Nerven beruhige, und deswegen muss er einen trockenen Keller haben – damit diese verdammte Drehbank nicht rostet. Also wirklich, auf was für verrückte Dinge ein Mann sich versteifen kann!«

Mrs. Bridge, die vorsichtig ein zweites Kuchenblech aus dem Ofen zog, meinte, es müsse doch viele hübsche Häuser in Parallel geben.

»O ja, das schon«, murmelte Carolyn, »aber man muss sich doch die Nachbarn ansehen.«

»Wie meinst du das?«

»Die Schwarzen machen sich allmählich breit.«

Mrs. Bridge stellte langsam das Kuchenblech ab. Sie wusste nicht recht, was sie sagen sollte. Derartige Situationen waren peinlich. Einerseits hätte sie selbst nicht gern neben einem Haus voller Farbiger gewohnt, andererseits gab es keinen Grund, das nicht zu tun. Sie hatte die Farbigen, die sie kannte, immer gern gehabt, dachte immer noch liebevoll an Beulah Mae, machte sich Sorgen um sie und überlegte sich, ob sie wohl noch am Leben sei. Sie war mit Farbigen niemals gesellschaftlich zusammengekommen, nicht weil sie ihnen aus dem Wege ging, sondern weil es eben keine in der Nachbarschaft oder im Landklub oder im Wohltätigkeitsverein gab. Sie hatte einfach keine Gelegenheit, Farbige zu treffen, das war alles.

»Carolyn, dabei fällt mir etwas ein. Wem ich neulich begegnet bin, das errätst du nie. Alice Jones! Wir haben uns im Warenhaus am Aufzug getroffen!«

»Mein Gott! Die hatte ich völlig vergessen.«

»Erinnerst du dich nicht, wie oft ihr beide zusammen gespielt habt? Damals wart ihr eigentlich unzertrennlich.«

»Hat sie dich erkannt?«

»O ja, sofort.«

»Was tut sie jetzt?«

»Sie ist verheiratet und arbeitet als Zimmermädchen in einem Hotel unten in der Stadt.«

»Wie viele Kinder hat sie?«

»Das hat sie nicht erzählt.«

»Hat sie sich sehr verändert?«

»Und ob! Sie ist fast so groß wie Douglas und sah so schwarz aus. Ein Jammer.«

Carolyn wurde nachdenklich und sagte schließlich. »Ich glaube, ich würde sie gern einmal wiedersehen. In welchem Hotel arbeitet sie denn?«

»Ich versuche schon dauernd, mich darauf zu besinnen. Denn ich war sicher, dass du sie sehen wolltest. Und sie hat mir auch den Namen gesagt.«

»Ach, macht nichts. Ich weiß ja auch nicht, was wir uns zu sagen hätten, es ist schon so lange her.«

»Wie viele Jahre ist es her?«

»Recht viele«, antwortete Carolyn und biss sich auf die Lippe. »Recht viele, Mami.«

Mrs. Bridge trat an den Ofen und schaltete ihn aus.

107

WINTER

Der Schnee fiel die ganze Nacht. Er fiel lautlos und bedeckte den gefrorenen Boden und die toten Blätter unter dem Ahorn und beugte die Zweige der Stechpalmen und flockte Stunde um Stunde aus den hohen perlblauen Wolken. Mrs. Bridge wurde von der unermesslichen Stille geweckt und lag lauschend in ihrem Bett. Sie hörte die sanften Schläge der Uhr im Flur und dann das Bellen eines Hundes. Sie hatte das Gefühl, dass alles nicht zum Besten stehe, und sie wartete in großer Hoffnung auf ein weiteres Zeichen und horchte gespannt, aber sie hörte, ehe sie wieder in Schlaf sank, nur die vertrauten Schläge der Uhr.

108

TOD UND LEBEN DER GRACE BARRON

Am nächsten Morgen rief Lois Montgomery an, um ihr zu sagen, dass Grace Barron Selbstmord verübt habe.

In den folgenden Tagen versuchte Mrs. Bridge, diese Tatsache zu verdrängen. Sie sagte sich, dass nichts gewonnen würde, wenn man darüber diskutierte, und schrieb deshalb auch an Ruth, man sei sich über die Todesursache nicht ganz klar, vermute aber, dass Mrs. Barron Thunfischsalat gegessen habe, der über Nacht nicht in den Kühlschrank gestellt und schlecht geworden sei; dieselbe Geschichte erzählte sie Douglas und Carolyn.

Mit ihren guten Freundinnen, mit denen, die wussten, was wirklich geschehen war, nämlich dass Grace Barron über fünfzig Schlaftabletten genommen hatte, sprach Mrs. Bridge offener. Sie stellten einander sehr ähnliche, immer wiederkehrende Fragen, denn in vieler Hinsicht hatte sich Grace Barron von niemandem von ihnen unterschieden. Grace hatte die gleichen Probleme gehabt wie sie alle, und gesellschaftliche Stellung, Reichtum und Liebe waren Grace in gleichem Maße zuteil geworden wie ihnen.

»Es war ein ungeheurer Schock«, hörte sich Mrs. Bridge immer wieder sagen. »Es ist einfach nicht zu glauben.«

Sie überlegte sich oft, ob wohl jemand außer ihr den wahren Beweggrund erraten habe. Wenn es der Fall war, so wurde nicht daran gerührt. Aber sie erkannte ihn instinktiv in dem Augenblick, da sie die Todesnachricht erhielt: ihr erster Gedanke galt einem Nachmittag auf der Plaza, als sie und Grace sich irgendwie zu beschäftigen versuchten und Grace ein wenig traurig gesagt hatte: »Hast du dich jemals so gefühlt wie die Gestalten aus Grimms Märchen – diese Menschen, die von hinten hohl sind?«

109

EINE ALTE BEKANNTE

Das Land befand sich jetzt im Krieg. Douglas hatte die Highschool absolviert und wollte sich als Freiwilliger melden. Ruth schrieb nur selten. Carolyn, die mit ihrem Mann nicht auskommen konnte, erschien öfter zu Hause. Und Mrs. Bridge, die nicht mehr aus noch ein wusste, legte sich häufig ein Weilchen hin und dachte an glücklichere Tage zurück. Sie sah ein, dass es unvermeidlich war, dass diese Zeiten der Vergangenheit angehörten, und konnte sich doch eines Gefühls der Unwirklichkeit nicht erwehren. Eines Tages, als sie in der Stadt Einkäufe machte, erkannte sie eine Frau, die in ihrer Kindheit neben ihr gewohnt hatte und sich jetzt sichtlich dem Alter näherte. Mrs. Bridge empfand, als sie die Jahre zählte und aus einiger Entfernung das Ende einer Jugend vor Augen hatte, die auch die ihre gewesen war, ein wachsendes Gefühl der Verzweiflung und Leere, und von diesem Tage an bewegte sie sich etwas langsamer.

110

CAROLYN KOMMT NACH HAUSE

Mrs. Bridge wachte mitten in der Nacht auf und wusste, dass Carolyn nach Hause gekommen war. Im Haus herrschte völlige Stille, und doch war sie dessen gewiss. Sie stand leise auf, um ihren Mann nicht zu wecken, schlüpfte in ihren wattierten Morgenrock, fand ihre

Pantoffeln und ging durch den Flur bis vor das Zimmer, in dem früher die beiden Mädchen gewohnt hatten. Natürlich, die Tür war zu; gewöhnlich stand sie offen. Mrs. Bridge zögerte und horchte, vernahm aber nichts; sie hatte erwartet, Carolyn schluchzen zu hören.

»Corky, darf ich hereinkommen?«, fragte sie. Sie erhielt keine Antwort, stieß trotzdem die Tür auf und sah Carolyn angekleidet, die Hände unter dem Kopf verschränkt, auf dem Bett liegen. Sie starrte die Decke an.

»Hast du dich wieder mit Gil gezankt?«, fragte Mrs. Bridge und setzte sich auf den Bettrand.

»Ich kann ihn nicht ausstehen«, antwortete Carolyn nach einer Weile.

»Was war diesmal los?«

»Er hat mich geschlagen.«

Mrs. Bridge stockte der Atem.

»Ja, das hat er«, wiederholte Carolyn ohne besonderen Ärger. »Er hat mich so gehauen, dass ich das Gleichgewicht verlor und hinfiel.«

»Du musst ihn irgendwie gereizt haben. Hast du das getan?«

»Ergreifst du etwa seine Partei?«

»Ich versuche, unparteiisch zu sein, Corky«, sagte Mrs. Bridge, streckte die Hand aus und strich Carolyn über das Haar. »Ich kann einfach nicht glauben, dass Gil zu dieser Sorte gehört.«

»Nein? Wenn du mit ihm zusammenlebtest, kämst du zu einer anderen Ansicht.« Tränen füllten ihre Augen, und als Mrs. Bridge es sah, hätte sie am liebsten auch geweint.

»Und weißt du, was er hinterher tat, Mami? Er versuchte, es wiedergutzumachen, auf die übliche Art.«

»Carolyn, es gibt manches in der Ehe, was eine Frau ...«

»Ach lass das! Ich mache das nicht mit – nie und nimmermehr! Mami, er hat nicht einmal gewusst, dass ich es war. Verstehst du, was ich meine?«

»Warum erzählst du mir nicht, wie es angefangen hat?«

»Es hat beim Frühstück angefangen, weil ich vergessen hatte, am Tag zuvor Butter zu besorgen. Er wurde sarkastisch, und dann brüllte er, weil er seinen blauen Anzug nicht finden konnte. Mami, zwei Wochen hat er mir wegen dieses blauen Anzugs zugesetzt. Der Anzug war bei der Reinigung, aber ich hatte so viel mit den Ausscheidungsspielen zu tun, dass ich einfach nicht dazu kam, ihn abzuholen. Er hätte ihn selbst abholen können, denn er kommt täglich an der Reinigung vorbei, aber er sagt, dass es meine Sache sei. Jedenfalls schnauzte er mich an, dass ich, wenn ich weniger Golf spielte und mehr – ach, was für einen Sinn hat es schon? Kurzum, als er endlich zur Arbeit gegangen war, dachte ich, dass es teilweise ja wirklich meine Schuld sei. Ich ging dann zum Friseur, um mein Haar richten zu lassen, aber sie konnten mich nicht gleich bedienen, und als ich es schließlich hinter mir hatte, war es schon spät, und ich kam erst nach ihm nach Hause, weil ich erst noch einige Rechnungen bezahlen und beim Klub haltmachen musste, um festzustellen, ob sie meine Einschreibung notiert hatten. Na, du kannst dir wohl ausmalen, was für eine schlechte Laune er hatte, als das Essen für ihn nicht fertig war. Er hatte schon im Klub angerufen und sie hatten ihm gesagt, dass ich dort sei, obwohl ich strikte Anweisungen gegeben hatte, es nicht zu sagen. Jedenfalls«, fuhr sie fort, nachdem sie tief Atem geholt hatte, »war er wütend und fluchte. Er hatte im

Schlafzimmer die Schubladen herausgerissen und sie auf dem Bett ausgeschüttet, weil er das Hemd, das er suchte, nicht finden konnte. Ich sagte ihm, dass es nicht gewaschen sei, und er wusste genau, dass die Waschmaschine kaputt ist. Vermutlich erwartet er, dass ich alles mit der Hand wasche. Wirklich, Mami, das erwartet er von mir.«

»Ich glaube nicht, dass es dir etwas schaden würde, dieses und jenes zu waschen.«

»Ich bitte dich, Mami! Er braucht ja nur die Waschmaschine in Ordnung bringen zu lassen.«

»Ja, ich verstehe, Liebling, aber wenn ihr beide versuchtet, euch etwas mehr Mühe zu geben –«

»Er behauptet, dass ich keinen blassen Dunst davon hätte, was arbeiten heißt.«

»Aber das ist absurd!«

»Er behauptet, ich sei verwöhnt, Mami. Stimmt das?«

»Natürlich nicht, Liebling, wie kann er nur so etwas behaupten? Aber ich bin sicher, dass sich alles zum Guten wendet, warum schläfst du also nicht ein paar Stunden? Morgen fühlst du dich bestimmt besser.«

»Und weißt du, wer seiner Ansicht nach schuld daran ist, Mami?«

III

MR. BRIDGE VERTAGT DIE SITZUNG

Mrs. Bridge wurde zwischen dem Wunsch, Carolyn wieder ganz zu Hause zu haben, und dem Wunsch, die Ehe möge gut werden, hin und her gerissen. Die Welt wirbelte herum, schien es ihr, und sie verlor den Glauben an die Zukunft. Phrenetischer Kriegsgesang hallte ihr in den Ohren. Sie konnte das Gemetzel nicht verstehen und hatte oft Angst, seitdem Douglas fortgegangen war. Er hatte seinen Vater überredet, sich freiwillig melden zu dürfen, ehe er eingezogen würde, und jetzt war er irgendwo in Arizona. Er schrieb ihr jede Woche – muntere, unbekümmerte Briefe, als sei er in einem Sommerferienlager und komme rechtzeitig zum Semesteranfang zurück, und beinahe glaubte sie auch daran. Dann wurde ihr jäh die Wahrheit bewusst, und sie fühlte sich einsam und hilflos und schuldbewusst wegen der Freude, die sie empfand, wenn Carolyn erschien. Carolyns Anwesenheit im Haus – auch wenn ihre Tochter schlecht gelaunt war und dann rauchte und rücksichtslos fluchte – tröstete Mrs. Bridge, denn ihre Gegenwart war eine Brücke zur Vergangenheit, und Mrs. Bridge konnte unermüdlich von den Tagen träumen, da die Kinder klein waren und Frieden herrschte und so viel noch vor einem lag.

Oft richtete sie sich mit einem Ruck auf und schämte sich, nach einem verzweifelten Blick auf die Uhr, dass zwei bis drei Stunden vergangen waren, während sie nachsann. Sie hatte ihre Arbeit im Wohlfahrtsamt aufgegeben; es gab Freiwillige in Hülle und Fülle, besonders unter den jungen Frauen, und die starrenden Augen der Armen begannen sie heimzusuchen. Sie sah sie häufig mitten in der Nacht, diese hungernden, verlorenen Leute.

Und auch Erinnerungen suchten sie heim, die ebenso leblos und unbeseelt waren wie jene unseligen Leute, Erinnerungen, die sie mit unverlangter, unbarmherziger Eindringlichkeit wie ein geschlossener Kreis von

Fragezeichen umgaben, Kleinigkeiten, die logischerweise schon längst in Vergessenheit gesunken sein sollten, die aber beharrlich wieder auftauchten, um sie zu quälen. Immer, oder fast immer, überwand sie ihre Zweifel. Und doch, wenn sie aufstand, in ihren Überzeugungen bestärkt, war sie sich bewusst, dass sie weder über ihre Zweifel triumphiert noch sie zerstört oder besänftigt, sondern sie nur eine Weile von sich geschoben hatte wie quengelnde Kinder.

Douglas kam auf Urlaub nach Hause; er sah viel älter aus, als er aus dem Taxi stieg. Im Taxi saß noch ein anderer Soldat, dem er nachwinkte, und Mrs. Bridge, die darauf wartete, ihren Sohn zu umarmen, hörte ihn laut rufen: »Lass mir noch einen Japaner übrig, Sergeant!«

»Wer ist das?«, fragte sie.

»Ein Kamerad, den ich im Zug getroffen habe«, erwiderte er kurz.

»Hast du ihn nicht hereingebeten?«

»Doch, aber er ist auf dem Weg zur Front«, sagte Douglas, warf seinen Rucksack über die Schulter, stieß die Tür auf und schritt ins Haus.

»Du hast zugenommen«, sagte sie und stellte auch fest, dass er sich jetzt gerade hielt und dass seine Augen einen offenen Erwachsenenblick hatten. Die auffallendste Veränderung lag jedoch darin, dass er sich einen Schnurrbart wachsen ließ – rötliche Stoppeln, die einem Stück Schmirgelpapier ähnlich sahen. Mrs. Bridge fand den Schnurrbart ausgesprochen albern, aber da sie Douglas nicht kränken wollte, erwähnte sie ihn nicht.

Mr. Bridge war weniger zurückhaltend und kümmerte sich nicht um Douglas' Gefühle.

»Zum Kuckuck, was ist denn das?«, fragte er, als er den Schnurrbart erblickte, aber Douglas bekam, zum großen Erstaunen seiner Mutter, weder einen roten Kopf noch senkte er den Blick.

»Glaubst du, dir gelänge es besser?«, erwiderte er würdevoll.

Mr. Bridge lachte und schlug ihm auf die Schulter: »Was meinst du zu einem Gläschen vor Tisch, Soldat?«

»Ich könnte eins gebrauchen«, sagte Douglas, und beide verschwanden in der Küche. Mrs. Bridge hörte ihr Lachen und auch Harriets schrilles Gekicher.

Obwohl sie ihren Sohn nicht verstehen konnte, war sie so froh, ihn zu Hause zu haben, dass sie dauernd Vorwände fand, in seiner Nähe zu sein. So kam es, dass sie an seine Tür klopfte und fragte, ob er Socken zum Stopfen habe. Er sagte, sie solle doch hereinkommen und nachschauen. Sie trat ein und sah, dass er vor dem Badezimmerspiegel stand und sich das Kinn einseifte. Er hatte kein Hemd an, nur ein olivgrünes Unterhemd und Khakihosen, und sie sah eine Metallkette um seinen Hals, die er bisher nie getragen hatte.

»Was in aller Welt ist das?«, fragte sie und näherte sich ihm zögernd, liebevoll und zärtlich.

»Hundemarken«, sagte er. Er amüsierte sich.

Sie zog die Kette aus dem Unterhemd, sonderbar und tief gerührt bei der Entdeckung, dass er Haare auf der Brust hatte, und hielt die Marken in ihrer bebenden Hand. Als sie sich erkundigte, was die in die stumpfen Messingscheiben geprägten Daten bedeuteten, sagte er ihr, eines sei seine Registrationsnummer, das andere seine Blutgruppe und so weiter.

»Und was bedeutet dieses ›P‹?«

»Protestant«, sagte er. »Ich habe ihnen gesagt, dass ich Buddhist sei, aber sie bestanden darauf, dass ich Protestant sei.«

»*Was* hast du getan?«

»Wir müssen dauernd Formulare ausfüllen. Auf jedem Formular muss man seine Konfession einsetzen. Ich schreibe jedes Mal Buddhist, aber irgendjemand tippt stattdessen immer Protestant. Warum, weiß ich nicht.«

»Aber, um Himmels willen, wie kannst du nur so etwas hinschreiben? Du bist doch gar kein Buddhist.«

Douglas tauchte seinen Rasierer in das Wasser. Er schaute, fast bis zu den Augen hinauf weiß und schaumig, freundlich im Spiegel auf sie herab. Sie fand, dass er unergründlich dreinschaue. Sie war verwirrt.

»Na, ich nehme an, dass du weißt, was du tust. Beeil dich jetzt und rasier dich zu Ende; Harriet wird das Abendessen gleich fertig haben.«

Sie erwartete, dass er seinen Schnurrbart abrasieren würde, aber er tat es nicht, und darum sagte sie einige Tage später, als er sich an den Bücherschrank lehnte und Omar Chajjam in der Hand hatte: »Du siehst wirklich völlig fremd aus.«

Douglas blickte freundlich auf sie herab und antwortete, ohne erst zu fragen, was ihr fremd erscheine, dass er seinen Schnurrbart trotzdem behalten werde.

Am nächsten Morgen aber, als sie den Schnurrbart über den Frühstückstisch hinweg sah, wusste sie, dass er verschwinden müsste. Wortlos stellte sie ihren Orangensaft hin und ging in sein Zimmer hinauf, wo sie in seinem Schrank sein Soldatenkäppi fand. Sie setzte es auf und marschierte, nachdem sie ihre ergrauenden Locken vor dem Spiegel zurechtgezupft hatte, mit steif-schwingenden Armen die Treppen hinunter in das Frühstückszimmer. Douglas war nicht mehr da. Harriet, die das Geschirr zusammenstellte, gaffte sie erstaunt an. Mrs. Bridge lächelte ihr tapfer und so gelassen zu, wie es unter diesen Umständen möglich war. Im gleichen Augenblick hörte sie Douglas husten. Es schien aus dem Wohnzimmer zu kommen. Sie machte kehrt und marschierte durch den Flur dort hinein, blieb, wie sie meinte, in militärischer Haltung stehen und versuchte, die Hacken zusammenzuschlagen.

»Stillgestanden, Gefreiter Bridge. Marschieren Sie sofort in Ihr Zimmer und rasieren Sie sich Ihren lächerlichen Schnurrbart ab!«

Douglas hatte das Bild auf dem Schutzumschlag von Dr. Fosters Essay-Band betrachtet. Er ließ das Buch auf das Sofa fallen und verschränkte die Arme. Als außer Zweifel stand, dass er nicht vorhatte zu reden, sondern nur darauf wartete, dass sie wieder gehe, setzte sie die Mütze ab und stand unsicher, ja ein wenig demütig vor ihm.

Er sollte am nächsten Nachmittag um vier Uhr abfahren, aber kurz vor drei klingelte das Telefon. Der Anruf kam aus Mr. Bridges Büro, und die Sekretärin war am Apparat. Mr. Bridge sei tot. Er sei gleich nach dem Mittagessen wieder ins Büro gekommen und habe ein Diktat ins Diktafon fortgesetzt. Etwas später sei er aus seinem Drehstuhl gerollt, und man habe ihn, auf dem Teppich liegend, tot aufgefunden.

Als das Diktafon abgespielt wurde, hörte man ihn

sagen: »Deshalb scheint der Angeklagte…«, und dann das Quietschen des Drehstuhls.

***

»Es war schrecklich lieb von euch«, sagte Mrs. Bridge, die in der halb offenen Tür stand und jeden Besucher verabschiedete. »Alle sind so nett gewesen.«

112

BRIEF VON EINEM BUDDHISTEN

Douglas blieb, nachdem er mit seinem Lagerkommandanten Telegramme gewechselt hatte, bis nach dem Begräbnis in Kansas City. Ruth war von New York nach Hause geflogen, und Carolyn von Parallel herübergefahren. Beide waren ganz erstaunt, wie Douglas sich verändert hatte. Ruth hatte keinerlei Schwierigkeiten, ihn als neues Haupt der Familie anzuerkennen, obwohl er fast fünf Jahre jünger war als sie. Carolyn forderte ihn einoder zweimal verzagt heraus. Keine von ihnen erwartete, dass ihre Mutter Entscheidungen treffen werde. Und Mrs. Bridge selbst fand es ganz natürlich, dass er jetzt die Autorität im Hause war. Harriet, die sich jeder Situation ausgezeichnet anpassen konnte, bat Douglas um eine Gehaltserhöhung; er sagte nein. Von diesem Augenblick an nannte sie ihn nicht mehr beim Vornamen, sondern Mr. Bridge; als seine Mutter es zum ersten Mal hörte, brach sie in Tränen aus.

Bald flogen sie wie Vögel, die einen Baum verlassen, in verschiedene Richtungen davon. Ruth kehrte nach New York zurück, Carolyn nach Südkansas und Douglas zum Militär. Den Haushalt besorgte Harriet, und Mrs. Bridge blieb allein. Sie ging oft zu Wohltätigkeitsversammlungen, machte ihre Einkäufe in der Stadt, aß auf der Plaza zu Mittag und beteiligte sich an einer Reihe von Gesellschaften, aber sie vermochte nicht mehr in diesen Beschäftigungen aufzugehen; sie weilte zu sehr in der Vergangenheit und war deshalb häufig zufrieden, einfach zu Hause zu bleiben und auf Post oder Besuch zu warten, während sie irgendwo das beharrliche Surren des Staubsaugers hörte; es machte ihr nichts mehr aus, wenn Harriet in der Küche rauchte.

Als sie den ersten Brief erhielt, den Douglas ihr nach seiner Rückkehr ins Ausbildungslager schrieb, dachte sie, wie sehr er den Briefen glich, die ihr Mann ihr früher geschrieben hatte, wenn er beruflich auf Reisen war. Ihr Mann hatte etwas Großväterliches an sich gehabt, eine altmodische Neigung, aus der heraus er seine Briefe an sie mit »Meine liebe Frau …« begann.

Und Douglas schrieb:

Meine liebe Mutter,

mein Vater hat Dich über alles geliebt, und wenn er manchmal grob oder tyrannisch war, so nur, weil er Dich beschützen wollte. Er wollte so viel für uns alle tun. Er erkannte nie, dass wir ihn selbst brauchten und nicht das, was er uns geben konnte. Mehr als einmal unterhielten er und ich uns über die Familie und ihre Probleme, und aus diesen Gesprächen hörte ich seine ständige Sorge um Deine

Sicherheit nach seinem Tode heraus. Ich vermute, er wusste, dass er nicht mehr lange leben würde. Er sagte, er habe Dir nie etwas von seinem Herzleiden erzählt.

Du hast Dir wirklich nicht das Geringste vorzuwerfen.

Du hast ihn sein Leben lang sehr glücklich gemacht. Ich bin sicher, dass er sich nie für eine andere Frau interessiert hat. Alles Liebe, Mutter, und grüße auch meine beiden Schwestern. Sage Ruth, wenn Du ihr das nächste Mal schreibst, dass ich sehr auf Nachricht von ihr warte.

Jetzt müssen wir ins Manöver, aber ich werde Dir bald wieder schreiben.

Wie stets, Dein Dich liebender Sohn

Douglas.

113

ES GEHT GUT

Nicht lange danach sah sie sich an der Plaza Schaufenster an, als ein junger Mann in Zivil stehen blieb und sie mit ihrem Namen ansprach. Zunächst wusste sie nicht, wer es war; dann erkannte sie Jay Duchesne.

»Ach, ich dachte, du seist beim Militär!«, sagte sie lächelnd. Dann bemerkte sie, dass ihm ein Arm fehlte.

»Ich war«, sagte er und zuckte die Schulter, an der sich der Arm befunden hatte.

»Oh, das tut mir aber leid, Jay. Ich muss ja geschlafen haben.«

»Macht nichts«, erwiderte er heiter und fügte nach einer Pause mit traurigem Grinsen hinzu: »Ich bin einer von den Clowns aus den Witzblättern – einer von denen, die alles falsch anstellen. Ich war schon immer ungeschickt.« Er holte ein Päckchen Zigaretten aus seiner Tasche, schüttelte eine Zigarette gewandt zwischen zwei Finger und steckte sie an. »Wie steht's mit dem alten Rotfuchs?«, fragte er und stieß den Rauch aus.

»Mit wem?«

»Mit dem alten Rotfuchs Douglas. Mein Gott, den Kerl habe ich seit Jahren nicht gesehen. Das ist eine Type!«

»Er ist Soldat«, erwiderte sie. Die Eröffnung, dass Douglas eine Type sei, verwirrte sie; er war ihr immer ganz normal vorgekommen, wenn auch etwas lakonischer als die meisten anderen Jungen.

»So, so? Haben sie ihn auch geschnappt?«, lachte Duchesne und paffte seine Zigarette. »Der macht ihnen bestimmt die Hölle heiß.«

»Es scheint ihm zu gefallen und gut zu gehen.« Sie war sicher, dass Duchesne drauf und dran war zu sagen, er habe noch von keinem gehört, dem es beim Militär gut gehe.

»Aber Scherz beiseite«, sagte er. »Wie haben sich die Zeiten geändert! Und Mr. Bridge? Tot und begraben inzwischen oder immer noch auf dem Posten?«

»Mein Mann ist vor Kurzem gestorben«, erwiderte sie steif.

Duchesne musterte sie einen Augenblick, während sich Rauch aus seiner Nase ringelte. »Das tut mir aber leid«, sagte er schließlich. »Er war ein netter Kerl – wenn man mal durch die harte Schale drang, hatte er wirklich einen weichen Kern. Ist Ruth immer noch in New York?«

»Ja, und es geht ihr da sehr gut.«

»Das glaube ich gern. Ich habe immer angenommen, dass sie in Hollywood landen würde. Wissen Sie, die hatte immer etwas von einem Filmstar an sich, aber was Rätselhaftes, wie in den Spionagefilmen.«

»So?«

Duchesne betrachtete seine Zigarette. »Und wie geht es Corky, Mrs. Bridge?«

»Ausgezeichnet.«

»Immer noch verheiratet?«

»Natürlich!« Mrs. Bridge lachte missmutig. Sie bemerkte, dass Duchesne einen enttäuschten Eindruck machte.

»Warum interessiert dich das, Jay?«

»Ach, nur so«, sagte er und schnipste seine Zigarette auf die Straße. »Ich denke oft an sie, das ist alles. Grüßen Sie sie von mir.«

»Das tue ich gern. Es war nett, dich zu treffen, Jay. Du siehst recht gut aus.«

»Es könnte schlimmer sein, Mrs. Bridge. Im Krankenhaus kam ich nicht darüber hinweg, aber jetzt bin ich eines Besseren belehrt worden.« Er holte tief Atem und richtete sich auf. Ehe er fortging, fügte er hinzu: »Und richten Sie ihr doch bitte meine Grüße aus.«

114

ERINNERUNG AN VERGANGENE DINGE

Ihr Fotoalbum bereitete ihr manche tröstliche Stunde. Sie konnte darin ihre Kinder wiederfinden, und auch ihren Mann. Er stand in strahlender Sonne da, eine Hand auf dem Schutzblech des neuen Autos, und Carolyn saß auf seinen Schultern. Da war Douglas, der mit seinem Baseballschlagholz protzte, das sie ihm zum Geburtstag geschenkt hatten. Und da war Ruth mit ihren ersten hohen Absätzen; sie stand mit gespreizten Beinen da, fest entschlossen, nicht auf die Nase zu fallen. Da waren auch ihre Freundinnen – Grace Barron, vom hohen Sprungbrett des Klubschwimmbads winkend, Mabel Ong vor dem Wohltätigkeitsverein, die Hände in den Taschen ihres Tweedmantels, Madge an einem Schneetag, im Persianermantel und mit Gummistiefeln, und Lois Montgomery, ganz und gar Präsidentin. Mrs. Bridge tat es leid, dass sie nicht mehr Schnappschüsse gemacht hatte.

Von ihrer Europareise besaß sie eine Menge. Mit einem nassen Schwamm, auf dem sie die Klebeecken anfeuchtete, mit dem dicken Album, das aufgeschlagen auf dem Schreibtisch lag, mit den Negativen und den gelben Kuverts des Fotogeschäfts, die zu ihren Füßen auf dem Teppich verstreut waren, hatte sie manchen angenehmen Vormittag verbracht. In das Album kamen Trafalgar Square, Buckingham Palace, Piccadilly Circus, die Themse, die Wachablösung und die Raben, die sie im Tower gesehen hatte. In das Album kamen die Seine, der Triumphbogen, der Eingang von Maxim's, Notre-Dame und Mr. Bridge, wie er gerade die *Herald Tribune* vor dem American Express kaufte. Die Bilder von der Riviera waren nicht besonders gut geworden, obwohl sie sich nicht vorstellen konnte warum, es sei denn, der Belichtungsmesser hatte nicht richtig funktioniert;

die Riviera erschien ihr immer, wenn sie daran dachte, so fremd, tatsächlich ihrer Lebensweise viel fremder als Paris. An die Klippen aber, den Hafen und das schimmernde Meer erinnerte sie sich oft.

»Ich weiß nicht, ob es Sie interessiert oder nicht«, sagte sie häufig zu ihren Gästen, nahm das Album in beide Hände und fügte, während sie es ihrem Gast auf den Schoß legte, hinzu: »Sehen Sie es sich an, bis es Sie langweilt, aber fühlen Sie sich um Gottes willen nicht verpflichtet, es ganz durchzublättern.« Dann blieb sie in der Nähe, weil sie unbedingt wissen wollte, welche Aufnahme gerade betrachtet wurde. Oft konnte sie einfach nicht still sitzen, schaute ihrem Gast über die Schulter und zeigte hie und da auf ein Bild. »Das ist die berühmte alte Kathedrale, von der man so viel hört«, sagte sie dazu oder: »Das ist natürlich das Meer« oder: »Das habe ich von den Stufen der Nationalgalerie aus aufgenommen, und dort – direkt hinter dem Mann auf dem Fahrrad – haben wir zu Mittag gegessen.«

Aber die Bilder, die sie sich zu ihrem eigenen Vergnügen immer wieder ansah, waren die ihrer Familie: sie erweckten die Erinnerung an das, was ihr am vertrautesten war und was sie am innigsten geliebt hatte.

115

HALLO?

An einem Dezembermorgen gegen Jahresende, als der Schnee in weitem Umkreis feucht und schwer niederfiel, sodass Erde und Himmel nicht zu unterscheiden waren, trat Mrs. Bridge aus ihrem Haus und spannte ihren Schirm auf. Mit vorsichtigen Schrittchen ging sie zur Garage, wo sie auf den Knopf drückte und ungeduldig wartete, dass sich das Tor hob. Sie hatte es eilig, denn sie wollte in der Stadt einige Spitzendecken kaufen, die in der Zeitung angezeigt worden waren, und den Rest des Tages wollte sie durch die Warenhäuser bummeln, da Harriet Ausgang hatte und das Haus leer war – schrecklich leer.

Sie hatte den Wagen gerade halbwegs aus der Garage gefahren, als der Motor abstarb. Sie bediente den Anlasser und hörte ohne jede Nervosität hin, denn trotz ihrer kleinen Kämpfe mit dem Lincoln fühlte sie sich inzwischen recht vertraut in ihm. Der Wagen war nun schon etliche Jahre alt und zeigte manchmal seine Mucken, aber die Vorstellung, sich von ihm zu trennen, war ihr unerträglich. Als ihr Mann ihr das einmal vorschlug, hatte sie es abgelehnt, woraufhin er ihr, leicht erstaunt über ihre Anhänglichkeit an den Wagen, erlaubt hatte, ihn zu behalten.

Sie dachte, dass der Motor vielleicht abgewürgt sei, und beschloss darum, eine Weile zu warten.

Bald darauf versuchte sie es wieder und noch einmal und wiederum. Tief enttäuscht öffnete sie die Tür und wollte aussteigen, entdeckte aber, dass sie ausgerechnet so gehalten hatte, dass beide Autotüren nur wenige Zentimeter aufgingen; an der einen Seite war die Zwischenwand, an der anderen die Mauer im Weg. Nachdem sie alle vier Türen ausprobiert hatte, erkannte sie, dass sie gefangen saß, bis sie die Aufmerksamkeit eines Menschen auf sich lenken könnte. Sie hupte, aber kein Echo erfolgte. Sie blieb halb drinnen, halb draußen.

Geraume Zeit saß sie da, die behandschuhten Hände im Schoß gefaltet, und wusste nicht, was sie tun sollte. Einmal betrachtete sie sich im Spiegel. Schließlich zog sie den Schlüssel aus der Zündung, klopfte gegen die Scheibe und rief nach irgendjemandem, der es vielleicht hören könnte: »Hallo? Hallo?«

Aber keiner antwortete, es sei denn der fallende Schnee.

EVAN S. CONNELL

Evan Shelby Connell wurde am 17. August 1924 in Kansas City, Missouri geboren. Sein umfangreiches Werk umfasst eine große Bandbreite unterschiedlicher Genres von Prosa über Poesie bis hin zu Essay und Sachbuch. Mit seinem 1959 erschienen Debütroman *Mrs. Bridge* sowie dem Folgeband *Mr. Bridge*, verfilmt 1990 von James Ivory unter dem Titel *Mr. und Mrs. Bridge* mit Paul Newman und Joanne Woodward in den Hauptrollen, erlangte er auch internationale Bekanntheit.

Bereits in seiner Jugend lastete die Erwartung auf Connell, die väterliche Arzt-Praxis zu übernehmen und so die seit Generationen bestehende Familientradition fortzusetzen. »Mein Vater war besorgt, dass ich niemals in der Lage sein würde, mit dem Schreiben etwas zu verdienen – es war eine berechtigte Sorge«, wie er später bekannte.

Connell machte zunächst seinen Abschluss an der Highschool in Kansas und verließ nach nur zwei Jahren das Dartmouth College in New Hampshire, um 1943 als Pilot der US-Navy beizutreten. Nach dem Zweiten Weltkrieg beendete er sein Studium an der Universität von Kansas und nutzte seine Veteranen-Bezüge, um Malerei und Creative Writing an den Hochschulen Stanford, Columbia und San Francisco State zu studieren. Er übersiedelte für kurze Zeit nach Paris, wo er begann, Geschichten für die Paris Review zu schreiben. 1957 veröffentlichte er seine erste Kurzgeschichtensammlung, *The Anatomy Lesson*, und nur ein Jahr später seinen ersten Roman *Mrs. Bridge*, der sogleich ein Erfolg wurde.

Connells schriftstellerisches Schaffen trägt vielfach autobiografische Züge. So verarbeitete er in seinem zweiten Roman, *The Patriot* (1960), seine Kriegserfahrungen. Wenig später erschien sein erster Gedichtband, *Notes from a Bottle found on the Beach at Carmel* (1962), dem eine weitere Kurzgeschichtensammlung, *At the Crossroads* (1965), folgte. Seinen Lebensunterhalt erwarb er sich in dieser Zeit mit den verschiedensten Gelegenheitsjobs, u.a. als Sachbearbeiter in einer Arbeitsvermittlung in San Francisco – dieselbe Beschäftigung, der der psychisch kranke Protagonist seines düsteren dritten Romans *The Diary of a Rapist* nachging (1966; dt.: *Tagebuch eines Triebverbrechers*, 1970). 1969 veröffentlichte er den Roman *Mr. Bridge*, vor dessen Lektüre Connells Vater zeitlebens zurückschreckte, aus Angst, ein Abbild seiner selbst darin zu finden.

In der Folgezeit erschienen ein weiterer Poesieband und zwei Romane, denen der kommerzielle Erfolg jedoch versagt blieb, sowie die beiden Essaysammlungen *A Long Desire* (1979) und *White Lantern* (1981).

Mit dem 1985 veröffentlichten Sachbuch *Son of the Morning Star* über General Custer und die Schlacht am Little Bighorn erzielte Connell seinen größten kommerziellen Erfolg. Das Buch wurde zum Bestseller und zur Vorlage einer Fernsehproduktion aus dem Jahr 1991, die mit vier Emmys ausgezeichnet wurde. Dies und die Einnahmen aus dem Verkauf der Filmrechte von *Mr. und Mrs. Bridge* bescherten ihm schließlich die lang ersehnte finanzielle Unabhängigkeit. Er zog nach New Mexico und veröffentlichte 2000 mit *Deus Lo Volt!* ein Sachbuch über die Kreuzzüge, 2004 folgte eine Biografie über den spanischen Maler Francisco Goya sowie weitere Romane und Kurzgeschichten.

In seinen letzten Lebensjahren wurde er mehrfach ausgezeichnet: 2000 erhielt er den Preis der Lannan Foundation für sein Lebenswerk, 2009 wurde er für den Man Booker International Prize nominiert und 2010 erhielt er den Robert-Kirsch-Award der Los Angeles Times. Zu diesem Zeitpunkt währte seine Karriere als Schriftsteller bereits über ein halbes Jahrhundert.

Evan S. Connell war nie verheiratet, unterhielt jedoch eine längere Liebesbeziehung zu der britisch-kanadischen Sängerin und Schauspielerin Gale Garnett, bei der das erste Zusammentreffen mit dem Autor bleibenden Eindruck hinterließ: »Er hatte die unmöglichste Frisur der Welt – einen krassen Bürstenschnitt, – und das beste Gesicht, das ich kenne.«

Connell lebte zeitlebens zurückgezogen von der Öffentlichkeit, besaß nie einen Computer und lehnte auch viele andere modernen Errungenschaften rigoros ab; seine Werke verfasste er allesamt auf einer alten Schreibmaschine. Evan S. Connell starb am 10. Januar 2013 in Santa Fe, New Mexico, im Alter von 88 Jahren.

Françoise Sagan
Ein bisschen Sonne
im kalten Wasser
272 Seiten, Halbleinen
ISBN 978-3-86915-092-5

Wie die Heldinnen Flauberts, Stendhals und Balzacs wirft Nathalie ihre bürgerlichen Fesseln ab, um dem geliebten Mann zu folgen. In Paris bewegt sich die kluge und kultivierte Frau jedoch wie ein Fremdkörper zwischen seinen oberflächlichen Freunden und bald fühlt sich der wankelmütige Gilles ihrer bedingungslosen Liebe nicht mehr gewachsen …

»Mit der unglaublichen Freiheit ihrer Gedanken war Françoise Sagan ihrer Zeit weit voraus – eine Seele, die verborgen hinter ihrer Leichtsinnigkeit, existenzielle Fragen stellt.« *arte*

immer wieder aktuell

Simone de Beauvoir
Die Welt der schönen Bilder
256 Seiten, Halbleinen
ISBN 978-3-86915-130-4

Laurence hat alles, was man sich nur wünschen kann: einen Ehemann, der sie liebt, einen Liebhaber, der sie anbetet, zwei wohlgeratene Töchter, einen Beruf, der sie erfüllt, und obendrein ist sie attraktiv und wohlhabend. Doch als ihr bewusst wird, dass sie jenseits des Kults der schönen Dinge keine Antworten auf die wesentlichen Fragen des Lebens findet, droht ihre Welt aus den Fugen zu geraten. Ein kluges Gesellschaftsporträt mit authentischen Frauenfiguren, das bis heute nichts von seiner Aktualität eingebüßt hat.

»Hochaktuell, luzide, lebhaft erzählt.«
Antje Weber, Süddeutsche Zeitung

www.ebersbach-simon.de

Klassiker bei ebersbach & simon

Mary McCarthy
Die Clique
528 Seiten, Halbleinen
ISBN 978-3-86915-113-7

New York in den Dreißigerjahren: Die Clique – das sind acht leidenschaftliche, begabte junge Frauen, die sich nach dem Studium hoffnungsfroh ins Leben stürzen. Auf der Suche nach sich selbst, nach Sex, Abenteuern, der großen Liebe und dem Sinn des Lebens kämpfen Lakey, Libby, Kay & Co um ihre Freiheit und die Verwirklichung ihrer Träume. Ein fulminanter Roman, der Amerika schockierte und zum Kultbuch einer ganzen Frauen-Generation wurde.

»Sehr amüsant, bissig und lebendig, wunderbar … ein Lesevergnügen.«
Gabriele von Arnim, Deutschlandradio Kultur

www.ebersbach-simon.de

immer wieder aktuell

Maria Nurowska
Briefe der Liebe
288 Seiten, Halbleinen
ISBN 978-3-86915-132-8

Krystyna Chylińska hat sich ihr Glück nur geborgt. Als Sechzehnjährige folgte sie einst dem jüdischen Vater ins Warschauer Ghetto und verdingte sich als Prostituierte, um beide durchzubringen. Nach dem Tod des Vaters gelingt ihr die Flucht. Sie taucht unter, nimmt eine neue Identität an und beginnt an der Seite des ehemaligen Widerstandskämpfers Andrzej ein neues Leben. Ihr Glück scheint perfekt – bis die Schatten der Vergangenheit sie eines Tages einholen …

»Mit den *Briefen der Liebe* stellt sich hierzulande eine Schriftstellerin vor, die zu den wichtigsten Autoren der polnischen Gegenwartsliteratur gezählt wird … Ein wenig von *Anna Karenina* hat ihre Hauptfigur – und ein wenig erinnert Krystyna Chylińska auch an *Die schöne Frau Seidenman* des bedeutenden Polen Andrzej Szczypiorski.« *Frankfurter Allgemeine Zeitung*

www.ebersbach-simon.de

Die Originalausgabe erschien 1959 unter dem Titel
Mrs. Bridge
bei Viking Press, New York,
die deutsche Übersetzung 1960 unter dem Titel
Liebenswerte Mrs. Bridge
im Biederstein Verlag München

1. Auflage 2017
© ebersbach & simon
© für die amerikanische Ausgabe
1959, renewed 1987 by Evan S. Connell
© für die deutschsprachige Übersetzung von Johannes Piron
Verlag C. H. Beck, München 1960
© Umschlagfoto: Clifford Coffin / Kontributor / Getty Images
Umschlaggestaltung: Lisa Neuhalfen, moretypes, Berlin
Satz: Birgit Cirksena · Satzfein, Berlin
Druck und Bindung: GGP Media GmbH, Pößneck
ISBN 978-3-86915-141-0

www.ebersbach-simon.de